NAGEL & KIMCHE

1. Auflage 2022


in der MG Medien Verlags GmbH, München
Satz: im Verlag, gesetzt aus der Berling Roman
Umschlaggestaltung: JournalMedia GmbH, München
unter Verwendung einer Artwork von © Christian Martin Weiss
Druck und Bindung: CPI Books GmbH

ISBN 978-3-7556-0000-8

Printed in Germany

Harry Kämmerer

# TOT WALD

Kriminalroman

NAGEL & KIMCHE

## NOSTALGIE

Paris. Fünf Tage schon. Bisher hat Mader nicht einmal die Metro benutzt, war stets nur zu Fuß unterwegs. Mit seinem treuen Begleiter Bajazzo durch die Häuserschluchten der breiten Boulevards, durch die Tuilerien. Sie haben die Tage verbummelt in den kleinen Cafés von Beauville. Heute noch Père Lachaise: Edith, Marcel, Marlene, Jim. Sie alle will Mader treffen. Er ist das erste Mal auf dem Friedhof. Kopfsteinpflaster glänzt. Klare feuchte Luft. Mader atmet tief durch. Sonne folgt auf Regen. Auch in der Stadt der Sehnsucht. Er staunt immer noch. Paris, keine sechs Stunden mit dem Zug von München und eine ganz andere Welt. Heute Abend will Mader nochmal in sein Stammbistro am Canal Saint-Martin. Morgen ist er schon auf dem Weg nach Hause. So man Neuperlach ein Zuhause nennen kann. Klar doch – gegen die Banlieues wirkt die Münchner Hochhaussiedlung im Osten wie ein verschlafenes Dorf. Aber der Moloch mit den grauen Vorortsiedlungen interessiert Mader nicht. Paris ist für ihn ein nostalgischer Traum. Mit Catherine Deneuve, Serge Gainsbourg, Yves Montand und Edith Piaf.

## LUXUS

Monaco Azzurro. Spätsommer bietet nochmal all seine Kraft auf. ›Dreißig Grad im Schatten, Turnschuh klebt an Gehsteigplatten‹, zitiert Hummel sich selbst. Ein Sommergedicht, das er irgendwann mal geschrieben hat. Ist ihm eingefallen, als er mit seinen Chucks durch die Fußgängerzone geschlurft und in einen weichen Kaugummi getreten ist. Hummel radelt in der gleißenden Nachmittagssonne die Welfenstraße in der Oberen Au entlang in Richtung Giesing. An der Kreuzung zur Regerstraße Schlagschatten. Hummel taucht in die Aura der monströsen Neubauten auf dem ehemaligen Paulaner-Gelände. Beton, hingeklotzt ohne Rücksicht auf irgendwen und irgendwas. ›Echtes Ärgernis‹, findet Hummel, ›grober Keil zwischen Oberer Au und Obergiesing.‹ Aktuell sind das die teuersten Wohnungen in seiner Hood. Vielleicht von ganz München.

Von oben kann man entweder in die Berge sehen oder das Stadtpanorama genießen, wie die Werbebotschaften auf den riesigen Plakaten verkünden. Wer sich eins der Penthouses leistet, sogar beides. Fantastisch – bei einem Aperol Sprizz oder einem Hugo im klickernden Eiswürfelglas auf die profane Welt und die werktätige Bevölkerung runterschauen. Kotz! Hummel hofft, dass die Fettschwaden vom benachbarten McDonald's auch da oben noch für olfaktorisches Vergnügen sorgen. So eine Luxuswohnung braucht doch niemand. Oder doch? Um sich als Besatzer zu fühlen in einem gewachsenen Viertel, um imperialen Lebensstil zu genießen, die Straße mit ihren Niederungen und dem Dreck maximal als ferne Illusion durch die getönten Scheiben eines Lofts oder eines Porsche Panamera wahrzunehmen? Ist doch Scheiße. Aber Leute, die so was brauchen, die gibt's natürlich. Leider viel zu viele. Nix für ihn. Aber auch keine Gefahr. So ein Lifestyle würde bei seiner Besoldungsgruppe eh nie in Betracht kommen. Außer, er schreibt dann doch irgendwann einen Riesenbestseller. Auch da muss er sich keine Sorgen machen. Das passiert nicht. Schon gar nicht nach seinen ersten ernüchternden Erfahrungen im Verlagsbusiness. Sein vielgeliebtes Hobby als Autor von Kriminalgeschichten liegt aktuell auf Eis. Vielmehr als ein paar Notizen so nebenbei sind aktuell nicht drin. Die Arbeit hat ihn in letzter Zeit ziemlich aufgefressen. Ein kreativer Rückzugsort wäre schon gut. Wo man nicht immer mit dem schnöden Alltag konfrontiert ist. Könnte man in so einem Luxusbunker wohnen und kreativ sein? Sicher nicht. Und in so einem Hochhausambiente würde ihm schon drei Mal nichts einfallen. Er liebt Altbau. Und ein bisschen Grün ist ihm tausendmal wichtiger als jedes Betongold.

Sein Ziel ist die Kleingartenanlage kurz vor dem Zoo. Irgendwann vor Jahren hatte er sich dort mal auf die Warteliste setzen lassen und jetzt hat man ihm tatsächlich vor zwei Wochen eine Parzelle dort angeboten. Der Vorbesitzer war hochbetagt verstorben und er konnte sogar die Hütte ablösefrei übernehmen. Das Interieur des kleinen Holzhäuschens ist noch immer in einem beklagenswerten Zustand, obwohl er schon in großem Stil ausgemistet hat. Bis unters Dach war alles vollgestopft mit rostigen Gartengeräten, alten Radios, Büchern, mannshohen Stapeln der Zeitschrift *Hobby* und der Mitgliederzeitschrift des *ADAC*. Auch eine riesige Sammlung zum Teil absurd hässlicher Steingut-Bierkrüge gehörte dazu. Viele mit Zinndeckeln und damit Sondermüll. Die letzten zwei Samstage war er damit beschäftigt, die Sachen mit Beates Auto zum Wertstoffhof in Thalkirchen zu bringen.

Das Gröbste ist geschafft, so dass er sich jetzt erstmals auf die schönen Seiten seines Schrebergartens konzentrieren kann. Sein Vorgänger hat dort fünfzig Jahre residiert und so gibt es im Unterschied zu den meisten anderen Gärten gleich drei große alte Obstbäume mit dicken Stämmen, die nur darauf gewartet haben, dass er seine Hängematte zwischen ihnen aufspannt. Sein Plan für heute Nachmittag: einfach in der Matte liegen und nichts tun, ab und zu ein Schluck Bier und sonst nur durchs Laub in den türkisen Himmel schauen und irgendwann sanft einschlummern. Sofern das seine neuen Nachbarn zulassen. Denn die sind ziemlich aktiv, wie er bereits festgestellt hat. Muße steht in dem Kleingartenverein nicht gerade hoch im

Kurs, die Leute sind ständig mit etwas beschäftigt: Heckenstutzen, Rasenmähen, Beete umgraben, Äste schneiden. Was strenggenommen vergebliche Liebesmüh ist, denn die Gärten sehen eh schon alle picobello aus. Definitiv eine Leistungsschau: Wer schafft es, mehr aus seinen paar Quadratmetern Grünfläche herauszuholen, sie zu verschönern oder seine Nachbarn mit Ratschlägen bei der Optimierung ihrer Gärten zu unterstützen, herauszufordern oder einfach zu nerven? Das hat Hummel schon in der ersten Woche begriffen. Nicht das Pfeifen der Vögelchen oder das sanfte Rauschen der Blätter in der Sommerbrise sind hier die vorherrschenden Sounds, sondern das Brummen der Rasenmäher, das Stottern der Baumhäcksler oder das schneidige Klicken der Heckenscheren. Nach kurzer Eingewöhnungszeit stört es Hummel aber gar nicht mehr, sondern steigert sogar das luxuriöse Gefühl des eigenen Nichtstuns.

Hummel hat die Kleingartenanlage erreicht, schiebt sein Fahrrad über den knirschenden Kies des Fußwegs zu seiner Parzelle und stellt das Rad auf die betonierte Terrasse seines Häuschens. Er holt die Hängematte aus seiner Kuriertasche und spannt sie zwischen dem Apfel- und dem Zwetschgenbaum auf. Mit einem frechen Plopp! verabschiedet sich kurz darauf der Kronkorken von seiner Flasche Augustiner und klickert lustig über den Terrassenboden. Hummel sinkt in die Hängematte und glotzt zufrieden in den blauen Himmel. ›Macht ihr mal eure Gärten schön‹, denkt er. ›Ich mach heute, was ich am liebsten mach und wozu ich viel zu selten komm – gar nichts.‹ Auch wenn Gauloises nicht seine Zigarettenmarke ist, den Werbespruch fand er schon immer super. Genauso wie: »Einen Tick zu laut und es gibt eine Beschwerde!« Er fummelt die Schachtel Prince Denmark aus seiner Hosentasche und steckt eine Zigarette an.

»Herr Hummel?«, unterbricht eine Stimme seine faulen Gedanken.

Er steckt den Kopf aus der Hängematte und erspäht seine Nachbarin am Zaun. »Ja, Frau Wittkopf?«

»Sagen Sie, möchten Sie nicht zum Kaffee rüberkommen?«, flötet sie und fügt mit einem Augenzwinkern hinzu. »Es ist doch Wochenende. Da back ich immer. Ich hab eine wunderbare Käsesahne, die für mich allein viel zu groß ist. Das wär doch was!«

»Nein, danke, das ist sehr nett, aber ich hab mir gerade ein Bier aufgemacht«, sagt Hummel und hält die Flasche hoch.

»So einer sind Sie also!«

Er sieht sie verwundert an und will noch irgendwas sagen, so von wegen, dass es doch Samstagnachmittag ist und er jetzt noch nicht beim fünften Bier ist, aber da ist seine Nachbarin auch schon abgetaucht. Er kapiert schon, dass das in der Spießerwelt seiner neuen Nachbarn keine nachvollziehbare Rechtfertigung wäre. In den Augen von Frau Wittkopf ist er in seinem aktuell horizontalen Zustand ein Faulenzer und Alkoholiker. Na, wenn schon, vielleicht lässt sie ihn dann wenigstens in Ruhe. Auf anstrengende Nachbarn und ein Übermaß an Kommunikation kann er gern verzichten. Ruhe ist das, was er sucht. Wenn Frau Wittkopf erfährt, dass er Polizist ist, dann wird es vermutlich richtig lustig. Bestimmt warnt sie die anderen Alteingesessenen: »Dass jetzt schon die Polizei säuft! Am helllichten Tag! Stellen Sie sich das mal vor!« Ist ihm egal. Er trinkt aus und schält sich aus der Hängematte, um sich ein weiteres Bier von der Terrasse zu holen. Er späht in den Mustergarten hinüber. Von Frau Nachbarin keine Spur. Ein scharfer Geruch steigt ihm in die Nase. Irgendwer verbrennt hier feuchtes Holz und Laub. Ist das nicht inzwischen verboten? Puh, wie das stinkt! Soll er mal eine Runde drehen und sich vorstellen und dabei locker einflechten, dass er Polizist ist? Dann würden die Nachbarn vielleicht ihre selbstgezimmerten Spielregeln besser einhalten und nicht die ganze Siedlung mit stinkenden Laubfeuern verpesten. Er erschrickt über sich selbst. Wird man als Spießergärtner automatisch schrebig? Kann gut sein. Gefährlich – soweit darf es auf keinen Fall kommen! Cool bleiben! Er öffnet die zweite Bierflasche, nimmt einen tiefen Schluck und legt sich wieder in die

Hängematte. Nein, eigentlich findet er den Feuergeruch ganz reizvoll und denkt an früher zurück, als sie mit zwölf bei den Bahngleisen hinterm Ostfriedhof immer Lagerfeuer machten und Knackwürste am Stock brieten. Häufig war das Holz feucht und grün und qualmte wie Hölle, so dass seine Klamotten zu Hause die ganze Wohnung verräucherten. Was bei seiner Mutter nicht allzu gut ankam. Glückliche Zeiten. Mit Max und Rudi. An der Grundschule waren sie unzertrennlich. Dann ging das auseinander, weil jeder in ein anderes Gymnasium ging. ›Mann, die beiden, wie es denen wohl geht?‹, überlegt er jetzt. Von seinen Grundschulfreunden hat er seit Ewigkeiten nichts mehr gehört. Von seiner Mutter hat er irgendwann gehört, dass Max zum Studieren nach Berlin gegangen war und Rudi auf einem Bauernhof am Bodensee eingeheiratet hatte. Und irgendwo hat er über Rudi aufgeschnappt, dass er fünf Kinder hat. ›Wahnsinn, den Vorsprung hol ich nie ein‹, denkt er und trinkt nachdenklich sein Bier. Er sieht nach oben und genießt die changierenden Farben des Laubs vor dem Blau des Himmels.

## POMMES SCHRANKE

»Ein Radler und Currywurst mit Pommes, bitte.«

»Mayo oder Ketchup, Schatzi?«

»Beides. Und wenn es Gummischlangen gibt, bitte eine Tüte. Nicht zu knapp.«

Fränki dackelt los und Dosi streckt sich wieder auf ihrer Badematte aus. Wunderbares Wetter. Richtig heiß. Und das Anfang September! Sie ölt sich nochmal ein.

»Nicht im Ernst?«, hatte Fränki gefragt, als er die Flasche Tiroler Nussöl in der Badetasche entdeckt hatte. Aber so was von Ernst! Sie war dermaßen begeistert gewesen, als sie den vermeintlich längst verblichenen Sonnenschutz im Roßmann entdeckt hatte, dass sie gleich eine Maxi-Flasche kaufen musste.

Preisreduziert um fünfzig Prozent! Ja, klar, Saisonende. Jedenfalls genau das Richtige für ihre empfindliche Haut. Wobei sie diesen Sommer zum ersten Mal seit langer Zeit mal wieder so richtig braun geworden ist. Kein Wunder, fast jedes Wochenende waren sie beim Baden gewesen.

Noch mehr, als sich am Ufer des Starnberger Sees faul in der Sonne zu räkeln, liebt sie es, mit kräftigen Kraulzügen das blaugrüne Wasser zu durchpflügen. Das Beste, was man als Ausgleich zu einer sitzenden Bürotätigkeit machen kann. In den letzten Wochen war mangels Leichen vor allem Innendienst angesagt.

Sie sieht zum Kiosk, wo Fränki in der langen Schlange steht. ›Mit Fränki, das ist top‹, denkt Dosi jetzt. ›Anfangs war es noch ein bisschen eckig. Aber jetzt passt es. Einen besseren Partner gibt es nicht – kein dummes Gelaber, keine Vorschriften und die kulinarische Grundversorgung ist stets gesichert.‹ Sie gähnt und schließt die Augen.

»Pommes-Rot-Weiß an Currywurst und Radler an Gummischlangen«, meldet sich Fränki schließlich zurück. »Macht 12,80.«

»Ich lass anschreiben, wenn's recht ist.«

»Darf ich Sie darauf hinweisen, dass Ihr Deckel bei mir schon ziemlich ausgereizt ist?«

»Ich werde mich erkenntlich zeigen, wenn es an der Zeit ist«, sagt Dosi und gluckst. Sie steckt sich die erste Pommes in den Mund. »Hm, salzig und schlabberig. Wie Schwimmbad-Pommes sein sollten.«

»Das ist kein Schwimmbad.«

»Sei kein Wortklauber. Hast du die Tante da drüben in dem gelben Bikini gesehen?«

»Arsch frisst Hose?«

»Exakt. Findest du das schön?«

»Ach, wenn man es sich leisten kann.«

»Ich glaub, es hackt!«

»Schatzi, alles gut, ich hab nur Augen für dich.«

»Das will ich aber schwer hoffen.«

## NOTLAGE

Zankl sitzt auf dem Klo. Im Haus seiner Eltern am Chiemsee. Nicht, weil er dort gerade etwas zu erledigen hatte, sondern weil er einfach dem chaotischen Trubel für zehn Minuten entkommen wollte. Was für eine bescheuerte Idee, dass Clarissa ihre besten Freundinnen für ihre Geburtstagsparty hierher einlädt. Wie können acht Mädchen nur so laut sein? Ein einziges Gekreische. Er hatte ja gehofft, sich im Hintergrund halten zu können, um nur für den Zusammenbau und die Wartung der Drohne zuständig zu sein, die Clarissa von ihnen zum Geburtstag bekommen hat. Aber Clarissa hat das sofort selbst übernommen und kurz darauf war die Drohne schon in waghalsigen Flugmanövern über ihre Köpfe gezischt. Bei ihm hatten sich spontan pochende Kopfschmerzen eingestellt, die nach einer Ruhepause verlangten. Jetzt blättert er gedankenverloren in der alten *Kicker*-Ausgabe, die er offenbar das letzte Mal in einer ähnlichen Notlage hier auf dem Klo liegengelassen hatte. Warum belastet dieses tosende Chaos draußen weder seine Eltern noch seine Frau? Oder machen die auch nur gute Mienen zum bösen Spiel? Jetzt hört er ein penetrantes Sirren und schaut durch das gekippte Klofenster in das Kameraauge der Drohne.

»Geht's noch?«, flucht er und steht auf, drückt automatisch die Spülung.

## SCHIMMEL

›Das alte Haus am Hang ist ein Traum‹, denkt Hummel, als er am späten Nachmittag auf sein Rad steigt, um heimzufahren. Er hält noch einmal an. Gefällt ihm. Auch wenn es auf dem Grundstück aussieht wie auf einem Schrottplatz. Dort stehen alte Fahrräder, Waschmaschinen, Kühlschränke, alles abgedeckt mit schmutzig-grüner Kunststoffplane. Die offenen Torflügel eines riesigen Holzschuppens geben den Blick frei auf Küchenanrichten, Bänke, Wirtshausstühle. Hummel muss grinsen. Was für ein wunderbarer Kontrast zur symmetrischen Ordnung der Kleingartenanlage nebenan mit ihren perfekt geharkten Kieswegen und messerscharf rasierten Hecken.

»Wollen Sie was kaufen?«, fragt ein älterer Herr, der aus den Tiefen des Schuppens auftaucht.

»Kann man denn?«, fragt Hummel zurück.

»Meinen Sie, ich sammle das zum Spaß?«

»Ich mein gar nix, ich war nur neugierig. Ich bin neu in der Kolonie.«

»Kolonie! Das klingt wie Ostafrika.«

Hummel lacht. »Ja, manches kommt mir auch ziemlich exotisch vor.«

»Haben Sie die Tafel mit der Vereinssatzung gelesen?«

»Nein. Wo hängt denn die?«

»Beim Vereinsheim. Das große blaue Schild.«

»Ach so, das. Nein, für sowas hab ich keine Zeit. Ich wart, bis mir meine Nachbarin Bescheid sagt, was ich zu tun und zu unterlassen hab.«

»Ha, sehr gut. Welche Parzelle ist denn Ihre?«

»Die von Herrn Rottluff.«

»Der Rottluff, der Bernd. Wir waren befreundet. Auch ein Jäger und Sammler. Was haben Sie mit den Sachen in seiner Hütte gemacht?«

»Das meiste ist jetzt auf dem Wertstoffhof in Thalkirchen.«

»Sic transit gloria mundi.«

»Oh, ich habe Latein gehasst in der Schule.«

»Ich war Lateinlehrer:«

»Ah. Wo denn?«

»Am Franz-Ferdinand-Gymnasium.«

»Da war ich auch«, sagt Hummel erstaunt.

»Wie heißen Sie denn?«, sagen beide gleichzeitig und lachen.

»Schimmelpfennig, Gerald.«

»Der Schimmel! Entschuldigung. Äh, das waren, also, das sind Sie?«

»Noch bin ich es.«

»Ich hatte Latein beim Wallner. Mit Verlaub – ein Riesenarschloch.«

»Ja, ein Pädagoge vom alten Schlag. Oder eben ein Riesenarschloch.«

Hummel streckt ihm die Hand entgegen. »Klaus Hummel. Ich hab damals Latein abgewählt, sobald es ging und mich irgendwie durchs Abi gemogelt.«

»Und was machen Sie heute?«

»Polizei, Mordkommission.«

»Oh, nicht schlecht. Und als Ausgleich zum blutigen Beruf ein beschaulicher Schrebergarten?«

»Ja, ich dachte, das wäre eine gute Idee.«

»Das denken viele. Die ganzen Glockenbach-Hipster, die davon träumen anderen zu erzählen, wie toll es ist, mit den eigenen nackten Händen in der feuchten schwarzen Erde zu wühlen.«

»Das haben Sie schön gesagt.«

»Ja, und das Selbstbild ist meist interessanter als die Realität.«

»Das ist mir jetzt fast zu hoch. Aber ich glaube, ich weiß, was Sie meinen.«

»Darf ich Sie auf ein Bier einladen?«

»Um den Worten mit meiner neuen Nachbarin hier zu sprechen: So einer sind Sie also!«

»Frau Wittkopf.«

»Ja, eine nette ältere Dame.«

»Versiert in Käsesahne.«

»Sie sagen es.«

»Was ist nun mit dem Bier?«

»Ich persönlich wüsste nicht, was dagegenspricht. Sehr gerne.«

Hummel verbringt einen interessanten Abend mit Gerry, wie er den ehemaligen Lehrer seiner alten Schule schon beim ersten

Anstoßen nennen darf. Ein vierschrötiger Typ, eine gebeutelte Seele. Gerry wurde wegen Alkohol zur Unterrichtszeit vorzeitig aus dem Schuldienst entlassen und musste auf einen nicht unerheblichen Anteil seiner Beamtenpension verzichten.

Gerry erzählt das alles ohne Groll: »Das stimmt schon mit dem Saufen, aber es gab nach dem Krebstod meiner Frau nichts anderes, was mir Trost spendete. Ich dachte, ich hätte das im Griff, aber das denkt wahrscheinlich jeder Alkoholiker. Naja, heute ist das kein Thema, niemand stellt mehr besondere Erwartungen an mich. Ich schachere ein bisschen mit Trödel und Antiquitäten, besuche Flohmärkte, trinke ein paar Bier. Ein angenehmes, ruhiges Leben. Und ich brauche ja auch nicht viel.«

»Und das große Grundstück und das Haus gehören dir?«

»Nein, das ist Erbpacht. In dem Haus wohnten schon meine Eltern. Die Erbpacht läuft noch knapp vierzig Jahre.«

»Cool, das klingt doch gut.«

»Sonst wäre ich schon lange nicht mehr hier. Die hätten mich vertrieben. Ich krieg ständig Angebote von Immobilienhaien. Die bieten mir unverschämt viel Geld, damit ich gehe und sie hier ein großes Mehrparteienhaus hinstellen können. Die Stadt würde das angeblich auch sehr begrüßen. Wobei das definitiv keine Sozialwohnungen werden. Aber ich gehe hier nicht weg.«

»Sehr gut, versteh ich. Man darf sich nicht vertreiben lassen.«

Hummel ist gut gelaunt, als er spätabends sein Rad nach Hause schiebt. Fahren geht nicht, denn mit seinen jetzt insgesamt fünf Halben Bier ist er schon ganz schön angeschossen und läuft nur noch auf Autopilot. Gut, dass ihn seine Nachbarin vorhin nicht mehr gesehen hat, als er Gerrys Haus verlassen hat. Aber wahrscheinlich war sie schon weg, weil sie pünktlich zum Abendessen mit ihrer Katze zu Hause sein musste. Vielleicht baut sie deswegen so viel Petersilie in ihrem Garten an – für die Sheba-Deko. Wie in der Fernsehwerbung. Die Perserkatze Florentina ist jedenfalls ihr Ein und Alles, wie ihm Gerry erzählt hat. ›Interessanter, guter Typ, der Gerry‹, denkt Hummel jetzt.

›Der exakte Gegenpol zum spießigen Personal in der Kleingartensiedlung.‹

## GANZ VERGESSEN

Mader ist erstaunt, als er am Sonntagnachmittag durch die Akten blättert, die ihm sein Chef Dr. Günther in seiner Urlaubsabwesenheit auf den Schreibtisch gelegt hat. Es handelt sich um einen alten Kriminalfall, den er ihm bei einem gemeinsamen Biergarten-Besuch im Sommer angekündigt hat. Hat er völlig vergessen oder verdrängt. Bis eben. Jetzt liegt da dieser Riesenstapel alter Akten. Er überfliegt die vergilbten Papiere und fragt sich: ›Was soll ich bei einem dreißig Jahre alten Fall noch herausfinden?‹

Mader ist kein Fan von Cold Cases, über die aktuell alle so gerne sprechen, weil man inzwischen mittels moderner Ermittlungsmethoden und neuester DNA-Analysen Verbrechen noch nach Jahrzehnten aufklären kann. Manchmal zumindest. Wo die Gegenwart doch genug Beschäftigung für engagierte Polizeibeamte bietet. Findet Mader. Was soll er mit dem alten Krempel?

Das Telefon lässt ihn aus seinen ungeordneten Gedanken aufschrecken. Nicht das Handy, der Dienstapparat auf dem Schreibtisch. Unbekannte Nummer auf dem Display. Es hört nicht auf zu klingeln. ›Wer weiß, dass ich jetzt hier bin?‹, denkt Mader und hebt ab. Bevor er etwas sagen kann, meldet sich Dr. Günther mit erschreckender Frische: »Na, Mader! Zurück aus der Stadt der Liebe? Haben Sie Ihr Glück gefunden?«

»Nein, aber meinen Seelenfrieden.«

»Damit ist es jetzt leider vorbei. München, Munich, Monaco – Urlaub, das ist anderswo.«

»Bitte?«

»Ist das nicht der Wahlspruch Ihrer Abteilung?«

»Fragen Sie Hummel, der ist der Poet bei uns. – Also, was kann ich für Sie tun?«

»Ich hab Ihnen was hingelegt.«

»Ich hab's gesehen. Was erwarten Sie von mir?«

»Dass Sie sich das in Ruhe ansehen.«

»Heute ist Sonntag.«

»Ja, da hat man im Büro eigentlich nix verloren. Und trotzdem erreiche ich Sie dort. Tja, ich kenne meine Pappenheimer. Wahrscheinlich sind Sie vom Bahnhof gleich ins Büro, um schnell Ihre Mails zu checken, was los war, was so anliegt.«

»So ist es.«

»Andere machen das mit dem Handy.«

»Ich nicht. Ich trenne Privates und Berufliches gerne.«

»Deswegen gehen Sie in Ihrer Freizeit ins Büro, ich verstehe.«

»Also, Sie rufen wegen der Akte an?«

»Exakt. Und ich wollte Ihnen nur kurz sagen, warum. Haben Sie denn ein paar Minuten?«

»Ja, klar. Sie kennen ja den Spruch: München, Munich, Monaco – Urlaub, das ist anderswo.«

Dr. Günther lacht. Dann klärt er Mader auf, dass es nicht nur um irgendeinen alten Fall geht, mit dem er Maders grauen Zellen zum Zeitvertreib beschäftigen will, sondern um einen dunklen Fleck auf seiner sonst so blütenweißen Karriereweste. Es geht um den ersten großen Fall in seiner Laufbahn als Polizist. An dem er gescheitert ist.

Das Opfer war ein Politiker, der tot im Wald in der Nähe seines Hauses im Allgäu gefunden wurde. Erschossen mit einer großkalibrigen Waffe, offenbar seinem eigenen Jagdgewehr. Von seiner Ehefrau und den drei Kindern, mit denen er in dem großen Haus lebte, fehlt bis heute jede Spur. Ein großer ungelöster Fall, der in Bayern wochenlang für Schlagzeilen sorgte. Man spekulierte, ob es sich um das Hinrichtungskommando einer linken politischen Vereinigung handelte, die den rechtskonservativen Politiker Dr. Heribert Winkler bereits mehrfach bedroht hatte.

Dementsprechend groß war der Fahndungsdruck und der Einsatz der Sonderkommission. Vor allem aber auch, weil es keinerlei Spur von der Familie des Politikers gab. Die mit hohem Aufwand betriebene Fahndung brachte überhaupt keine Spuren, keinerlei Erkenntnisse. Die Familie war und blieb wie vom Erdboden verschluckt. Entführung? Es gab kein Bekennerschreiben und auch keine Lösegeld-Forderung. Ein Trittbrettfahrer, der sich als Entführer der Familie ausgab, und Geld erpressen wollte, wurde damals schnell überführt. »Der Tod des Politikers und das Verschwinden seiner Familie sind bis heute jedenfalls komplett ungeklärt«, beendet Günther seinen Vortrag. »Und, was sagen Sie, Mader?«

»Interessant.«

»Ja, nicht wahr? Aber ich will Sie jetzt nicht länger in Ihrer Freizeit stören. Ich würde mich freuen, wenn wir morgen in der Kantine zusammen zu Mittag speisen. Dann kann ich Ihnen noch das eine oder andere Hintergrunddetail berichten. Wie klingt das für Sie?«

»Interessant.«

»Ist das die Standardantwort auf die Frage Ihrer Schwiegermutter, ob Ihnen ihr Spargelrisotto schmeckt?«

»Ich mag keinen Spargel und eine Schwiegermutter hab ich auch nicht.«

»Sie Glückspilz! Sie machen mir Spaß. Wir werden sehen. Bis morgen!«

Mader legt auf und kratzt sich nachdenklich am Kopf. Womit hat er das verdient? Ihm reicht das für seinen letzten Urlaubstag. Eigentlich geht es doch erst morgen wieder los. Aber selber schuld, wenn er unbedingt noch vorher ins Büro muss. Er lässt seinen kleinen Rollkoffer unterm Schreibtisch, denn er will mit Bajazzo zu Fuß nach Hause gehen. »Komm, Bajazzo, hier können wir nichts mehr tun!«

Sie wählen das volle Programm, nehmen auf dem Heimweg alle Stationen mit – die für Sonntag erstaunlich belebte Fußgängerzone, die Flaneure an der Isar und in den Max-Anlagen, das Franzosenviertel Haidhausen mit seinen Straßencafés, das dunkle Mausloch unter den Gleisen des Ostbahnhofs, das Werksviertel wie Legoland in groß, die letzten Arbeitersiedlungen kurz vor dem Michaelibad, schließlich der Ostpark. Er liebt diese Strecke. Nicht überall schön, aber sehr abwechslungsreich. Es dämmert bereits, als er die Hochhäuser hinter dem Park sieht. In einigen Fenstern brennen bereits die Lichter. Ein tröstliches, friedliches Bild. Heimat.

## BIOTONNE

*Liebes Tagebuch,*

ein Tag ist immer die Konsequenz des vorangehenden. Wenn man das so sagen kann. Jedenfalls haben die Taten eines Tages Folgen für den nächsten Tag. Warum habe ich zu Hause noch drei Bier getrunken? Ich war doch eh schon hinüber. Zu viel ist zu viel. Ich habe jedenfalls den Sonntagsbrunch mit Beate verschlafen. Naja, eigentlich hätte ich eh nix essen können. Ich habe Beate mit einiger Verspätung irgendwas von spontaner Grippe und einem verdorbenen Magen erzählt. »Ich kann das riechen«, hat sie daraufhin gesagt. Am Telefon. Haha! Sehr lustig. Gut, dass sowas nicht geht, denn ich hatte zu dem Bier zu Hause noch ein Brot mit der fiesen Knoblauchpaste gegessen, die schon ewig im Kühlschrank steht. Die war ziemlich verschärft. Heute habe ich jedenfalls den Geschmack einer Biotonne im Mund. Gar nicht schön! Und geht nicht weg. Vielleicht war es auch das Glas Oliven, das ich noch im Kühlschrank gefunden habe? Die haben etwas säuerlich geschmeckt. Egal. Verdauungstechnisch ist jedenfalls alles in Ordnung bei mir. Nach einem doppelten Espresso habe ich mich nochmal hingelegt und bin erst am späten Nachmittag wieder aufgewacht. So schnell vergeht die Zeit.

Jetzt werde ich mir einen Teller Nudeln zubereiten und dazu maximal ein kleines Glas Rotwein trinken, um dann vor dem Tatort wegzudösen. Das klingt doch nach einem Plan, Tagebuch, oder? Beate wird sich schon wieder einkriegen. Soll ich sie noch anrufen? Nein, sicher nicht. Sonst muss ich am Ende nochmal außer Haus. Das schaffe ich heute nicht, physisch und mental. Ich werde ihr eine WhatsApp schicken: »Oh, wie gern wär ich jetzt bei dir, wär mein Kopf nur nicht so schwer.« So ähnlich. Ach, sie hat ja eh keine Zeit für mich, sie muss ja abends in der Kneipe hinter dem Tresen stehen. In die Blackbox darf ich heute auf keinen Fall gehen. An der Bar sitzen und nix trinken, das ist wie in der Wüste ohne Wasser. Nein, falsch. Wie im Meer ohne Wasser. Nein, auch falsch. Ach, ein gerades Bild kriege ich heute auch nicht mehr hin. Absolut indiskutabel. Also, in die Kneipe zu gehen. Heute kein Alkohol! Maximal ein kleines Gläschen Rotwein, maximal!

## VERABREDET

Die Begrüßung am Montagmorgen im Präsidium durch Hummel, Zankl und Dosi ist kurz und herzlich.

»Irgendwas passiert, was ich wissen muss?«, fragt Mader in die Runde.

Nein, da ist nichts, was er wissen muss. Erledigte Sachen von letzter Woche interessieren ihn nicht. Mader freut sich, dass seine Leute so selbstständig arbeiten. Falls sie seinen Rat doch brauchen, werden sie sich schon vertrauensvoll an ihn wenden. Denkt er und verbringt den Vormittag mit Kosmetik seines Mailpostfachs, bevor er sich auf den Weg zum Mittagessen mit Dr. Günther macht.

Nach einer Woche Frankreich ist das Kantinenessen durchaus eine kulinarische Herausforderung für Mader. Er hat sich für den mediterranen Gemüseeintopf entschieden und mustert misstrauisch den schillernden Inhalt seines Suppentellers. »Warum wollen Sie den Fall ausgerechnet jetzt nochmal aufrollen?«, fragt Mader sein Gegenüber.

Günther sieht von seinem Rindergulasch auf, in dem er etwas lustlos herumgestochert hat. »Das ist die letzte Gelegenheit. Das Grundstück mit dem Haus des Politikers ist nach vielen Jahren kürzlich von der zerstrittenen Erbengemeinschaft verkauft worden und das Haus soll jetzt abgerissen werden für einen Neubau. Falls es dort noch irgendwelche Spuren gibt, muss man jetzt noch einmal nachsehen.«

»Was meinen Sie mit ›Spuren‹?«

»Ich hatte damals gehofft, im Haus irgendwelche Hinweise zu finden auf Fluchtpläne, Notfallpläne, die erklären könnten, wohin die Familie verschwunden ist. Ich dachte an einen geheimen Panikraum. Ich erhoffte mir Hinweise auf einen Zufluchtsort in der näheren Umgebung. Aber das Haus hat mir nichts erzählt, ich habe nichts herausgefunden.«

»Wenn es Notfallpläne oder ein Versteck gegeben hätte, dann wäre die Familie doch sicher wieder aufgetaucht?«

»Ja. Es lag schon damals nahe, dass die Familie tot war. Vielleicht schon zu dem Zeitpunkt, als Winkler gestorben ist. Vielleicht ein wenig später. So sieht es leider aus. Aber trotzdem konnten Frau Winkler und die Kinder sich nicht einfach in Luft aufgelöst haben. Mich lässt der Gedanke nicht los, dass die Frau und die Kinder nicht weit entfernt von dem Haus zu finden sind.«

»Aber warum glauben Sie, dass es in dem Haus irgendwelche Hinweise zu ihrem Verschwinden gibt?«

»In dem Haus kann man zumindest noch die ... Ich weiß auch nicht, wie ich sagen soll, die Aura der Menschen spüren, die dort gelebt haben. Ich hatte keinen Erfolg damals. Ich brauche jetzt jemanden, der unbelastet und mit frischem Blick sich das Ganze noch einmal ansieht. Es bleiben zwei Wochen, dann ist das vorbei, dann existiert das Haus nicht mehr.«

»Und wenn die Familie Winkler damals ins Ausland verschwunden ist?«

»Warum?«

»Keine Ahnung. Vielleicht sind sie in ein Versteck gebracht worden und dort festgehalten worden. Dauerhaft.«

»Wie Natascha Kampusch?«

»Es gibt nichts, was es nicht gibt.«

»Die Kampusch wurde bewacht. Und ist schließlich geflohen. Irgendwann gibt es immer eine Gelegenheit.«

»Haben Sie denn eine Theorie, was vorgefallen sein könnte?«

»Nein. Ich habe keine Ahnung, was passiert ist. Ich habe alle möglichen und unmöglichen Theorien durchdacht.«

»Es geht doch nicht nur um einen alten Fall? Warum ist das Ihnen so wichtig, das liegt doch alles viele Jahre zurück?«, fragt Mader einmal mehr.

Günther zögert etwas, dann erklärt er: »Ich habe mich für einen Leitungsposten beim LKA beworben. Mein Konkurrent ist ein früherer Kollege und er hat nun diesen Misserfolg bei den Ermittlungen damals ins Feld geführt, um mich auszustechen! Ich war an den Ermittlungen maßgeblich beteiligt und bin leider komplett gescheitert. Das wirft mir jetzt mein Mitbewerber vor. Wir waren zusammen in einem Dezernat. Und schon damals keine Freunde. Ich will das nicht auf mir sitzen lassen. Zumal das Haus jetzt abgerissen wird und damit alle vielleicht noch verbliebenen Spuren zerstört werden. Es besteht eine letzte Gelegenheit, noch einmal einen Blick auf den Tatort zu werfen.«

»Tatort?«

»Ja, ich wüsste nicht, was das sonst ist.«

»Wird man sich vor Ort nicht wundern, wenn wir den Fall jetzt wieder aufrollen?«

»Der Fall ist eiskalt, wir treten niemandem auf die Füße, wenn wir uns das nochmal anschauen. Und idealerweise bekommt das auch niemand mit.«

»Und wie soll ich Ihnen dabei behilflich sein? Für mich ist das doch komplett neu.«

»Eben. Wissen Sie, ich habe lange nachgedacht. Wenn jemand eine neue Idee dazu entwickeln könnte, dann Sie. In den letzten Jahren haben Sie mich immer wieder überrascht. Ich habe das Gefühl etwas ganz Entscheidendes übersehen zu haben. Wo ist die Familie abgeblieben? Es muss doch irgendwelche Spuren, Hinweise geben. Vier Menschen können nicht einfach so verschwinden.«

Mader nickt nachdenklich. »Und dieser Politiker? Was können Sie mir zu dem sagen?«

»Dr. Heribert Winkler, CSU, Landtagsabgeordneter, Vorsitzender im Wirtschaftsausschuss, stramm rechtskonservativ, wirtschaftsliberal, ein Linkenfresser. Sehr umstritten, aber effektiv. Im Sinne des damaligen Politikverständnisses.«

»Klingt nicht gerade nett.«

»Winkler war ein Arschloch, wie es im Buche steht.«

»Waren Sie mit ihm befreundet?«

»Wie kommen Sie auf die Idee?«

»Ihr Tonfall deutet auf eine gewisse Vertrautheit hin.«

»Nein, wir waren nicht befreundet. Das wäre definitiv zu viel gesagt. Aber ich kannte ihn ganz gut. Im Rahmen meiner Ausbildung war ich auch beim Personenschutz. Wir mussten immer wieder für die Sicherheit von Politikern sorgen. Auch bei Winkler.«

»Zu dieser Zeit?«

»Nein. Also, ich habe nicht auf meinem Posten versagt, wenn Sie das andeuten wollen.«

»Ich deute gar nichts an.«

»Beim Personenschutz war ich damals schon ein gutes Jahr nicht mehr.«

»Und dass Sie bei den Ermittlungen dabei waren, das war in Ordnung? Also, wenn Sie bereits in einer Beziehung zu ihm standen?«

»Beziehung stimmt ja nicht. Winkler war ein weithin angefeindeter Politiker. Als das alles passierte, fühlte ich mich mitschuldig. Der Personenschutz soll die Leute ja vor solchen Angriffen schützen. Ich wollte unbedingt klären, was da passiert ist. Es ist mir nicht gelungen. Der Fall hat mich ein Jahr meines Lebens gekostet. Wahrscheinlich mehr. Ich habe Tag und Nacht gearbeitet.«

»Ich verstehe es immer noch nicht. Warum haben Sie so viel Energie darauf verwendet?«

»Es war ein Riesenfall. Ich wollte beweisen, was ich kann.«

»Wie kam das an? Also bei den Kollegen, den Vorgesetzten.«

»Nicht gut. Nach einem halben Jahr wollte man den Fall abschließen. Auch ohne Ermittlungsergebnis.«

»Und Sie haben auf eigene Kappe weiterermittelt?«

»Ja.«

»Aha. Und dann?«

»Als mein Vorgesetzter es herausfand, wurde ich explizit angewiesen, die Finger davon zu lassen. Auch weil in dem Fall viele Kompetenzen an den Staatsschutz gegangen sind. Wegen möglicher politischer Motive. Ich vermute, dass es denen nie um die Familie ging.«

»Und Sie haben dann aufgehört zu ermitteln?«

»Nein, ich blieb auch weiterhin an dem Fall dran. Heimlich, nach Feierabend, am Wochenende. Aber irgendwann hat es aufgehört. Ist verblasst wie ein schlechter Traum. Und trotzdem bin ich alle paar Jahre mal wieder zu dem Haus gefahren, um mich dort umzusehen. Eigentlich vor allem, um zu überprüfen, ob ich damit fertig werde, mich damit abfinde. Verstehen Sie das?«

»Der Täter kehrt immer wieder an den Tatort zurück – der Ermittler auch.«

»Vor einem guten Monat war ich mal wieder bei dem Haus. Da stand plötzlich ein Bauzaun rund um das Grundstück. Ich habe mich auf dem Gemeindeamt erkundigt. Das Grundstück ist bereits verkauft, das Haus wird in zwei Wochen abgerissen und dann ist es endgültig vorbei. Aber noch haben wir ein kleines Zeitfenster.«

»Und was erwarten Sie jetzt von mir? Neue Erkenntnisse durch DNA-Analysen, Big Data?«

»Mader, ich weiß doch, wie Sie ticken. Ich brauche kein High-Tech, ich brauche jemanden mit einem anderen Blick, einer originellen Idee abseits dessen, was wir damals schon alles versucht haben. Wenn das einer kann, dann Sie.«

»Danke für die Blumen.«

»Lesen Sie sich in den Fall ein, die offiziellen Akten haben Sie bereits. Ich gebe Ihnen noch meine privaten Aufzeichnungen. Wenn Sie das möchten.«

»Aber wie soll ich das machen – ermitteln ohne konkreten, aktuellen Anlass?«

»Mord verjährt nicht.«

»Also da würden mir diverse ungelöste Fälle einfallen.«

»Haben Sie im Moment denn viel auf dem Tisch?«

»Es geht so. Nein, aktuell nichts wirklich Wichtiges.«

»Geben Sie das Tagesgeschäft in die Hände Ihres Teams. Sie bekommen von mir Sonderurlaub.«

»Wie bitte?«

»Mader, Sie haben dieses Jahr 35-jähriges Dienstjubiläum. Da ist eine Woche drin. Ganz offiziell. Keine Extratour.«

»Super, dann fahr ich nochmal nach Paris.«

»Im Ernst, Mader, ich brauche Ihre Hilfe.«

»Korrekt ist das mit dem Sonderurlaub aber nicht.«

»Sehen Sie es als Weiterbildung.«

»Worum geht es Ihnen eigentlich? Da steckt doch mehr dahinter, oder?«

»Ich würde Sie bitten, jetzt keine weiteren Fragen zu stellen.«

»Okay, ich stell jetzt keine Frage mehr. Wenn ich einen Überblick habe, will ich aber die Hintergründe wissen, warum Sie das unbedingt noch klären wollen.«

»Es geht um meine Karriere. Das hab ich Ihnen doch gesagt.«

»Das reicht mir nicht.«

Günther seufzt. »Das habe ich befürchtet. Ja, später erzähl ich Ihnen mehr. Nicht über den Fall – über mich.«

»Ich erinnere Sie daran.«

»Und Ihre Leute erfahren bitte nichts von der Sache.«

## DERRICK

Zankl und Dosi fahren mit dem Dienstwagen die Grünwalder Straße stadtauswärts. Die Sonne steht fett am Himmel, ein schöner Herbstnachmittag. Rumpelnd zischt eine Trambahn an ihnen vorbei. Im dichten Verkehr kommen sie nur sehr langsam vorwärts. Hohe Dichte an Edel-Karossen – Porsche, BMW, Mercedes, Jaguar.

»San ma a bisserl untermotorisiert«, sagt Dosi an einer roten Ampel und tut so, als würde sie in der Nase popeln und ihr Fundstück aus dem Fenster schnippen. Sie freut sich über das entsetzte Gesicht des wettergegerbten Cabriofahrers neben ihr. Als dieser zu einer Tirade Luft holt, greift sie unter den Sitz zur Polizeikelle und winkt ihm mit einem frechen Grinsen.

»Dosi, jetzt lass mal den Schmarrn, am Ende kriegt der ein Herzkasperl.«

»Wegen mir gerne.«

»Nanana …« Zankl deutet nach rechts. »Den Harlachinger Berg runter und du bist bei Hummel im Schrebergarten. Können wir am Rückweg ja mal vorbeischauen. Er hat gesagt, dass er abends dort jetzt immer noch einen Zwischenstopp einlegen muss – zum Rasensprengen.«

»Wie du das sagst!«

»Ja, wie?«

»Na, als will er alles in die Luft jagen. Rasen sprengen.«

»Und Blumen gießen natürlich.«

»Ja, dass der so aufgeht in seinem Nebenjob als Gärtner, erstaunlich.« Dosi steckt sich ein Fisherman's in den Mund. »Den grünen Daumen hätte ich gar nicht vermutet bei ihm.«

»Mir reicht schon unser Balkon. Jasmin macht da immer ein Riesengeschiss. Im Frühjahr die Holzplatten von IKEA drauflegen, die Töpfe neu bepflanzen, dann alle Töpfe richtig platzieren. Die eine Pflanze mag Halbschatten, die andere braucht es ganz dunkel, der nächsten wiederum macht pralle Sonne nichts aus. Und das Gießen ja nicht vergessen, aber bitte nicht zu viel! Und andauernd muss ich irgendwelche Töpfe wegräumen, damit wenigstens ein bisschen Platz ist. Die Pflanzen haben mehr Rechte auf dem Balkon als ich. Und Ende September darf ich die Platten dann wieder wegräumen und die Pflanzen, die draußen bleiben, mit Jutesäcken verhüllen, als wäre es ein verdammtes Projekt von Christo. Die reinste Sisyphos-Arbeit. Es gibt doch winterharte Pflanzen.«

»Tannen zum Beispiel.«

»Zum Beispiel. Aber nein, es muss ja schön bunt sein. Auch laut Clarissa. Einpflanzen ist immer voll super, aber Gießen ist dann voll öde und ich bin der Depp, der dran denken muss oder angemotzt wird, wenn die Pflanzen vertrocknen. Und die Hängematte, die ich auf dem Balkon aufgespannt habe, ist auch immer besetzt, wenn ich mich mal eine Viertelstunde reinlegen will.«

»Zankl. Weißt du, was ich denke?«

»Woher soll ich wissen, was du denkst?«

»Dass du auf einem ziemlich hohen Niveau jammerst. Dass du es eigentlich gut findest, wenn du gebraucht wirst, wenn du moderige Balkonbretter auswechseln oder das schwere Zitrusbäumchen in den Keller zum Überwintern bringen sollst. Und wenn der Balkon sogar groß genug ist für eine Hängematte, dann kannst du meinen mal anschauen. Vielleicht erklärst du mir dann auch, warum ein Geländer eigentlich ›Französischer Balkon‹ heißt. Also jammer nicht!«

Zankl will schon aufbrausen, dann überlegt er und sagt: »Ja, vielleicht hast du recht. Eigentlich brauche ich mich nicht beschweren, auch wenn das mit den blöden Pflanzen nervt.«

»Solange es nur die Pflanzen sind und nicht deine Familie generell.«

»Naja, manchmal ist es schon sehr eng. Also rein physisch. Wir leben zu viert auf siebzig Quadratmetern!«

»Du bist doch eh kaum zu Hause.«

»Haha, Dosi, sehr witzig.«

»Na, dann hoffe ich mal, dass du keinen Anfall von Sozialneid bekommst, wenn wir jetzt gleich eine Grünwalder Villa betreten.«

»Ich kann's kaum erwarten, einen Blick hinter die hohen Mauern einer Millionärsvilla zu werfen. Bestimmt ein riesiges geschmackloses Haus, das den Odem tödlicher Langeweile verströmt. Wie die meisten Villen dort. Wo Mumien wohnen, die sich nur durch intravenöse Zufuhr von Champagner und Cognac über ihre triste Restlaufzeit retten.«

»Zankl, in welcher Klischeehölle lebst du denn?«

»Hast du nie Derrick geguckt?«

»Was ist das?«

»Gibt's ja nicht. Du kennst Derrick nicht? Das ist eine Kultserie im Fernsehen aus den Achtzigern! Mit Horst Tappert als Stefan Derrick.«

»Wer ist das?«

»Ein Schauspieler. Horst Tappert hatte legendäre Tränensäcke. Und Dackelblick. Als Kriminaler Stefan Derrick war er oft in Grünwald unterwegs. Streifte wie ein schläfriger Dachshund durch die edlen Wohngruften. Die Leute, Frisuren, sagenhaft! Das pure Grauen. Und die Klamotten erst! Riesenkrägen, Rüschen, Frauenblusen mit Schulterpolstern. Slowmotion-Fernsehen. Du musst dir unbedingt mal eine Folge reinziehen.«

»Den Eindruck habe ich jetzt nicht.«

»Doch, das ist Kult. Glaub's mir.«

»Ich werde es googeln. Wenn mir mal sehr langweilig ist. Vielleicht sollte Mader sich die Serie mal wieder anschauen.

Klingt ganz, als würde ihm das gefallen.«

»Ach, der rührt sich doch fast gar nicht mehr aus seinem Büro. Außer, um mit Bajazzo Gassi zu gehen.«

»Sei froh, dass er uns machen lässt. Ich freu mich immer, wenn ich mal rauskomm.«

»Ich auch. Mader war heute Mittag übrigens mit Dr. Günther essen – der Arme.«

»Mader oder Günther?« Dosi grinst.

»Da vorne ist es«, sagt Zankl und deutet zu der riesigen Villa, vor der ein Krankenwagen und zwei Polizeiautos stehen.

»Hui!«, staunt Dosi, als sie kurz darauf in dem Foyer des pseudoklassizistischen Baus stehen. »Das ist echt groß.« Ihr Blick geht hoch zu dem Kronleuchter, der wie ein glitzernder Todesstern fünf Meter über ihnen hängt.

»Der Typ konnte sich sowas leisten«, sagt Zankl.

»Was hat der denn beruflich gemacht?«

»Konservenfabrikant. Ferdinand von Pröller.«

Dosi lacht auf. »Ha, jetzt kapier ich es erst. Das ist der Heini von Pröller-Gewürzgurken. Die kauf ich auch immer. Nicht die billigsten, aber die einzigen, die so richtig knacken. Fränki steht voll auf die Dinger. Er macht seinen Schweizer Wurstsalat immer mit Pröller-Gurken, der totale Hammer. Geschmack mit Knack – toll, töller, Gurken von Pröller. So ein geiler Werbespruch!«

Zankl hört ihr gar nicht zu und geht zu der Rechtsmedizinerin, die gerade über ihren Instrumentenkoffer gebeugt ist. »Hallo Gesine, was machst du denn hier?«

»Dasselbe wie ihr wahrscheinlich. Fremdverschulden ausschließen. Ihr kommt ganz schön spät?«

»Wir haben noch Anderes auf dem Tisch.«

»Ich auch.«

»Boah, der war gut«, murmelt Zankl. »Nein, wir sind ziemlich lang im Stau gestanden zwischen den Kleinwagen von Porsche, Maserati und Bentley.«

»Ich bin mit dem Krankenwagen mitgefahren, mit Blaulicht ging das recht flott.«

»Ich denke, der Mann ist tot. Was brauchen wir da noch einen Krankenwagen?«

»Nicht für den Toten.«

»Sondern?«

»Naja, wenn man einen Toten findet und nicht so viel Erfahrung damit hat wie wir, dann kriegt man schon mal schnell einen Schock. Besonders Angehörige. Deswegen ist auch ein Kriseninterventionsteam hier. Aber der Frau geht es offenbar den Umständen entsprechend gut.«

»Okay. Und worum geht es genau? Ein Unfall?«

»So sieht es zumindest aus. Aber macht euch am besten selbst ein Bild.«

Sie folgen Gesine ins Untergeschoss des Hauses, wo sich ein großes Schwimmbad befindet. Die schwarzen Schieferplatten, mit denen alles ausgekleidet ist, schimmern matt im Tageslicht, das durch raffiniert eingesetzte Oberlichter einfällt. Das Ganze wirkt wie das Set eines James-Bond-Films.

»Luxus ist doch was Angenehmes«, sagt Gesine. »Vielleicht wird hier ja bald was frei.«

»Tja, wenn du tot bist, dann hilft dir auch der schönste Luxus nix«, meint Dosi.

»Das hast du schön gesagt, Dosi«, sagt Zankl.

»Ist doch so. Darf ich?«, fragt sie Gesine und deutet auf den zugedeckten Leichnam.

Gesine tritt zur Seite. »Aber bitte doch. Ist ganz frisch.«

Dosi zieht das Tuch weg. Zum Vorschein kommt ein trotz sanfter Leichenblässe immer noch satt gebräunter, durchtrainierter Herr. Nicht mehr ganz faltenfrei, aber insgesamt doch sehr sportlich.

Dosi nickt nachdenklich. »Das ist also der Gurkenkönig. Wir alt ist er geworden?«

»Sechsundsiebzig«, sagt Zankl.

»Was du alles weißt.«

»Ich mach mich halt gerne schon vorher schlau.«

»Dafür kenn ich seine Gürkchen. Mann, für Sechsundsiebzig ist der Herr von Pröller noch ganz gut beieinander.«

»War, meine Liebe.«

»Ach, eigentlich sieht der Gurkenkönig noch immer ganz knackig aus. Als würde er gleich aus seinem Mittagsschlaf erwachen. Er vermittelt jedenfalls nicht den Eindruck, als würde er einfach so vom Stangerl fallen. Steht die Todesursache denn schon fest, Gesine?«

»Nein. Aber vermutlich Ertrinken. Vielleicht auch Herzinfarkt. Wir werden sehen.«

»Wer hat ihn denn gefunden?«, fragt Zankl.

»Seine Frau, wenn ich das richtig verstanden habe. Sie kam vom Friseur und da schwamm er auf der Wasseroberfläche. Gesicht nach unten. Müsst ihr die Grünwalder Kollegen nochmal fragen. Die waren zuerst hier.«

»Todeszeit?«

»Vermutlich zwischen zehn und zwölf Uhr.«

Jetzt kommt ein uniformierter Beamter ins Schwimmbad und stellt sich vor: »Gruber, Dienststelle Grünwald. Brauchen Sie uns denn noch?«

»Grüß Sie«, sagt Zankl und gibt ihm die Hand. »Die Ehefrau ist oben?«

»Ja.«

»Sagen Sie, was denken Sie – ein Unfall?«

»Offenbar. Wobei das schon komisch ist, der Typ sieht eigentlich topfit aus.«

»Ja, das finden wir auch. Danke nochmal, Sie können gehen. Wenn wir noch Fragen haben, rufen wir an.« Zankl sieht nachdenklich zum Pool. »Der war doch bestimmt ein guter Schwimmer. So wie der aussieht.«

»Mei, vielleicht war es einfach ein Unfall«, meint Gesine. »Dinge passieren. Ein Krampf, Herzstillstand.«

»Naja, Gesine, und warum obduzierst du ihn dann?«, fragt Dosi.

»Damit wir die Todesursache auch amtlich haben. Sicher ist sicher. Bei so viel Kohle.« Sie macht eine ausladende Bewegung mit den Armen.

»Komm, Dosi«, sagt Zankl, »mich würde jetzt schon sehr interessieren, was seine Frau zu all dem sagt.«

Sie gehen nach oben in die riesige Wohnküche der Villa. Auf einem Stuhl am Esstisch sitzt eine zusammengesunkene Frau mittleren Alters.

»Hallo, wir sind von der Polizei«, stellt sich Dosi vor. »Roßmeier. Mein Kollege Zankl. Haben Sie ihn gefunden?«

Die Frau sieht sie mit verheulten Augen an. »Ja, normalerweise gehe ich da nicht runter.«

»Aha?«

»In der Regel bin ich nur für die Küche zuständig.«

»Aha. Sehr schön«, sagt Dosi amüsiert.

»Wie, äh, meinen Sie das?«

»Tschuldigung. Ging Ihr Mann immer zur selben Zeit schwimmen?«

»Das ist nicht mein Mann, ich bin die Haushälterin. Gerlinde Meiler.«

»Oh, ich dachte, seine Frau hätte ihn gefunden? Da haben wir offenbar was falsch verstanden. Sie haben ihn also gefunden, Frau Meiler?«

»Ja, unten im Pool.«

»Wann sind Sie denn heute ins Haus gekommen? Oder wohnen Sie hier?«

»Nein, ich wohne nicht hier. Ich komme immer um halb elf und beginne dann mit den Vorbereitungen für das Mittagessen.«

»Die Ehefrau war zu dieser Zeit nicht im Haus?«, fragt Dosi.

»Nein. Frau von Pröller hatte heute Vormittag einen Friseurtermin in München.«

»Und warum sind Sie dann nach unten zum Schwimmbad

gegangen? Also, wenn Sie sonst nicht runtergehen?«

»Ich hatte ein komisches Gefühl. Hat man ja manchmal.«

»Und da haben Sie ihn gefunden?«

»Nicht sofort. Es war ganz still. Das war merkwürdig. Weil da unten hallt es ziemlich stark. Ich dachte erst, dass Herr von Pröller mit dem Schwimmen schon fertig ist, aber sein Bademantel lag noch auf der Liege. Als ich an den Beckenrand getreten bin, habe ich ihn gesehen.«

Dosi nickt. »Beschreiben Sie es bitte ganz genau.«

»Ganz hinten, also an der Fensterseite in der Ecke. Ein paar Zentimeter unter der Wasseroberfläche, Gesicht nach unten, Arme und Beine merkwürdig vom Körper abgespreizt. Wie eine Spinne. Er sah schrecklich aus.«

»Haben Sie ihn angefasst?«

»Bei Gott, nein!«

»Und Sie waren sich ganz sicher, dass er tot ist?«

»Ja. Ich … Also … Meinen Sie …? Habe ich etwas falsch gemacht?«

»Nein. Und unsere Polizeikollegen haben Herrn Pröller …«

»Von Pröller.«

»Herrn von Pröller. Die Kollegen haben ihn also genauso vorgefunden wie Sie zuvor?«

»Nein.«

»Äh? Was haben Sie denn gemacht, nachdem Sie ihn gefunden haben?«

»Einen Schnaps getrunken. Oben in der Küche.«

Dosi muss unwillkürlich lachen. »Entschuldigung. Und dann haben Sie die Polizei gerufen?«

»Nein, ich hab Frau von Pröller angerufen. Also, ich hab es probiert. Sie ist aber nicht ans Handy gegangen. Ich wollte gerade die Polizei anrufen, da kam Frau von Pröller nach Hause. Sie hat ihren Mann aus dem Wasser gezogen und die Polizei gerufen. Das war doch alles richtig?«

»Ja, völlig richtig«, bestätigt Zankl.

Frau Meiler sieht Dosi an. »Darf ich Sie etwas fragen?«

»Ja, bitte?« Dosi lächelt aufmunternd.

»Ihre uniformierten Kollegen haben mir schon ganz ähnliche Fragen gestellt. Also, ich versteh nicht ganz, warum Sie das alles noch einmal wissen wollen?«

»Die Kollegen sind von der Bereitschaftspolizei. Wir sind von der Kripo.«

»Kriminalpolizei?«

»Mordkommission«, präzisiert Dosi.

»Sie glauben doch nicht etwa, also, dass jemand, dass ich …?«

»Machen Sie sich keine Sorgen. Wir kommen vor allem, um Fremdverschulden auszuschließen«, erklärt Zankl. »Reine Routine.«

»Routine?«

»Naja, für Außenstehende sieht es immer dramatisch aus, wenn wir auftauchen. Aber das sind einfach feste Abläufe. Feststellen der Todesursache, Todeszeit, Befragung von Mitbewohnern, Ehepartnern, diese Sachen halt. Jetzt würden wir sehr gerne mit Frau Pröller sprechen.«

»Sie ist im ersten Stock, im Wohnbereich.«

»Jetzt hat sie es nicht korrigiert«, sagt Dosi zu Zankl, als sie nach oben gehen.

»Wie meinst du das?«

»Frau von Pröller.«

»Aha, Dosi. Willst du damit etwas andeuten?«

»Ach, die Hausherrin ist nicht da, und die Haushälterin geht in den Wellnessbereich hinunter, wo der adlige Fabrikant von und zu in seinem engen Badehoserl seine Bahnen zieht. Sie kommt runter, um ihm den flauschigen Bademantel anzureichen. Könnte es nicht sein, dass sie mehr ist als nur die Haushälterin?«

»Du hast ja doch Derrick geschaut.«

»Hab ich nicht.«

»Aber genau so funktionieren diese Filme.«

»Dann glaub ich nicht, dass ich mir auch nur eine Folge ansehen will.«

Im oberen Bereich des Hauses erstreckt sich hinter einer halboffenen Schiebetür aus dunklem Rauchglas ein riesiges Wohnzimmer mit ausufernder Sofalandschaft. In einer Ecke der Polster kuschelt sich eine junge Frau mit sehr langen, glatten, schwarzen Haaren in eine mauvefarbene Kaschmirdecke. Der Lippenstift passt perfekt zur Wolldecke.

›Die Trauer steht ihr gut‹, denkt Zankl, ›wow, was für eine attraktive Frau!‹

»Frau von Pröller?«, sagt Dosi.

Die Angesprochene blickt auf. Klare, graue Augen, auf den Wangen zarte Sommersprossen. Zankl ist ganz hin und weg.

»Roßmeier, das ist mein Kollege Zankl. Wir sind von der Kripo. Mordkommission.«

»Mordkommission?«, fragt Frau von Pröller irritiert.

»Keine Angst. Wir kommen routinemäßig, wenn jemand stirbt. Hatte Ihr Mann irgendwelche Beschwerden?«

»Nein, also nichts Ernstes. Keine Probleme mit dem Herzen. Wenn Sie das meinen.«

»Wie alt ist er, also, wie alt war er?«

»Sechsundsiebzig.«

»Darf ich fragen, wie alt Sie sind?«

»Vierunddreißig.«

»Aha.«

»Und?«

»Nichts und. Macht 110. Sind Sie schon lange verheiratet?«

»Vier Jahre.«

»Sie waren beim Friseur, als es passiert ist?«

»Ich weiß nicht genau, wann es passiert ist. Aber ja, ich war nicht zu Hause, ich war in Schwabing beim Friseur.«

»Sie müssen nicht arbeiten?«

»Ich habe heute frei.«

»Ihr Mann wusste das?«

»Natürlich wusste er das.«

»Ich meine, er wusste, dass er alleine zu Hause ist, also, dass Sie beim Friseur sind?«

»Natürlich. Und ganz allein war er ja nicht. Frau Meiler kommt immer um halb elf. Ich bin so gegen halb zehn aufgebrochen.«

»Haben Friseure nicht am Montag zu?«

»In der Regel. Aber ich bin Stammkundin.«

»Sehr schön. Und was hat Ihr Mann heute Vormittag gemacht?«

»Wir hatten gerade gefrühstückt und er las wie immer in der Zeitung. Peter ist Frühaufsteher. Ab sieben Uhr sitzt er am Schreibtisch und kümmert sich um die Firma, dann macht er um neun Uhr Frühstück für uns.«

»Das macht nicht Frau Meiler?«

»Nein, das macht, also das machte er immer selbst. Frau Meiler kommt erst für das Mittagessen und kümmert sich anschließend um den Haushalt.«

»Was machte Ihr Mann dann nach dem Frühstück?«

»Um zehn Uhr ging er immer nach unten zum Schwimmen und im Anschluss erledigte er noch ein paar geschäftliche Anrufe bis zum Mittagessen um dreizehn Uhr. Am Wochenende, oder wenn ich frei habe, gehen wir nach dem Essen dann immer spazieren.« Die letzten Worte versickern in einem leisen Schluchzen.

›Heute nicht‹, denkt Dosi.

»Ihre Haushälterin hat versucht, Sie telefonisch zu erreichen«, sagt Zankl. »Als sie ihren Mann im Pool gefunden hat.«

»Mein Handy war im Flugmodus, als ich beim Friseur gesessen bin.«

Dosi nickt. »Sehr gut, ja. Sagen Sie, hat Ihr Mann Kinder?«

»Warum fragen Sie mich nicht?«

»Haben Sie denn Kinder?«

»Nein, das hat leider nicht geklappt. Wollen Sie mich jetzt

noch fragen, wie ich meinen Lebensunterhalt bestreite?«

»Äh, das hätte ich jetzt glatt vergessen.«

»Ich bin Consultant bei der KPMG.«

»Was ist das?«

»Ein großes Wirtschaftsprüfungsunternehmen. Und da war ich schon, bevor ich meinen Mann kennenlernte.«

»Dann ist ja alles gut. Danke, das war's dann. Ich habe keine Fragen mehr. Du, Zankl?«

»Nein, vielen Dank.«

»Auf Wiedersehen«, sagt Dosi kühl.

Frau von Pröller nickt nachdenklich.

»Sag mal Dosi, was war das denn für eine Nummer?«, fragt Zankl unten im Foyer. »Warum bist du die Frau so angegangen?«

»Bauchgefühl.«

»Bauchgefühl?«

»Ich hatte Lust drauf. Das riecht doch alles komisch. Altersunterschied von vierzig Jahren. Was will eine so schöne Frau von so einem Greis, wenn nicht sein Geld? Sag mir das, Zankl.«

»Man nennt es Liebe?«

»Maximal Vaterkomplex. Eine schöne und gebildete Frau, auch noch mit einem Topjob. KPMG, ich glaub's nicht. Verdient wahrscheinlich das Fünffache wie wir.«

»Erst sagst du, du kennst den Laden nicht – Dosi, was soll das?«

»Zankl, ich trag mein Herz nicht immer auf der Zunge. Manchmal muss man die Latte ein bisschen tief hängen, um nicht allzu schlau rüberzukommen.«

»Das ist dir auf alle Fälle gelungen.«

»Du musst ja grad reden, Zankl.«

»Wie meinst du das?«

»Also Intelligenz hast du nicht gerade ausgestrahlt. Glotzt die Tante an wie ein verliebter Dackel.«

»Das stimmt nicht!«

»Und wie das stimmt. Aber ich versteh dich ja, mein Lieber.

Und die Haare sind echt toll. Pechschwarz. Bestimmt gefärbt.«

»Und wenn. Glaubst du wirklich, dass sie etwas mit dem Tod ihres Manns zu tun hat?«

»Man muss alle Möglichkeiten in Betracht ziehen. So ganz leuchtet mir das mit dem Unfall nicht ein. Der Mann war vielleicht alt, aber der sah doch topfit aus.«

»Sie hat ein Alibi, sie war beim Friseur. Und was hätte sie machen sollen? Seinen Kopf unter Wasser drücken? Also, das schafft die Frau nicht. Der Alte war muskulös.«

»Die Haushälterin mag die Ehefrau jedenfalls nicht. Vermute ich mal. Da war nicht viel Wärme in ihren Worten.«

»Weil sie selbst in den Alten verknallt war?«, überlegt Zankl.

»Ja, vielleicht.«

»Im besten Fall haben jetzt beide einen geliebten Menschen durch einen tragischen Unfall verloren.«

»Unfall?«, fragt Dosi.

»Naja, wie nennt man das, wenn man einem plötzlichen Herztod erliegt? Wir müssen schauen, was Gesine sagt.«

»Zankl, irgendwas ist faul an der ganzen Sache. Das ganze Edelambiente hier. Allein das riecht unecht. Hier stimmt doch was nicht.«

»Ich glaube nicht, dass die Ehefrau was damit zu tun hat.«

»Warum, Zankl?«

»Bauchgefühl.«

»Zankl, mach dich nur lustig über mich.«

## SCHNITTMENGE

›Dr. Günther hat recht‹, denkt Mader am Abend zu Hause, ›interessanter Fall, sehr interessant sogar.‹ Er hat den ganzen Nachmittag nicht nur die Akten studiert, sondern sich auch im Internet die damalige Presseberichterstattung angesehen und so einiges über die zahlreichen politischen Verschwörungstheorien gelesen. Der Fall des toten Politikers und seiner verschwundenen Familie hatte für großes Aufsehen und viele Spekulationen gesorgt. Auch der Politiker an sich ist interessant – ohne Frage ein Law-and-order-Hardliner. ›Was ist das persönliche Moment zwischen Dr. Günther und Dr. Heribert Winkler?‹, überlegt Mader. ›Gibt es vielleicht sogar eine emotionale Schnittmenge? Beides unsensible Karriereärsche, würde Doris wohl sagen.‹ Aber das interessiert Mader nicht. Es gibt eine engere Verbindung zwischen den beiden, da ist er sich sicher, auch wenn Günther gesagt hat, dass sie nicht befreundet waren. Die Familie, die Frau? Mader hat den Hörer schon in der Hand, um Günther direkt zu fragen, dann legt er wieder auf. Nein, er möchte sich nicht den Blick durch zu viele persönliche Informationen verstellen lassen.

Erst einmal die schlichten Fakten: ein Toter, vier Vermisste, fünf Personen – eine ganze Familie. Ausgelöscht? Das ist Anreiz genug, sich verstärkt Gedanken zu machen. Heute wäre ein solches spurloses Verschwinden nicht mehr möglich – Handys, Internet, digitale Spuren, man kann nicht mehr komplett abtauchen. Oder doch? Das Ganze ist dreißig Jahre her – natürlich ist das ein kalter Fall. Nur für einen offenbar nicht – Dr. Günther. Warum beschäftigt ihn das noch? Zum einen sind da irgendwelche ganz persönlichen Gründe, zum anderen geht es um seine Karriere. Günther will das klären, weil er sich woanders bewerben will. Wenn das mit der neuen Stelle wegen dieser alten Geschichte nicht klappen sollte, wäre das zweifellos eine späte Pointe. Und er soll helfen, dass das nicht passiert. Soll er sich dann eigentlich selbst auf den Posten des Dezernatsleiters bewerben? Hat Günther nicht gesagt. Passt vielleicht auch nicht in seine Personalpolitik. Oder doch? Will er das denn, sich jetzt noch weiterentwickeln? Mader ist sich nicht sicher. Noch mehr Verwaltungskram? Eigentlich nicht. Aber bevor ihm ein Karrieredepp vor die Nase gesetzt wird, wird er es tun. Vielleicht. Mal sehen.

Das ist kein Fall, der sich am Schreibtisch klären lässt, so viel ist Mader schon jetzt klar. Er braucht ein Gespür für den Ort, um zu verstehen, was dort passiert ist. Hat ihm Günther ja nahegelegt. Also gut, er wird das Haus besuchen und sich dort umsehen, bevor es nicht mehr existiert. Mader schreibt seinen Leuten eine Mail, dass er zu einer Fortbildung verdonnert wurde. Plötzlich ein Platz freigeworden, blablabla, Dr. Günther hätte die hervorragende Idee gehabt, ihn dahinzuschicken. Ihr kommt doch sicher noch eine Woche ohne mich aus, oder?, beendet er seine Mail und schickt sie ab.

## DESOLAT

*Liebes Tagebuch,*

ein komischer Tag heute. Fast habe ich mich im Büro einsam gefühlt. Zankl war mit Dosi unterwegs, um sich einen Ertrunkenen in Grünwald näher anzuschauen. Ertrinken im eigenen Pool. Könnte mir zumindest nicht passieren. Ich habe ein paar blöde Bürosachen erledigt, bevor ich zum Zahnarzt musste. In dem Griechischen Salat heute Mittag in der Kantine war eine Olive mit Stein, auf den ich voll draufgebissen habe. Wären wir jetzt in Amerika, könnte ich den Kantinenwirt auf viele 100 000 Dollar Schadenersatz verklagen wegen meines herausgebrochenen Backenzahns. Das Geräusch war jedenfalls sehr unschön. Der Kommentar meines Zahnarztes ebenfalls: »Das wird teuer«, meinte er und ich glaube, dass er dabei gegrinst hat. Ja, bin ich denn Krösus? Zahnarzt hätte ich werden sollen. Wobei – das muss man schon mögen, da darf man nicht sensibel sein. Geld ist auch nicht alles.

Als ich ins Büro zurückkam, war Mader schon weg und hatte uns eine komische Mail hinterlassen. Fortbildung? So plötzlich? Der Arme! Jedenfalls fühlte ich mich im Büro ganz einsam und wartete neugierig, was mir Zankl und Dosi von dem neuen Fall in Grünwald erzählen würden. Auch wenn es vermutlich gar kein Fall ist. Ich konnte dann auch nicht mehr lange im Büro bleiben, denn die Betäubungsspritze ließ allmählich nach und der Schmerz ballerte mich fast durch die Decke. Ich konnte keinen geraden Gedanken mehr fassen. Was hat denn der Arzt mit meinem Backenzahn gemacht? Es hat doch vorher auch nicht weh getan? Jetzt sitze ich jedenfalls wie ein Häufchen Elend vollgepumpt mit Schmerztabletten auf dem Sofa und spüle meinen desolaten Backenzahn mit Grappa. Das ist viel besser als die blöden Tabletten. Ach, vielleicht werde ich langsam zum Alkoholiker. Im Alter nehmen ja die Wehwechen täglich zu. Da hilft nur Schnaps. Ach, ich fühle mich steinalt!

## GEMISCHTE SAUNA

Mader tritt seine Fortbildung beziehungsweise seinen Sonderurlaub mit einer Reise im Regionalzug ins idyllische Allgäu an. Er mietet sich in dem kleinen Ort Wildflecken im Dorfwirtshaus ein und mimt den erholungssuchenden Senioren, der lange Waldspaziergänge machen und über seinen Lebensabend nachdenken will. An der Rezeption hegt man keinen Zweifel an der Glaubwürdigkeit des netten älteren Herrn mit seinem Dackel, der natürlich überhaupt kein Problem darstellt und mit einer HRP von zehn Euro für den gesamten Aufenthalt doch wirklich preiswert untergebracht ist. Dass sich hinter der Abkürzung das schöne Wort Haustierreinigungspauschale verbirgt, darauf wäre er nicht von selbst gekommen. So erklärt es ihm die korpulente Mittvierzigerin mit dem sehr engen Dirndl, um dann abzuschließen: »Bei uns ist vieles möglich, fast alles. Solange Sie nicht rauchen, gibt es keine Probleme.« Sie zwinkert ihm zu.

»Ich rauche nicht und Bajazzo ebenfalls nicht«, erklärt Mader lächelnd.

Die Rezeptionistin strahlt ihn breit und auffordernd an.

Mader wendet erschrocken den Blick von der weitflächigen Hochebene ihres Dekolletés ab und merkt, wie er rot wird.

»Einen angenehmen Aufenthalt wünsche ich Ihnen«, zwitschert die Dame und gibt ihm den Zimmerschlüssel. »Frühstück von halb acht bis halb zehn. Und morgen ist ab 19:30 Uhr gemischte Sauna.«

Mader sieht sie schockiert an.

»Ich freu mich auf Sie.«

»Ja, danke. Ich auch.«

Als Mader auf seinem Zimmer ist, sinkt er aufs Bett und wischt sich den Schweiß von der Stirn. War das nur Spaß oder hat die Rezeptionistin tatsächlich mit ihm auf so rustikale Art geflirtet? Er braucht dringend frische Luft. Er geht auf den Balkon raus und setzt sich in den Liegestuhl. Schließt die Augen, einen Moment nur.

## WIE BOMBE

Hummel lässt sich von Dosi am nächsten Morgen über den toten Gurkenfabrikanten berichten. Auch ihm kommt der plötzliche Abgang des durchtrainierten Herren spanisch vor.

»Erzähl mir jetzt nix von Stefan Derrick«, sagt Dosi.

»Warum sollte ich das?«

»Weil Zankl das die ganze Zeit sagt.«

»Naja, Klischees sind nicht immer falsch.«

»Ja, das hast du auch recht. Ich hab die Ehefrau in Verdacht.«

»Warum?«

»Weil sie so jung ist und alles erben wird.«

»Und wie hat sie's gemacht?«

»Keine Ahnung.«

»Was denkt Zankl?«, fragt Hummel.

»Der ist total verknallt in sie.«

»Echt jetzt?«

»Naja, sie sieht aus wie Bombe.«

»Soll ich sie verhören?«

»Das würdest du wohl gerne.«

»Ich helfe, wo ich kann.«

»Lass mal. Sag besser, was ist das eigentlich für eine Nummer mit Mader?«

»Keine Ahnung. Komische Mail. Fortbildung. Was denn für eine? Ich vermute, dass Günther dahintersteckt.«

»Ein Spezialauftrag?«

»Vielleicht. Aber egal. Mader wird schon wissen, was er macht. Wo ist denn Zankl eigentlich?«

»Träumt von Frau von Pröller.«

»Jetzt werde ich langsam echt neugierig.«

»Nein, irgendein Kinderarzttermin. Kommt ein bisschen später. Vielleicht hilfst du mir solange bei der Pröller-Kiste. Ich bräuchte noch ein paar Infos zu seinem Unternehmen.«

»Was Spezielles?«

»Firmengeschichte, Besitzverhältnisse, Konkurrenz.«

»Habt ihr schon mit den Leuten in der Firma gesprochen?«

»Noch nicht. Das machen wir, wenn wir ein bisschen mehr über Pröllers Laden wissen.«

## DAS HAUS IM WALD

Die Gegend gefällt Mader, die sanfte Landschaft, die dunklen Wälder. Auch Bajazzo ist begeistert. Mal was anderes. Das Haus hat Mader sich für das Ende seiner ersten großen Wanderrunde aufgehoben. Als er schließlich den Bauzaun erreicht und zu der alten großen Villa schaut, ist er beeindruckt. Trotz der konservativen Architektur ist es ein wirklich schönes Haus mit einem tiefgezogenen Giebeldach und einem ausladenden Erker, in dem sich vermutlich ein großer Esstisch mit umlaufender Sitzbank befindet. Putz und Dachschindeln sehen immer noch gut aus. ›Und das will man abreißen? Sehr schade‹, denkt Mader. ›Wenn man nicht weiß, dass hier etwas Schreckliches passiert ist, könnte man durchaus Gefallen an der Villa finden. Außerdem ist es ja nicht wirklich in dem Haus passiert. Aber der neue Besitzer hat offenbar andere Pläne. Und das Grundstück ist ein Traum.‹ Das Haus befindet sich keine zwei Kilometer vom Ort entfernt und doch völlig entrückt auf einer kleinen sonnendurchfluteten Lichtung mitten im Wald. Wenn Haus und Grund richtig günstig wären, käme Mader glatt selbst ins Überlegen, hier sein Erspartes zu investieren. Als Beamten würde man ihm sicher einen guten Kredit geben. Aber zu spät, schon verkauft. Mader ist schon sehr gespannt darauf, wie das Haus innen aussieht. Dazu braucht er allerdings Dr. Günther und einen Schlüssel. Er steht am Bauzaun und greift zum Handy. »Was ist mit dem Haus?«, fragt er Dr. Günther. »Innen. Ist es leergeräumt?«

»Nein, es ist alles wie zur Zeit des Vorfalls damals. Der Haushalt wurde nicht aufgelöst. Keine Erben. Die Eltern der Eheleute lebten nicht mehr und Geschwister gab es keine. Also erbte der Staat. Die Gemeinde hat sich jetzt um den Verkauf gekümmert.«

»Das heißt, das Haus ist immer noch vollständig eingerichtet?«

»Ja.«

»Warum wurde da nicht eingebrochen? Ein unbewohntes Haus im Wald?«

»Weil das Haus damals mit einer hohen Sicherheitsstufe ausgestattet wurde. Das ist sehr massiv, sehr gut gesichert.«

»Ich will mir das innen ansehen. Haben Sie einen Schlüssel?«

»Ja.«

»Aus der Asservatenkammer?«

»Ähm, ja.«

»Sie waren nach Abschluss der Ermittlungen nochmal in dem Haus?«

»Ja. Mehrfach. Ich hatte mir ja irgendwelche Hinweise erhofft.«

»Wie sieht es da aus, also in dem Haus drin?«

»Wie damals. Eine Menge Staub. Ansonsten – als wäre damals die Zeit stehen geblieben.«

»Dann machen wir morgen eine Hausbesichtigung.«

»Sehr gut, ich freue mich, dass Sie sich einen genaueren Eindruck verschaffen wollen. Ich komme mit dem Schlüssel.«

Mader steckt das Handy ein und macht sich auf den Weg zurück zum Gasthaus. Er grübelt: Warum hat Dr. Günther ihm nicht gleich in München den Schlüssel mitgegeben? Schon klar, er will die Kontrolle behalten. Soll er ruhig. Es dämmert bereits und ist merklich kühler geworden. Mader freut sich auf das Abendessen und ein Bier in der warmen Wirtsstube.

## GUTER SCHWIMMER

»Und Gesine, hast du was für uns?«, fragt Dosi am Abend, als sie nochmal in der Pathologie vorbeischaut.

Gesine deutet auf den Leichnam auf dem Tisch. »Eindeutig ertrunken, die Lunge war voll Wasser.«

»Das ist doch komisch. Der Pröller war ein guter Schwimmer, der jeden Tag ausdauernd seine Bahnen gezogen hat.«

»Bahnen gezogen, in dem Pool? So groß ist der auch wieder nicht.«

»Naja, der halt jeden Tag geschwommen ist. Aber es ist doch merkwürdig. Ertrinken tust du in der Regel, wenn du nicht schwimmen kannst. Und das konnte der. Also, Gesine, was meinst du?«

»Bei mir gibt's nur Fakten, keine Vermutungen und schon gar keine Theorien. Das ist euer Job. Aber du hast recht, der Typ war sehr fit für sein Alter. Die Blutwerte sind hervorragend. Kaum Alkohol, kaum Medikamente. Herz in hervorragender Verfassung. Sein biologisches Alter würde ich glatt auf Mitte fünfzig ansetzen.«

»Dann wäre er ja gerade mal zwanzig Jahre älter als seine Frau.«

Gesine grinst breit.

»Wie soll der in einem Pool ertrinken, wenn er so fit ist?«, fragt Dosi einmal mehr, eher an sich selbst gerichtet.

»Vielleicht ist es wirklich ganz simpel. Ein Muskelkrampf.«

»Wegen einer verkrampften Wade gehst du noch lange nicht unter.«

»Dosi, was hättest du denn gerne für einen Befund?«

»Ein Gefühl sagt mir, dass das nicht einfach ein Unfall ist.«

»Sondern?«

»Dass da jemand nachgeholfen hat.«

»Bevor wir zum Wie kommen, geht es doch um das Warum. Habt ihr denn einen Verdächtigen, ein Motiv?«

»Geld – würde ich mal sagen. Der Typ war schwerreich. Jemand kann es nicht erwarten zu erben. Und dann ist der Typ leider fit wie ein Turnschuh und denkt noch gar nicht ans Himmelsreich.«

»Für dich ist also die Ehefrau die Täterin?«, fragt Gesine.

»Wer denn sonst?«, fragt Dosi zurück.

»Tut mir leid, aktuell habe ich nichts, was deine These stützt. Das mit dem Krampf ist im Moment das Wahrscheinlichste. Der Milchsäurewert der Muskeln war sehr hoch.«

»Das bedeutet was?«

»Dass er sich vor seinem Tod stark angestrengt hat.«

»Wie soll man sich denn in einem Pool extrem anstrengen?«

»Das fragst du die Falsche. Aber wie gesagt, vielleicht ein Muskelkrampf, er kriegt Panik, schlägt wild um sich, schluckt Wasser, hat noch mehr Panik, Todesangst.«

»Aber warum?«

»Vielleicht ein psychischer Auslöser?«

»Also wenn der psychisch labil gewesen wäre, hätte der wohl kaum eine so große Firma geleitet.«

»Mehr kann ich leider nicht für dich tun«, meint Gesine.

»Jedenfalls war es kein Herzinfarkt. Vielleicht hatte er plötzliche Atemnot und das hat bei ihm Todespanik ausgelöst.«

»Hm. Vielen Dank jedenfalls. Also vielleicht tatsächlich kein Fall für uns. Meint Zankl jedenfalls.«

»Aber du meinst etwas anderes.«

Dosi zuckt mit den Schultern.

»Eine Info hab ich noch für dich«, sagt Gesine.

»Ja?«

»Fremdhaar in seinem Mund.«

»Woher weißt du, dass es Fremdhaar ist? Hast du es untersucht?«

»Musste ich nicht. Die Haare sind über zwanzig Zentimeter lang.«

»Schwarz?«

»Ja. Seine Frau hat schwarze Haare, oder?«

»Allerdings.«

Gesine zeigt ihr das Gewöll.

»So viel? Wie kommt das in seinen Mund?«

»Naja, über das Wasser im Pool. Hat sich im Abflusssieb gesammelt und irgendwie gelöst. Wie das so ist in Schwimmbädern. Deswegen gab es früher Bademützenpflicht.«

## ORANGE

Mader sitzt in eine Decke gewickelt auf dem Balkon. Bajazzo hat sich zu seinen Füßen eingerollt. Letztes Licht am Himmel. Ein feiner Streifen dramatisches Orange. Und die ersten Sterne. Mader sieht seinen Atem. Es ist kühl. Der warme Herbstnachmittag kommt ihm jetzt ganz unwirklich vor, die sonnendurchflutete Lichtung mit der alten Villa. Vom Bauzaun aus waren es nur ein paar Meter bis zur Haustür. Er war durch eine Lücke geschlüpft und hat sich das vergilbte Siegel an der Tür angesehen. Oder besser gesagt die zwei Hälften davon. War das Günther gewesen? Vermutlich. Die Tür wies keinerlei Beschädigungen auf. Erstaunlich – der überkorrekte Dr. Günther. Was soll man in dem Haus noch finden? Hinweise auf den Tathergang? Welchen Tathergang? Es ist völlig unklar, was damals eigentlich passiert ist. Durch die schmutzigen Scheiben konnte man schlecht nach innen sehen, es war nicht viel zu erkennen: ein paar Möbel, ein bisschen Geschirr in der Küche.

## LIEBHABER

Dosi sitzt in ihrem Ford Fiesta auf dem Parkstreifen gegenüber der Pröller-Villa. Es ist zwanzig Uhr. Einen Parkplatz zu finden war nicht schwer gewesen. ›Hier gibt es keine Gelegenheitsparker‹, denkt sie. ›Hier bleiben die Leute alle brav für sich und stellen ihre Luxuskarossen in ihre überdimensionierten Doppelgaragen, groß wie Reihenhäuser. So viel Raum nur für Autos – pervers.‹

Im oberen Stockwerk der Pröller-Villa brennt Licht. In die Fenster kann Dosi nicht sehen, aber es wird die Witwe sein, die Haushälterin ist abends sicher nicht da. ›Eine so junge Frau und schon Witwe‹, überlegt Dosi. ›Allerdings wird es sowas wohl öfter geben. Plötzlicher Herztod bei einem Mann in den Siebzigern, das kann doch passieren. Oder?‹ Sie fragt sich einmal mehr, warum sie glaubt, dass da etwas nicht mit rechten Dingen zugegangen ist, dass es etwas Anderes war als ein Schwächeanfall mit fatalen Folgen. Weil das Klischee alter Knacker und junge schöne Frau so gut passt? Vielleicht. Aber in erster Linie stört sie der vitale Eindruck, den der Mann sogar im toten Zustand noch bei ihr hinterlassen hat. Der war einfach sehr sportlich. Der ertrinkt nicht einfach so.

Jetzt verlässt Frau von Pröller das Haus. In einem Porsche.

»Eh klar«, murmelt Dosi und hängt sich an die Heckleuchten.

Sie folgt Frau von Pröller in die Stadt bis in die Franz-Joseph-

Straße nach Schwabing, wo Frau von Pröller sich in eine Parklücke zwängt. Dosi fährt ein paar Meter weiter die Straße runter und wendet. Sie stellt sich auf die gegenüberlegende Straßenseite in zweite Reihe. Sieht, wie Frau von Pröller in der Nummer sechzehn verschwindet, nachdem sie auf dem Klingelboard einen der oberen Klingelknöpfe gedrückt hat.

»Aha, Rendezvous mit dem Liebhaber«, murmelt Dosi und holt ihre Wurstsemmel aus der Brotzeitbox. Hat Fränki ihr vorhin noch zubereitet. Leberkäs mit Gurke. Bestimmt eine Pröller-Gurke. ›Ja, manchmal liegen Berufliches und Privates so nahe‹, denkt sie und grinst. Sie schaut zu den Fenstern der oberen Stockwerke, die alle erleuchtet sind. Aber sie sieht keine Silhouette, die darauf hinweist, in welcher Wohnung sich Frau von Pröller jetzt befindet. ›Die Schlafzimmer sind wahrscheinlich eher zum Hof raus‹, denkt sie und kaut nachdenklich an ihrer Wurstsemmel. Sie lässt sich die ganze Sache nochmal durch den Kopf gehen. ›Ist das gut, wenn man so vorgefertigte Meinungen im Kopf hat? Vermutlich nicht. Aber manchmal muss man das Naheliegende zuerst überprüfen. Klassische Motive kommen nie aus der Mode.‹ Sie kurbelt den Fahrersitz nach hinten.

## OHNE SCHUHE

Mader sitzt immer noch auf seinem Balkon. Eingenickt. Als er aufwacht, ist es stockfinster. Und auch nicht: Am Himmel stehen jetzt in aller Pracht die Sterne. Kennt er so nicht aus München. Da sind viel mehr Sterne und sie leuchten auch viel stärker als über Neuperlach. Draußen hört er Autotüren schlagen, Motoren starten. Die letzten Gäste verlassen das Wirtshaus. Das Röhren der Motoren verliert sich in der Nacht. Ein Käuzchen schreit. Bajazzo spitzt die Ohren.

»Schön, gell?«, sagt Mader.

Bajazzo gähnt herzhaft.

Mader geht ins Bad und macht sich bettfertig. Er nimmt sein Buch vom Nachttisch, das er sich letzte Woche in einem Pariser Antiquariat gekauft hat. Eine Autobiografie von Catherine Deneuve. Das Cover mit dem Schwarzweiß-Foto findet er wunderbar. Die Diva ganz privat und ohne Schuhe an einem kleinen runden Tisch. Mader denkt an seine Spaziergänge am Canal Saint-Martin. Er sieht sich und Bajazzo wie in einem alten Film aus den Sechzigerjahren. Auch in schwarz-weiß. Der Jean Gabin aus München mit seinem treuen vierbeinigen Gefährten.

## DER KING

Als Dosi hochschreckt, weil ein Radler ihren linken Außenspiegel touchiert hat, ist es zwei Uhr nachts. Der Porsche steht immer noch vor dem Haus. In den oberen Stockwerken des Hauses brennt kein Licht mehr. »Das war's dann wohl«, murmelt Dosi und lässt den Motor. Sie fährt auf Autopilot in Richtung Giesing und versinkt wieder in Grübelei: ›Kaum ist der Ehemann Geschichte, fährt die Tante zu ihrem Liebhaber, um bei ihm zu übernachten. Sie fallen sich in die Arme und köpfen eine Flasche Schampus. Endlich ist der Knacker tot und ihrem Glück steht nichts mehr im Weg. Sie erbt jetzt alles und kann über das gesamte Vermögen verfügen. Ja, sie hat das große Los gezogen. Dabei ist es eigentlich egal, ob es ein Unfall war oder ob sie nachgeholfen hat. Mal rein wirtschaftlich betrachtet – ein Superdeal.‹ Dosi wundert sich selbst, dass es für sie glasklar ist, dass die Ehefrau die Profiteurin ist. Der Gedanke, dass sie um ihren Mann trauert, hat da keinen Platz. Eigentlich nicht fair. Und ein bisschen sehr simpel. ›Aber wenn etwas einfach ist, heißt das ja noch lange nicht, dass es verkehrt ist.« Ein Motiv hätte die Frau zweifellos. Dosi überlegt, ob ›Konjunktiv‹ und ›zweifellos‹ eine gute Kombi ist. Nicht wirklich. Aber wenn man Wirtschaftsprüferin ist und Porsche fährt, hat man da nicht zwingend ein ziemlich materialistisches Weltbild?‹ So richtig zufrieden ist Dosi mit ihren Schlussfolgerungen nicht. Sind halt doch nur Mutmaßungen.

Zu Hause findet sie Fränki noch in der Küche vor. Er hört Musik und löst ein Kreuzworträtsel in der Zeitung. Seine Bierflasche ist fast leer.

»Du bist noch wach, Fränki?«

»König mit fünf Buchstaben?«

»Elvis.«

»Nicht schlecht. Der King.«

»Was ist los? Warum bist du noch auf?«

»Konnte nicht schlafen.«

»Irgendwas passiert?«, fragt sie.

»Nichts. Außer dass du nicht da bist. Du warst lange weg.«

»Ich hab doch gesagt, dass ich noch arbeite.«

»Ich dachte, es dauert maximal zwei, drei Stunden.«

»Sorry, ich bin im Auto eingeschlafen. Ich hab eine junge Frau observiert, die ihren Liebhaber besucht hat, nachdem heute Morgen erst ihr Mann verstorben ist.«

»Klingt spannend. Erzähl. Willst du auch ein Bier?«

Dosi erzählt ihm die ganze Geschichte und Fränki hört interessiert zu, fragt bei Details nach. Dosi weiß, dass sie eigentlich nichts erzählen darf, aber das ist ihr egal. »Und, was denkst du?«, fragt sie schließlich.

»Du meinst, sie ist jetzt bei ihrem Liebhaber?«

»Ja, also, das vermute ich.«

»Könnte auch bei einer Freundin sein.«

»Könnte. Muss aber nicht.«

»Und wie hat sie ihren Mann umgebracht?«

»Ich hab nicht gesagt, dass sie es getan hat. Vielleicht ist das auch gar kein Fall für uns. Einfach ein Unfall, von dem sie jetzt profitiert.«

»Dann geht dich das mit dem vermeintlichen Liebhaber auch nichts an.«

»Nein. Stimmt. Trotzdem.«

»Du glaubst jedenfalls nicht, dass der Ehemann auf natürliche Art und Weise ums Leben gekommen ist.«

»Irgendwie.«

»Wurde der Typ denn obduziert?«, fragt Fränki.

»Ja, Gesine hat ihn schon aufgemacht.«

»Und konnte sie was finden? Medikamente, K.O.-Tropfen?«

»Nein, da war nix.«

»Na, dann lass uns jetzt ins Bett gehen.«

»Ja, ich bin hundemüde. Schön, dass du auf mich gewartet hast. Und die Wurstsemmel war hervorragend.«

Sie geht ins Bad und putzt sich die Zähne. Ihr Blick fällt in die Wanne. Das Sieb ist voller Haare. »Oh mei, Fränki, wie oft muss ich dir sagen …«, murmelt sie, dann stockt sie. Sie hat einen interessanten Gedanken, speichert ihn ab für morgen. Dosi fummelt das Haarbüschel heraus und wirft es in den Badmülleimer.

»Hast du geduscht, Fränki?«, fragt sie, als sie ins Bett geht.

»Ja, warum?«

»Nur so. Du riechst so gut.«

»Echt?«

## HÖRNCHEN

Maders Handy klingelt um acht Uhr. Er schreckt hoch und nimmt den Anruf an. »Ich bin gleich bei Ihnen und hab Kaffee und Hörnchen dabei«, tiriliert Günther ins Telefon. Mader setzt sich auf, reibt sich die Augen. »Der kann es nicht erwarten.«

Günther ist ganz aufgekratzt, als er ankommt und sie gemeinsam das mitgebrachte Frühstück auf dem Balkon verzehren.

»Gibt es einen Grund für Ihre gute Laune?«

»Ich freu mich einfach, dass Sie einen genaueren Blick auf die Sache werfen. Ich hab das Gefühl, dass wir oder besser Sie da noch was aufklären können.«

»Danke für die Vorschusslorbeeren«, sagt Mader, als er den letzten Schluck lauwarmen Kaffee aus dem to go Becher getrunken hat. »Dann ziehen wir mal los.«

Wenig später sind sie in der Villa. Abgesehen von dem dicken Staub wirkt das Haus innen wie ein Museum. Der Billardtisch im Untergeschoss in Turniergröße, bewacht von einem Ritter, zumindest von einer Rüstung, die Hirschgeweihe an allen Wänden, die ausgestopften Auerhähne in Treppenhaus und Wohnzimmer. Die High-Tech-Küche war mal topmodern und wurde dann in einer Zeitkapsel eingeschlossen. Jetzt wirkt sie, als sei sie ein inzwischen veraltetes Exponat in einem Museum für zukünftiges Alltagsdesign. Vermutlich sind die Geräte alle noch einsatzfähig. Wie alles im Haus hier. Eins der Küchenfenster ist mit einer Spanplatte zugenagelt. Auf dem Boden knirschen Glassplitter. Die zerstörte Glasscheibe des vergitterten Fensters ist der einzige konkrete Hinweis darauf, dass hier ein Verbrechen geschehen ist. Geplündert wurde das Haus nicht. Selbst der Weinkeller ist immer noch reichlich mit Flaschen bestückt, auch wenn die Kühlschränke mit den Glastüren schon lange nicht mehr in Betrieb sind und der Großteil des Weins sicher verdorben ist. Schweigsam gehen die beiden Männer ihrer eigenen Wege durch das Haus.

## GEGENSTROM

»Hey Dosi, den neuesten Klatsch zum Tagesstart?«, fragt Hummel, als er sie morgens im Büro auf der Website der BUNTEN erwischt.

»Ja, durchaus«, antwortet sie und streckt den Rücken durch.

»Pooldrama in Spanien?«, präzisiert Hummel, nachdem er einen näheren Blick auf den Artikel geworfen hat.

»Wir hatten doch gestern einen Toten in einem Pool.«

»Die Sache in Grünwald. Und?«

»Unbekannte Todesursache. Also bislang. Jetzt lese ich hier, dass es in Pools schon zu tödlichen Unfällen gekommen ist, weil mit dem Absaugsystem etwas nicht gestimmt hat. Pumpenleistung zu stark und so was. Und moderne Becken haben oft eine Gegenstromanlage. Dann kann man gegen die Strömung schwimmen und muss nicht nach zehn Metern immer wenden. Da könnten doch auch Unfälle passieren.«

»Und der Pool in Grünwald hat so etwas?«, fragt Hummel.

»Weiß ich nicht, also noch nicht. Hier steht jedenfalls, dass es in Hotelpools schon mehrfach zu schweren Unfällen bis hin zum Tod gekommen ist, weil Leute auf den Boden hin zum Abfluss gesaugt wurden.«

»Ich denke, da strömt was, also da wird Wasser reingepumpt?«

»Ja klar, aber unten muss das Wasser auch wieder raus.«

»Und du meinst, dass der Pröller da angesaugt wurde?«

»Könnte doch sein. Die Muskeln von dem Typen hatten laut Gesine sehr hohe Milchsäurewerte. Er hat sich also kurz vor seinem Tod sehr angestrengt.«

Gerade trifft Zankl ein und schnappt noch die letzten Worte auf. »Dosi, das ist mir gestern Abend auch noch eingefallen, als ich hin und her überlegt hab, was die Ursache für den Tod im Pool gewesen sein könnte. Da war doch kürzlich dieser schlimme Unfall in einem Hotelpool in Spanien. Mit Kindern.«

»Ja, ich habe es gerade im Netz gelesen. Also falls das bei uns ähnlich gelaufen ist, heißt doch jetzt die Frage: War das ein Unfall, gab es einen Defekt an der Anlage oder hat jemand das Ding zu stark eingestellt?«

»Du verdächtigst die Frau also immer noch?«, sagt Zankl mit einer gewissen Resignation in der Stimme.

»Naja, ihre Trauer hält sich jedenfalls in Grenzen. Gestern Abend ist sie noch weggefahren und hat die Nacht in einer Wohnung in der Stadt verbracht.«

»Und was soll das heißen? Vielleicht haben die Pröllers eine Stadtwohnung.«

»Das glaube ich kaum«, meint Dosi.

»Warum?«

»Wenn du eine Zweitwohnung hast, dann würdest du da nicht klingeln, oder?«

»Nein. Da hast du recht. Und wer wohnt da?«

»Ich weiß es nicht.«

»Wen vermutest du?«

»Ihren Liebhaber.«

Zankl lacht auf. »Einen Loverboy. Deine Fantasie möchte ich haben. Na, dann überprüfen wir das doch.«

»Mach dich nur lustig.«

»Im Ernst, lasst uns das überprüfen. Wir fragen sie einfach, was sie gestern Abend noch gemacht hat. Und vielleicht gleich, wen sie in dem Haus besucht hat.«

»Nein, dann weiß sie ja, dass wir sie beschatten.«

»Dass du sie beschattest.«

»Wir sagen nichts, wir lassen uns nicht in die Karten schauen.«

»Wisst ihr was«, meint Hummel. »Dosi, du gibst mir die Adresse von dem Haus in Schwabing und ich schau mal, wer da alles gemeldet ist.«

»Sehr gerne«, sagt Dosi und wendet sich an Zankl. »Und wir zwei Süßen checken das Schwimmbad vom alten Pröller nochmal. Also so technisch, ob da was an der Pumpenanlage festzustellen ist.«

»Wie sollen wir das denn machen?«, fragt Zankl. »Ich hab keinen Ahnung von sowas. Und du auch nicht.

»Wir nehmen uns jemanden von der KTU mit. Der oder die sich mit Anlagentechnik auskennt.«

»Wir rufen Frau von Pröller aber schon vorher an, Dosi. Ich möchte in Grünwald nämlich nicht vor verschlossenen Türen stehen.«

»Ja klar, Zankl. Nicht, dass Madame erschrickt, wenn sie uns schon wieder im Haus hat.«

»Warum sollte sie denn erschrecken?«

»Hey, Zankl, warum schließt du von vornherein aus, dass sie was mit dem Tod ihres Mannes zu tun hat?«

»Tu ich nicht. Aber ich hab den Eindruck, dass du dich von Anfang an auf sie eingeschossen hast, ohne dass wir wirklich etwas gegen sie in der Hand haben.«

»Jetzt haben wir zumindest schon mal eine Theorie, wie es gelaufen sein könnte, also dass etwas mit der Poolpumpe oder der Strömungsanlage nicht in Ordnung war.«

»Wollten wir nicht eigentlich Pröllers Firma einen Besuch abstatten?«

»Das hat Zeit. First things first.«

»Jawohl, die Dame. Dann fahren wir also wieder ins schöne Grünwald.«

»Braucht ihr mich?«, fragt Hummel.

»Nein, passt schon«, sagt Zankl. »Zu viele Köche verderben den Brei.«

## ERSCHLAGEN

Mader ist erschöpft. Als würde die Vergangenheit ihm die Kraft für die Gegenwart aus Körper und Kopf saugen. Er ist wie erschlagen, als er mit Günther vor das Haus tritt. Er atmet die klare Waldluft tief ein. Bajazzo verschwindet hinter ein paar Büschen für dringende Geschäfte.

»Und, was meinen Sie?«, fragt Günther. »Bedrückend, oder?«

»Ja, aber vermutlich nur, wenn man weiß, was passiert ist. Sonst wäre ich durchaus interessiert an dem Haus.«

»Im Ernst?«

»Nur in der Theorie. Die Lage ist einmalig. Mitten im Wald. Die Ruhe.«

»Ruhe?« Günther nickt nachdenklich. »Hier ist ein Mord passiert oder zumindest Totschlag oder ein tödlicher Unfall.«

»Aber das eigentliche Geheimnis ist und bleibt: Wie kann

eine vierköpfige Familie spurlos verschwinden?«

»Haben Sie irgendeine Idee, Mader?«

»Leider gar keine. Ich gehe mal davon aus, dass die Umgebung genauestens abgesucht wurde.«

»Hier waren Hundertschaften unterwegs und haben Meter für Meter inspiziert.«

»Wurden denn die Leute im Dorf befragt?«

»Ja, also die, die mit den Winklers zu tun hatten.«

»Inwiefern zu tun, in welcher Hinsicht?«

»Vor allem lokalpolitisch. Winkler war nicht nur Politiker auf Landesebene, er war auch im Gemeinderat. Es ging um Bauvorhaben, Infrastruktur, diese Sachen halt.«

»Und gab es da Konflikte?«

»Natürlich. Der Typ war eine Dampfwalze. Der neue Bahnhof, die große Umgehungsstraße mit Anschluss an die Autobahn, da gab es viele Proteste, von Einheimischen, und nicht nur von Umweltschützern. Aber am Ende denken doch alle nur ans Geld und ihren eigenen Vorteil. Es hat sich für viele gelohnt. Winkler war ein Macher und im Ort haben viele profitiert von seinen Infrastrukturmaßnahmen. Mit ihrer Baufirma, mit dem Verkauf von Grund. Das war keine wirtschaftlich florierende Gegend hier.«

»Und heute?«

»Nach Winklers Tod ist hier wirtschaftlich nicht mehr viel passiert in punkto Infrastruktur. Außer Tourismus gibt es hier nicht viel. Aber langfristig gedacht, ist das auch das Schöne. Denn heute suchen die Menschen vor allem Erholung in der Natur.«

»Und keine Gewerbegebiete. Wo verliefen damals die Konfliktlinien?«

»Sie stellen die richtigen Fragen. Mader, hören Sie sich doch ein bisschen um im Ort. Und jetzt lade ich Sie noch zum Mittagessen ein. Das Gasthaus, in dem Sie logieren, genießt einen ausgezeichneten Ruf. Also die Küche jedenfalls. Und für Bajazzo bekommen wir sicher auch was.«

Bajazzo sieht Günther treuherzig an und wedelt mit dem Schwanz.

## HARRY KLEIN

»Leck mich fett«, meint Marlene Dittmeyer, die robuste Mittfünfzigerin aus der KTU, als sie vor der Grünwalder Villa stehen. »Das ist ja mal ein Palast.«

»Wie in Derrick«, sagt Dosi.

»Bist du dafür nicht ein bisschen jung?«

»Für Kult ist man nie zu jung, Marlene.«

»Du sagst es. Also ich bin immer auf den Harry Klein gestanden. So ein fescher Mann!«

Dosi sieht sie ratlos an. Zankl grinst breit und Dosi klingelt.

»Ja, bitte?«, kommt es aus der Gegensprechanlage.

»Roßmeier und Zankl nochmal, Polizei. Können wir reinkommen?«

Der Türöffner summt. Sie treten ein. Frau von Pröller empfängt sie in der Eingangshalle.

»Schön, dass Sie für uns Zeit haben«, sagt Zankl. »Das hier ist unsere Kollegin Dittmeyer von der Kriminaltechnischen Untersuchung. Wir würden uns gerne nochmal den Pool ansehen.«

»Ist Frau Meiler auch da?«, fragt Dosi.

»Nein, ich habe ihr heute freigegeben. Auf Mittagessen habe ich momentan keinen Appetit.«

»Ja, das versteh ich.«

»Brauchen Sie mich?«

Dosi schüttelt den Kopf. »Im Moment nicht.«

»Sagen Sie Bescheid, wenn Sie etwas brauchen.«

»Also, für mich klingt das jetzt nicht so, als hätte sie was zu verbergen«, sagt Zankl, als Frau von Pröller nach oben verschwunden ist.

Dosi nickt. »Nein, so klingt es nicht.«

»Also, was sucht ihr?«, fragt Marlene, als sie unten im Schwimmbad sind.

»Wir möchten gerne wissen, ob mit der Abflusspumpe alles in Ordnung ist und ob der Pool über eine Gegenstromanlage verfügt und wie stark die ist.«

»Das hättet ihr doch gerade eben die Dame des Hauses fragen können?«

»Wir möchten bei der Dame des Hauses nicht gleich alle Karten auf den Tisch legen«, sagt Dosi.

»Ihr verdächtigt die Frau?«, fragt Marlene erstaunt. »Die tut doch keiner Fliege was.«

»So?«, fragt Dosi. »Wie kommst du denn auf die Idee?«

Marlene zuckt mit den Achseln. »Macht doch einen recht netten Eindruck. Aber du hast recht – man weiß ja nie.« Sie sieht sich mit Scannerblick im Wellnessbereich um. Am Beckenrand kann sie keine Steuerung für die Pooltechnik entdecken, ebenso gibt es keine Tür, die in einen Nebenraum führt. Sie klopft die schieferverkleideten Wände ab und findet schließlich einen Hohlraum, drückt sanft gegen die Platte und schon springt die Abdeckung auf. »Na, da haben wir ja die Knöpfchen. Hui, das ist aber ziemlich High-Tech.« In der Türverschalung klemmt die Bedienungsanleitung. Marlene nimmt sie heraus und studiert sie im Detail.

»Hey, Dosi, spinnst du?«, fragt Zank, als er sieht, dass sich Dosi in ein Handtuch einwickelt, um sich umzuziehen.

»Was denn, Zankl? Theorie reicht mir nicht. Wir müssen es ja ausprobieren.« Sie wirft das Handtuch auf eine der Liegen. »Oder gefällt dir mein Badeanzug nicht?«

»Doch, super, Neongrün ist genau meine Farbe«, sagt er mit leichtem Flattern in der Stimme.

»Ich mag dezente Farben. Marlene, kann man denn auch die Wassertemperatur einstellen?«

»Ich denke schon, aber so schnell wird das sicher nix.«

»Ach, so kalt ist es nicht«, sagt Dosi und gleitet ins Wasser.

Zankl ist fassungslos. »Boah, dir graust's auch vor nix. Da drin ist gestern ein toter Mann geschwommen.«

»Hey, Zankl, entspann dich. Das ist alles so tippitoppi hier, da wird garantiert jede Bakterie rausgefiltert.« Dosi macht ein paar Schwimmzüge, taucht einmal durchs ganze Becken und prustend wieder auf. »Marlene, kannst du jetzt mal die Strömungsanlage einschalten?«

Marlene studiert die Anleitung. »Ich versuch es mal.«

»Ja, jetzt passiert was«, vermeldet Dosi und beginnt gemütlich gegen die Strömung zu schwimmen. »Hey, das ist geil. Sowas will ich auch. Weißt du, Zankl, ich war früher im Schwimmverein, zweihundert Meter waren meine Paradedisziplin.«

»Kraul?«

»Nein, Schmetterling. Was denn sonst.« Sie schwimmt immer noch ganz entspannt Brust. »Marlene, jetzt gib mal ein bisschen Stoff.«

»Kannst du haben.«

»Boah, krass!« Dosi krault gegen die Strömung. Das Wasser schießt ihr entgegen, sie versucht gegenzuhalten, es gelingt ihr nur sehr kurz, dann wird sie an den hinteren Beckenrand gedrückt. Zankl rennt zu ihr, versucht ihre Hand zu greifen. Dosi taucht ab. »Mach das Ding aus!«, brüllt er zu Marlene. Diese drückt panisch auf die Knöpfe, nichts passiert. Plötzlich stoppt das tosende Wasser von selbst.

Dosi taucht japsend wieder auf.

»Mein Gott, Dosi!«, sagt Zankl.

Sie grinst schwach. »Ich hatte recht.«

»Womit? Dass man da sterben kann?«

»Dass du nach unten gesaugt wirst, wenn das Ding volle Pulle läuft.«

»Das ist ja gemeingefährlich, das ist doch viel zu stark eingestellt.«

Sie nickt. »Wäre interessant zu wissen, ob das jemand manipuliert hat.«

»Vielleicht ist das Teil einfach viel zu stark dimensioniert für so einen kleinen Pool?«

»Das ist es ganz sicher. Aber das wäre dem Besitzer ja schon lange aufgefallen.«

»Oder es ist defekt«, sagt Marlene. »Aber offenbar gibt es eine Notfallautomatik. Die Anlage hat sich selbst abgeschaltet.«

»Ja, aber erst sehr spät.«, sagt Zankl. »Alles gut bei dir, Dosi?«

»Jaja, alles gut. Wie kriegen wir jetzt raus, ob der alte Pröller gestorben ist, weil das Ding volle Pulle gelaufen ist? Und vor allem, wer dafür verantwortlich ist? Zankl, holst du mal die Ehefrau runter? Ich ziehe mich solange um.«

»Braucht ihr mich noch?«, fragt Marlene.

»Ja bitte, falls es noch was Technisches zu besprechen gibt.«

»Ich gehe mal kurz draußen eine rauchen.«

Dosi zieht sich um und ist gerade fertig, als Zankl mit Frau von Pröller kommt.

»Ist alles in Ordnung?«, fragt sie und deutet auf Dosis nasse Haare.

»Ja. Wir haben jetzt eine Theorie, wie Ihr Mann ums Leben gekommen ist.«

»Ja?« Sie sieht Dosi neugierig an.

»Die Gegenstromanlage hat ihn an den Beckenrand gepresst und die Pumpe hat ihn auf den Boden des Beckens gesaugt.«

»Wie? Warum?«

»Benutzte Ihr Mann die Strömungsanlage?«

»Ja, natürlich.«

»Können Sie die Anlage auch bedienen?«

»Ich könnte, ja, aber ich benutze sie nicht, wenn ich schwimme.«

»Sie kennen sich in dem Schaltschank aus?« Dosi deutet zur Wand, wo die Abdeckung noch immer offensteht.

»Nein, da hab ich noch nie was angefasst. Außerdem geht das übers Handy.«

»Aha?«

»Ja, es gibt eine App fürs ganze Haus. Mit der kann man Lichter an- und ausschalten, die Heizung regulieren, vergessene Herdplatten ausmachen oder auch die Wassertemperatur oder die Strömungsanlage im Pool regulieren.«

»Wow, das perfekte Verbrechen«, murmelt Dosi.

»Wie meinen Sie das?«

»Das bedeutet doch, dass Sie sozusagen per Fernbedienung die Pooltechnik bedienen können.«

»Ja. Und weiter?«

»Naja, das klingt jetzt nicht so gut für Sie.«

»Ich war doch gar nicht hier. Ich war beim Friseur. Mein Handy war im Flugmodus.«

»Das werden wir sehen. Diese Apps zeichnen ja alles auf. Sie haben sicher nichts dagegen, wenn wir Ihr Handy checken.«

»Da müssen Sie schon eine richterliche Anordnung bringen.« Sie sieht Dosi direkt an. »Warum verdächtigen Sie mich?«

Dosi bleibt ganz cool. »Ich bin mir sicher, dass das System hier alles aufzeichnet – Wasserdurchfluss, Energieverbrauch und von wo aus es gesteuert wird.«

»Dann wissen Sie ja bald, dass ich es nicht war.«

»Wo ist das Handy Ihres Mannes?«

»Auf seinem Schreibtisch vermutlich.«

»Wir werden es uns ansehen, wenn er damit die Anlage gesteuert hat. Oder dürfen wir das auch nicht?«

»Dazu brauchen Sie die PIN.«

»Die Sie uns freundlicherweise geben.«

»Ich kenne die PIN von Peters Handy nicht. Ihm war Datensicherheit immer sehr wichtig. Ich habe keine Passwörter von ihm.«

»Hm, das ist bedauerlich. Dann lassen wir einen Anlagenbauer vorbeikommen, der checkt die Daten der Anlage. So wissen wir schnell, ob die Gegenstromanlage für den Tod Ihres Mannes verantwortlich war. Die Anlage ist übrigens viel zu stark, wissen Sie das?«

»Nein, das weiß ich nicht. Ich hatte Ihnen schon gesagt, dass ich sie nicht benutze.«

»Gut. Oder nicht gut.«

»War's das?«

»Für's Erste war's das.«

Frau von Pröller verschwindet grußlos und die Kriminaler verlassen den Spa-Bereich.

»Boah, Dosi, ich hab's echt mit der Angst bekommen«, sagt Zankl, als sie auf dem knirschenden Kies vor dem Haus zum Auto gehen.

»Jetzt fang nicht schon wieder an, den Retter zu spielen, Zankl. Ich finde die Frau einfach verdächtig. Sie hat ein Spitzenmotiv.«

»Ich hab was ganz anderes gemeint.«

»So, was denn?«

»Wie du da im Pool untergegangen bist, also, das war echt gefährlich!«

Dosi grinst. »So kenn ich dich gar nicht. Danke für deine Fürsorge. Ich verstehe jedenfalls, dass man da Panik kriegt. Die Strömung ist echt krass und dann saugt es einen volle Kraft nach unten. Das ist lebensgefährlich!« Sie sieht zu Marlene, die rauchend beim Auto steht. »Müssen solche Anlagen nicht abgenommen werden, also vom TÜV?«

Marlene tritt ihre Kippe in den Kies. »Keine Ahnung. Vermutlich schon. Wir brauchen einen Spezialisten, der sich mit Pooltechnik auskennt. Der kann das Ding vielleicht auslesen. Am besten, wir fragen bei der Firma nach, die die Anlage eingebaut hat.«

## SCHAUER

Nach einem sehr reichhaltigen Mittagessen macht Mader Siesta im Liegestuhl auf seinem Balkon. Bajazzo ist happy, denn die Schweinshaxe war hervorragend und vor allem reichlich. Sehr großzügig vom Chef seines Herrchens. Mader rätselt wieder über Günthers Motivation. Warum will er in diesem Fall nochmal ermitteln? Was verspricht er sich davon?

Mader wird den Verdacht nicht los, dass bei der ganzen Sache etwas Privates mitschwingt. Warum hat Günther in den dreißig Jahren nicht seinen Frieden mit der Angelegenheit gemacht? Jeder Polizist hat doch mindestens einen großen ungelösten Fall in seiner Laufbahn, mit dem er leben muss, den er beiseiteschieben muss, um sich auf Gegenwart und Zukunft zu konzentrieren. Nun gut, er wird mal schauen, was er noch an Informationen bekommt, er wird sich bei den Einheimischen ein bisschen umhören.

Wo anfangen? Vielleicht bei der Dame von der Rezeption. Die weiß doch sicher, was im Ort so vor sich geht. Aber er muss subtil vorgehen – nicht, dass sie sich Hoffnungen macht. Das würde die Dinge unnötig verkomplizieren. Vielleicht wäre heute Abend die richtige Gelegenheit. Gemischte Sauna! Ihm läuft ein eiskalter Schauer über den Rücken.

## SCHAUMGEBOREN

»Und, was gibt's Neues?«, fragt Hummel, als die Kollegen wieder im Präsidium sind.

Zankl grinst. »Vor allem die Info, dass Dosi bayerische Meisterin in Schmetterling ist.«

»Sammeln, bestimmen, malen?«

»Schwimmen, mein Lieber. Ich sag's dir – wie eine schaumgeborene Göttin glitt sie in ihrem leuchtend grünen Badeanzug durch die türkisblauen Fluten. Der Hammer, also nicht nur optisch.«

Hummel ist verwirrt. »Hey, ich denk, ihr arbeitet?«

»Mit vollem Körpereinsatz«, präzisiert Dosi. »Ich war in den Gewässern des Todes.«

Die beiden klären Hummel auf, was sie alles herausbekommen haben. Der nickt anerkennend.

»Und du?«, fragt Dosi. »Was hast du getrieben, während ich mein Leben riskiert habe?«

»Naja, ich hab die Bewohner des Hauses in der Franz-Josef-Straße 16 gecheckt, also über das Einwohnermeldeamt. Dabei ist mir ein Name aufgefallen. Henriette Polanski.«

»Ja? Was ist mit der?«

»Weißt du, wie Tatjana von Pröller einmal hieß?«

»Hubert?«

»Nein, mit Mädchennamen.«

»Ach so. Nein. Polanski?«

»So ist es. Henriette ist ihre Mutter. Tatjana Polanski war bis 2010 an der Adresse gemeldet. Der Vater ist schon verstorben.«

»Okay«, meint Dosi, »also kein Liebhaber, nur die Mutter.«

Zankl nickt zufrieden. »Ich hab's dir doch gesagt, Dosi.«

»Jaja, ist schon gut.«

»Aber ansonsten waren wir nicht schlecht«, meint Zankl versöhnlich. »Und die Idee mit der Strömungsanlage war von dir. Das ist doch eine heiße Spur.«

»Ganz ist Frau von Pröller noch nicht aus dem Rennen.«

»Es könnte genauso Frau Meiler gewesen sein. Obwohl, würde die ihren Augenstern ins Jenseits befördern?«

»Die Einzige, die ein plausibles Motiv hat, ist momentan die Ehefrau«, sagt Dosi. »Sie profitiert als Erbin.«

»Was ist denn eigentlich mit dem Unternehmen?«, fragt Hummel. »Also mit der Gurkenfabrik. Wem gehört denn der Laden, dem Pröller alleine? Wer leitet jetzt die Geschäfte?«

Zankl nickt. »Ich tipp mal, dass es in dem Laden einen Geschäftsführer gibt. Mit dem sollten wir mal sprechen.«

»Um zu hören, ob der Chef Feinde hatte«, ergänzt Hummel.

»Ja, zum Beispiel«, meint Dosi und gähnt. »Aber morgen erst. Mir reicht es für heute. Zuviel Action ist nicht gut. Ich trinke jetzt in aller Ruhe einen Kaffee und mach meine Mails.«

»Morgen erfahren wir bestimmt auch ein bisschen mehr aus der KTU«, sagt Zankl. »Die schicken morgen früh nochmal einen Spezialisten hin.«

»Spezialist für was?«, fragt Hummel.

»Wasser- und Sanitärtechnik.«

»Sowas haben wir?«

»Nein, einen externen Gutachter, einen Anlagenbauer. Marlene hat das Wartungsheft mitgenommen. Da steht die Adresse drin von der Firma, die die Anlage eingebaut hat. Das Ding ist computergesteuert. Vielleicht kann man tatsächlich nachweisen, ob die Anlage manipuliert wurde.«

»Und morgen Vormittag statten wir der Gurkenfabrik einen Besuch ab«, sagt Dosi.

»Vielleicht gibt es da dann auch ein paar Produktmuster für dich.«

»Da würde ich nicht nein sagen.«

## WHEN IN ROME

›When in Rome, do as the Romans do‹, hat sich Mader gesagt und den Bademantel angezogen. Er klemmt sich ein zusammengerolltes Handtuch unter den Arm und geht zur Zimmertür. Bajazzo sieht ihn irritiert an und bedeckt peinlich berührt seine Augen mit den Pfoten.

»Ein blöder Kommentar und wir sind geschiedene Leute!«, zischt Mader.

Bajazzo zieht den Kopf ein und jault leise auf, als Mader den Raum verlässt. Im Flur überlegt Mader, ob er die Treppe oder den Lift nehmen soll ins zweite Untergeschoss. Er möchte niemandem begegnen. Der Lift erscheint ihm diskreter. Als sich die Lifttür öffnet, blickt er in die Augen der ebenfalls badebemäntelten Dame vom Empfang.

»Herr Mader, das ist ja eine Überraschung!«

Mader entgleisen die Gesichtszüge. »Dadada …, das können Sie, äh, ja, Sau, Sauna …«

»Heute macht der Ivan den finnischen Aufguss. Er hat extra noch im Wald Birkenzweige geschnitten.« Sie zwinkert verschwörerisch.

Mader schluckt und nickt.

»Roswitha.«

»Bitte.«

Sie lacht.

»Ach so. Karl-Maria.«

»Oh, wie nett. Und Bajazzo ist nicht dabei?«

»Nein, er macht jetzt seine Yogastunde.«

»Sie sind mir einer.«

Als sie im Keller ankommen, wo der finnische Aufguss schon penetrant die Luft aromatisiert, flötet sie »Wir sehen uns gleich, Karl-Maria!« und verschwindet in der Damen-Umkleide.

Mader überlegt, ob er einfach wieder in den Lift steigen und die »2« drücken soll, aber da schließt sich die Aufzugtür schon vor seiner Nase.

»Na, denn. Wer nicht wagt, der nicht gewinnt.«

## ZWEITE REIHE

Dosi ist unruhig am Abend. Das Ganze beschäftigt sie sehr. Und irgendwie ist sie immer noch der Meinung, dass die Ehefrau da ihre Finger im Spiel hatte. Natürlich hat sie das nicht alleine gemacht. Sie selbst kennt sich vermutlich in technischen Dingen wie Anlagensteuerung nicht aus. Hat sie dafür ihre Zugehfrau um Hilfe gebeten? Aber warum sollte die ihr helfen? Frau Meiler war dem alten Pröller doch offenbar zutiefst ergeben. Naja, vielleicht hat die Pröller der Meiler einen Haufen Geld versprochen?

Als Dosi zu Hause eintrifft, ist Fränki noch nicht da. Komisch, es ist doch schon nach sieben Uhr? Jetzt fällt ihr ein, dass Fränki heute seinen Studentenstammtisch hat, seine Männerrunde zum Kartenspielen im *Sixty Lions*. Da sind Frauen erst ab dreiundzwanzig Uhr zum Abholen erwünscht. Ja, auf ein Bier hätte sie jetzt auch Lust. Aber nicht allein. Was macht sie bis elf? Fernsehen ist verlorene Zeit. Kommen eh nur Krimis und blöde Schmonzetten. Unruhig tigert sie in der Wohnung auf und ab, bis sie sich schließlich die Jacke anzieht und das Haus verlässt. Sie steigt ins Auto und fährt die Grünwalder Straße raus. Sie kann ja mal schauen, was die junge Witwe heute Abend noch so treibt. Und wenn sie nicht zu Hause ist? Egal, dann hat sie es wenigstens versucht.

Dosi biegt in die enge Wohnstraße ein und sieht Licht in der Villa. Frau von Pröller ist also daheim. Die Straße ist heute nicht ganz so leer. Irgendwo muss eine Party sein, denn eine Reihe von Luxuskarossen parken halb auf dem Gehweg, halb auf der Straße. Dosi fällt wieder Zankls Spruch von wegen ›underdressed‹ ein. Da könnte er recht haben. Nein, gegenüber der Villa steht ein Passat älteren Baujahrs. Immerhin. Sie fährt die Straße bis zum Ende, wendet und sucht sich einen Parkplatz mit guter Sicht auf die Pröller-Villa. Und jetzt? Sie weiß es nicht. Mal sehen, gestern ist Frau von Pröller auch bei Einbruch der Dunkelheit nochmal losgefahren, vielleicht tut sie das heute wieder.

Tatsächlich dauert es nicht lange, bis sich das Garagentor öffnet und der Porsche auf die Straße röhrt. Dosi klemmt sich an die Rückleuchten. Sie überqueren im Nieselregen die Grünwalder Brücke und fahren in Richtung Pullach. Frau von Pröller fährt weiter durch Solln, Thalkirchen, Sendling, bis zum Goetheplatz, biegt ab in die Goethestraße. Vor einem asiatischen Lokal stellt sich Frau von Pröller in die Einfahrt und übergibt einem jungen Mann im Anzug den Wagenschlüssel. Sie verschwindet in dem Kellerlokal. Dosi flucht innerlich. Madame Pröller geht nur essen. Unschlüssig sieht sich Dosi um. Kein freier Parkplatz. Sie stellt den Warnblinker an und lässt den Wagen in zweiter Reihe stehen. Vom verwaisten Gastgarten aus kann sie gut in den Gastraum im Souterrain sehen. Durch das dritte Fenster erspäht sie Frau von Pröller. Ein älterer Herr steht am Tisch auf, um sie förmlich zu begrüßen. Kondoliert er ihr? Sie sehen beide sehr ernst aus. ›Schwarze Witwe‹, überlegt Dosi. ›Nein, vielleicht ist das einfach ihr Chef.‹ Mist, das bringt sie nicht weiter. Sie sieht auf die Uhr. Viertel vor neun. Hier passiert nichts Interessantes mehr. Sie geht zum Auto und entdeckt ein Knöllchen unter dem Scheibenwischer. Verdammt! Die eine Minute! Sie sieht sich um. Kein Parkwächter weit und breit. dreißig Euro. Ganz toll! Sie ist im Einsatz! Wobei das schwer zu erklären wäre. Sie zerknüllt den Strafzettel und wirft ihn ins Wageninnere. Heute muss Fränki ihr einen ausgeben.

## GUTE PARTIE

Mader sitzt in der Gaststube, angenehm erschöpft. Er kann es nicht leugnen – er fühlt sich gereinigt und geläutert. Wann war er das letzte Mal in der Sauna? Jahrzehnte ist das her. Und merkwürdigerweise hatte er keine Schamgefühle zwischen den nackten Körpern. Erstaunlich, wo er doch wahrlich kein Adonis ist. Ein paar Kilo weniger wären echt gut. Hat er für sich festgestellt. Jedenfalls hat er eine Stunde in relaxter Heiterkeit verbracht, nicht einmal sonderlich erregt durch die wahrhaft beeindruckende Oberweite von Roswitha, die munter auf ihn einplapperte. Jetzt weiß er auch, dass sie nicht einfach die Dame am Empfang ist, sondern die Tochter des Hoteliers, eine gute Partie sozusagen. Oder? Den Chef hat er gestern kurz kennengelernt, ein knorriger Mann mit festem Händedruck. Nicht unsympathisch. Mader grinst in sich hinein, als er von seinem Bier trinkt, das wunderbar prickelt.

»Herr Mader, gefällt es Ihnen bei uns?«, fragt der Wirt. »Ich darf doch?« Er setzt sich und stellt zwei volle Schnapsgläser auf die Tischplatte.

»Ja, sehr gerne, also sehr gut, also beides«, sagt Mader.
»Ich bin der Sepp.«
»Karl-Maria.«
»Sehr schön, hört man nicht mehr oft. Ich heiße Josef-Maria.«
»Na dann, Prost!«

## OFFIZIELL

In der Chefetage der Gurkenfabrik herrscht Bestürzung pur. Erstaunlicherweise ist der Tod des Patriarchen noch nicht kommuniziert worden. Vom wem auch? Tatiana von Pröller hat es allem Anschein nach noch nicht gemacht. Dosi findet das irritierend. Meldet man sowas nicht sofort? Geschäftsführer Dr. Weinzierl sieht Dosi und Zankl jedenfalls ungläubig an, als er hört, dass der Chef verstorben ist.

»Ich habe heute Morgen noch eine Mail von ihm erhalten«, sagt er.

»Wirklich?«, fragt Dosi erstaunt.

»Naja, die Mail war vermutlich terminiert. Das macht der Chef gerne. Zu ungewöhnlichen Zeiten Mails eintreffen zu lassen, um zu sehen, wie die Mitarbeiter reagieren. Ob sie überhaupt reagieren, also gleich.«

»Klingt aber nicht nett.«

»Nett wäre generell der falsche Begriff, wenn wir von Herrn von Pröller sprechen. Er ist, also, er war ein Kontrollfreak. Herr von Pröller hat sich immer um alles gekümmert. Bis in die kleinsten Details.«

»Ist das nicht Aufgabe des Geschäftsführers?«, fragt Zankl. »Oder von Abteilungsleitern?«

»Eigentlich schon. Aber Herr von Pröller trifft alle wichtigen Entscheidungen selbst. Also, bisher war das so. Ich bin zwar Geschäftsführer von Pröller-Gurken, aber strenggenommen nur ein besserer Buchhalter.«

»Hatten Sie denn Probleme mit ihm?«

»Nein, das kann man nicht sagen. Im Gegenteil. Wir kamen sehr gut miteinander aus. Aber es ist natürlich nicht ganz einfach, wenn Sie in einem so großen Unternehmen jede Entscheidung vom Chef absegnen lassen müssen. Ich will damit nicht sagen, dass er den Betrieb schlecht geführt hat. Er setzt, also er setzte sich mit ganzer Kraft für die Firma ein. Wie soll das jetzt nur weitergehen ohne ihn?«

»Naja, ich vermute, dass Sie den Laden erst einmal leiten müssen.«

»Sind Sie sich da sicher?«, fragt Dr. Weinzierl nachdenklich.

»Das fragen Sie die Falschen«, meint Zankl und lächelt.

»Das Sagen hat jetzt vermutlich seine Frau«, meint Dosi und zuckt mit den Achseln. »Allerdings weiß ich nicht, ob sie sich für das Unternehmen interessiert. Wobei – als Wirtschaftsprüferin wird sie wissen, ob das Unternehmen gut aufgestellt ist und wirtschaftlich arbeitet. Am besten, Sie nehmen schnell Kontakt mit ihr auf.«

»Ja, das werde ich machen. Äh, darf ich Sie etwas fragen?«

»Ja bitte?«, sagt Dosi.

»Ist das denn normal, dass die Polizei kommt, wenn jemand verstorben ist, also, wenn unser Chef einen Unfall hatte, Sie wissen schon …«

»Herr von Pröller ist in seinem Pool verstorben, also vermutlich ertrunken. Die Umstände sind noch nicht ganz klar. Wir wurden von den örtlichen Kollegen gerufen, um sicherzustellen, dass kein Fremdverschulden vorliegt.«

»Fremdverschulden? Sie meinen doch nicht etwa, dass …?«

»Hatte Herr von Pröller denn Feinde?«, fragt Zankl.

»Naja, er war kein einfacher Mensch.«

»Wie meinen Sie das?«

»Herr von Pröller war sehr bestimmt, in allem. Andere Meinungen galten nicht allzu viel bei ihm. Und die Konkurrenz im Lebensmitteleinzelhandel ist sehr hart. Jeder möchte mit seinen

Produkten in den Regalen der Discounter stehen. Auch Herr von Pröller hat mit harten Bandagen gekämpft. Gleichzeitig kümmerte er sich sehr um die Mitarbeiter. Wir haben eine ausgezeichnete Kantine, übertarifliche Gehälter und Boni-Zahlungen in guten Geschäftsjahren. Und es lief tatsächlich sehr gut. Das glauben die Leute immer gar nicht, aber Essiggurken gehören ja sozusagen zur Grundversorgung.«

»Das verstehe ich gut«, sagt Dosi. »Sind ja auch geile Gurken. Die knacken so richtig.«

»Ja, das ist wahrscheinlich das Geheimnis unseres Erfolgs.«

»Also, hatte er Feinde?«, fragt Zankl noch einmal.

»Feinde nicht, vielleicht Konkurrenten oder Mitbewerber, denen seine hemdsärmelige Art auf die Nerven ging. Er hat sich immer als großer Macher inszeniert. Also, das war er auch, aber er forcierte das schon sehr. Trotzdem – mir würde niemand einfallen, der ihm den Tod wünscht. Das meinen Sie doch?«

»Ja, das meine ich.«

»Nein, auf keinen Fall. Ich kenne niemanden, also keinen Konkurrenten, der so weit gehen würde.«

»Danke, mehr wollten wir nicht wissen«, sagt Dosi abschließend.

»Ermitteln Sie denn weiter in diese Richtung?«, fragt der Geschäftsführer.

»Wir ermitteln gar nicht. Wir stellen nur ein paar Fragen. Routine. Wiedersehen.«

»Ich könnt kotzen«, sagt Dosi auf dem Firmenparkplatz.

»Warum? Weil er dir kein Gurkenglas mitgegeben hat?«

»Das auch. Wenn er schon an der Quelle sitzt. Aber ich finde vor allem zum Kotzen, was er über seinen Chef erzählt hat. Der liebende Patriarch, der seinen Laden mit harter Hand führt. Schrecklich!«

»Oldschool, aber es gibt sicher schlechtere Chefs«, findet Zankl. »Wenn er die Mitarbeiter sogar am Erfolg beteiligt. Macht bestimmt nicht jeder.«

»Also, was denkst du, Zankl? Welchen Grund könnte jemand gehabt haben, den Alten aus dem Weg zu räumen?«

»Naja, außer der Frau fällt mir tatsächlich niemand ein, die oder der so richtig von seinem Tod profitiert.«

»So sehe ich das auch«, sagt Dosi. »Es ist auch nicht so schwierig: Sie manipuliert die Gegenstromanlage mit dem Handy, die Turbinen drehen durch, der alte Herr krault um sein Leben, wird auf den Grund des Beckens gesaugt und schwupps, das war's dann auch schon.«

»Ich hab ihre Handydaten beim Provider prüfen lassen.«

»Und, Zankl? Erfassen die auch, welche Apps aktiv waren?«

»Nein. Das kann man nur mit dem betreffenden Handy selbst feststellen. Und dazu fehlt uns ein hinreichender Verdacht. Aber über den Provider können wir herauskriegen, ob man zur betreffenden Zeit in einer Funkzelle eingeloggt war. Also zum Beispiel bei dem Friseur in Schwabing.«

»Und?«

»Ihr Handy war zur betreffenden Zeit ausgeschaltet beziehungsweise im Flugmodus.«

»Für die Fernbedienung brauchst du keine mobilen Daten, Zankl. Das kann sie über WLAN beim Friseur gemacht haben, also ohne Funknetz.«

»Dosi, das ist unrealistisch. Sitzt da und lässt sich die Spitzen schneiden und schickt parallel ihren Mann in die ewigen Jagdgründe beziehungsweise auf den Grund des heimischen Pools.«

»Ja, das klingt nicht allzu glaubwürdig«, muss Dosi zugeben. »Wer hat denn sonst noch Zugriff auf die Poolanlage?«

»Naja, die Meiler kann vielleicht kochen und staubsaugen, aber ich habe Zweifel, ob die das technische Verständnis für so eine Anlage hat. Außerdem hat sie den Herrn von Pröller doch vergöttert. Sie war ja sichtlich angefasst, als wir mit ihr gesprochen haben.«

»Wir müssen sie fragen, ob sie ebenfalls über diese App verfügt. Würde ja Sinn machen. So als Haushälterin.«

Die Auskunft haben sie schnell nach einem Telefonat mit Frau Meiler. Nein, sie hat diese App nicht. Wollte der Hausherr nicht. Sie selbst könne auch die Schwimmbadtechnik nicht bedienen.

»Glauben wir ihr das?«, fragt Dosi Zankl.

»Ich kann mir nicht vorstellen, dass sie da an der Anlage auf die Knöpfchen drückt, während er im Pool schwimmt.«

Dosi nickt nachdenklich. »Wir müssen Marlene fragen, ob sie schon mit dem Anlagenbauer gesprochen hat.«

Zwei Telefonate später grinst Zankl übers ganze Gesicht.

»Was ist los? Hat Marlene den Fall gelöst?«, fragt Dosi.

»Nicht sie, aber ich vielleicht.«

»Jetzt mach es nicht so spannend.«

»Sie hat mit dem Chef der Poolfirma gesprochen. Also, die Firma hat einen Wartungsauftrag für die Poolanlage. Die kommen einmal im Vierteljahr vorbei, checken die Filter, die ganze Technik, machen frisches Salz rein.«

»Salz?«

»Ja, Chlor verwendet man heute kaum mehr.«

»Stimmt, jetzt fällt es mir ein. Das Wasser war salzig. Aber damit ich es richtig verstehe – du meinst, der Techniker der Firma hat was mit der Sache zu tun?«

»Weißt du, mit wem die Firma immer die Servicetermine koordiniert?«

»Mit dem Alten höchstpersönlich, nehme ich mal an.«

»Nochmal raten, Dosi.«

»Mit Frau Meiler?«

»Nah dran. Mit ihrem Mann.«

»Wieso das denn?«

»Der ist sowas wie der Hausmeister in der Villa.«

Dosi sieht ihn irritiert an. »Warum hat sie uns das nicht gesagt?«

»Das frage ich mich auch.«

»Und der kennt sich mit der Haustechnik aus?«

»Das vermute ich jetzt mal schwer, wenn er Pröllers Hausmeister ist.«

»Aber warum sollte der seinen Arbeitgeber umbringen?«, fragt Dosi.

»Naja, interessant ist ja erstmal die Frage, warum Frau Meiler uns nichts von ihrem Mann erzählt hat.«

»Das stinkt doch zum Himmel! Auch irgendwie logisch, dass sie uns nichts davon gesagt hat. Sie möchte einfach nicht, dass wir das wissen. Weil wir sonst vielleicht auf die Idee kommen, ihren Mann zu fragen, ob er da rumgemurkst hat. Aber warum sollte er das tun?«

»Keine Ahnung, Dosi. Vielleicht Eifersucht. Seine Frau schwärmt ihm immer die Hucke voll von ihrem tollen Chef und er ist nur der kleine Hausl.«

»Meinst du echt, Zankl? Eifersucht als Motiv für einen Mord?«

»Naja, vielleicht wollte er ihm ja auch nur einen Schrecken einjagen. Bisschen Panik. Und dann ist das Ganze anders ausgegangen, als er es geplant hat. Tragisch.«

»Für mich ist die Ehefrau noch nicht aus dem Spiel.«

Zankl lässt sich nicht beirren: »Aktuell stellt sich doch die Frage: Warum hat Frau Meiler Angst, dass ihr Mann in Verdacht geraten könnte? Weil etwas vorgefallen ist zwischen ihr und dem Chef? Oder zwischen ihr und dem Pröller. Ihr Mann hat es erfahren und wollte jetzt einen Schlussstrich ziehen unter die Sache?«

»Was für eine Sache?«

»Keine Ahnung, ein sexueller Übergriff.«

»Ach komm, der hat eine junge, attraktive Frau.«

»Ach, wer weiß. Oder eine Demütigung.«

»Und wie hat er es gemacht? Der Chef der Poolfirma hat die Anlage ja geprüft. Hat er das Gerät selbst manipuliert.«

»Vielleicht.«

»Jetzt haben wir leider die blöde Anlage schon befingert.«

»Wenn da wirklich einer vor uns rumgefummelt hat, dann mit Handschuhen. Aus gutem Grund. Herr Meiler braucht jetzt ein Alibi für die Tatzeit und wir ein plausibles Motiv. Und es wäre gut, wenn wir nicht gleich mit der Tür ins Haus fallen. Wir fragen ihn erst einmal subtil zu seiner Frau und ihrem Verhältnis zu ihrem ehemaligen Chef, dann kommen wir vielleicht dem Motiv auf die Spur.«

»Nach einem Alibi für die betreffende Zeit müssen wir ihn auf alle Fälle fragen. Aber wie willst du das denn begründen, Zankl?«

»Vielleicht, indem wir sagen, dass wir das Alibi seiner Frau überprüfen müssen. Weil ja sonst niemand im Haus war, als es passiert ist. Ob sie an diesem Vormittag telefoniert haben, wann sie sich bei ihm nach Entdeckung der Leiche gemeldet hat.«

»Rufen wir Meiler an?«

»Auf keinen Fall.«

## SOUND DER RASENMÄHER

»Hui, ich dachte, in Solln ist es schön«, meint Zankl, als er die schmucklosen siebziger Jahre Wohnblocks sieht, die aber zumindest von ansehnlichen Grünflächen und altem Baumbestand aufgelockert werden.

Dosi grinst. »So fesche Wohnbunker passen überall hin.«

»Und wenn Meiler nicht da ist?«, fragt Zankl.

»Mein Gefühl sagt mir, dass er zuhause ist. Seine Frau bekocht die Pröller und er liegt solange auf dem heimischen Sofa. Frührentner. Vierzehn Uhr ist die perfekte Zeit für ein Nickerchen. Wetten?«

»Meinst du echt?«

»Ich kenn die Männer.«

»Alles klar, Dosi.« Er deutet auf das Haus. »Da ist die Nummer neun.«

Der Name steht am Klingelboard ganz unten rechts. Sie läuten. Nicht passiert.

»Ja, klar, Dosi, du kennst die Männer.«

»Vielleicht schläft er so tief wegen drei Bier zum Gulasch, das ihm seine Frau vorgekocht hat.« Dosi klingelt noch einmal, aber wieder keine Reaktion.

»Na, ganz super. Sind wir umsonst hergefahren.«

»So ist das eben mit Überraschungsbesuchen.«

»Weißt du, was ich an solchen Siedlungen neben der architektonischen Klasse besonders liebe?«

»Nein, sagst du es mir, Zankl?«

»Das ganze Feeling, der warme, heimelige Sound. Solange die Rasenmäher singen, wird uns nichts passieren.«

»Das hast du schön gesagt, Zankl.«

»Ist nicht von mir. Ein Zitat. Eine Platte von Bernd Begemann.«

»Kenn ich nicht. Aber klingt gut. Weißt du, was ich denke?«

»Bin ich Telepathist?«

»Wo Rasen gemäht wird, steht auch einer hinterm Rasenmäher oder sitzt auf dem Bulldog.«

»Du meinst …?«

»Naja, ein Hausl ist ein Hausl ist ein Hausl.«

»Noch ein Song? Von der Spider Murphy Gang?«

»Nein, Zankl. Wenn, dann eher Erste Allgemeine Verunsicherung.«

»Auch groß.«

Sie gehen dem Geräusch nach, was gar nicht so einfach ist, denn der Sound hallt von allen Wohnblocks wider. Schließlich sehen sie einen Mann im grauen Kittel auf einem grünen Bulldog auf einer der Rasenflächen. Jetzt macht er den Motor aus und steigt ab, offenbar um sich etwas unter dem Fahrzeug anzuschauen.

»Vorsicht, so eine Klinge ist scharf!«, sagt Zankl, als sie ihn erreicht haben.

Der Mann blickt sie missgelaunt an. »Sie kennen sich aus mit sowas?«

»Klar, ich bin Atomphysiker«, sagt Zankl.

»Schleich dich, Bürscherl«, sagt der Mann.

»Kriminalpolizei.« Zankl zeigt seinen Ausweis.

»Was soll der Schmarrn?«

»Können wir uns kurz unterhalten?«, fragt Dosi.

»Das tun Sie bereits.«

»In Ruhe«, präzisiert Dosi.

»Hier hört uns keiner zu.«

»Also gut. Es geht um Ihre Frau.«

»Was ist mit meiner Frau?«

»Sie sind doch Herr Meiler, oder?«

»Was ist mit meiner Frau? Ist ihr etwas passiert?«

»Nein, aber ihrem Arbeitgeber«, erklärt Zankl.

»Ach, dem alten Pröller.«

»Sie mögen ihn nicht?«

»Was spielt das für eine Rolle?«

»Uns interessiert das sehr. Wie war denn Ihr Verhältnis zu Herrn von Pröller?«

»Wenn wir das Geld nicht bräuchten, würde meine Frau dort nicht den Haushalt machen.«

»Können Sie das ausführen?«, fragt Dosi.

»Das ist doch so ein seniler Herrenreiter.«

»Dass er tot ist, hat Ihnen Ihre Frau sicher erzählt.«

»Ja, in seinem Pool ertrunken.«

Zankls Einsatz: »Stimmt es, dass Sie Hausmeistertätigkeiten in der Villa der Pröllers erledigen?«

»Ja, das stimmt. Ich bin da der Hausmeister. Meine Frau wollte das.«

»Sie nicht?«

»Nicht wirklich. Aber es sind ein paar Euro extra.«

»Verdient man denn als Hausmeister hier so schlecht? Das ist doch eine große Anlage?«

»Wir zahlen keine Miete, aber das Gehalt ist niedrig. Also, was wollen Sie von mir?«

»Naja, eigentlich wollten wir nochmal mit Ihrer Frau sprechen.«

»Die ist noch bei den Pröllers. Was wollen Sie von meiner Frau?«

Zankl hebt beschwichtigend die Hände. »Sie war die Einzige, die zum Todeszeitpunkt in Pröllers unmittelbarer Nähe war. Und wir sind von der Kriminalpolizei.«

»Sie wollen doch nicht sagen, dass …? Sie verdächtigen meine Frau?«

»Reine Routine«, sagt Zankl. »Kein Grund zur Panik. Wir kommen ja immer, wenn die Todesursache nicht ganz klar ist.«

»Ich denke, er ist ertrunken?«

»Das schon, aber die Umstände, die dazu geführt haben, sind nicht eindeutig.«

»Was meinen Sie damit?«

»Das kann ich Ihnen jetzt nicht sagen. Das ist ermittlungsintern. Aber jetzt wissen wir ja, wo wir Ihre Frau finden.«

»Äh?«

Jetzt kommt Dosi nochmal dran: »Ach, Herr Meiler, eine Frage noch: Wo waren Sie denn vorgestern Vormittag?«

»Wieso?«

»Reine Routine.«

»Vermutlich hier. Nein, ich war einkaufen.«

»Das können Sie ja bestimmt belegen.«

»Wie? Warum? Bin ich jetzt verdächtig?«

Dosi lacht. »Wie unser Chef immer zu sagen pflegt: Jeder ist verdächtig.«

Meiler holt seine Geldbörse heraus und sucht etwas. Er findet einen Kaufbeleg und liest vor: »10 Uhr 46, Toom in der Landsberger Straße.« Er reicht ihn Dosi. »Wenn Ihnen das was bringt.«

Dosi nimmt ihn und nickt zuversichtlich. »Na bitte, dann haben Sie ja schon mal ein Alibi. Eine Frage hätte ich aber noch:

Sagen Sie, kennen Sie sich mit der Poolanlage bei den Pröllers aus?«

»So halbwegs. Also nicht wirklich. Das ist eine komplizierte Anlage. Ich kontrolliere nur die Filter und den Salzgehalt.«

»Das ist schön. Auch, dass man heute nicht mehr Chlor verwendet. Allein der Geruch. Komm, Zankl, wir müssen jetzt weiter nach Grünwald.«

»Aber …?«

»Jetzt komm schon. Wiederschaun, Herr Meiler.« Sie zieht Zankl weg.

Als sie ein paar Meter entfernt sind, fragt Zankl: »Was soll das Dosi, erst treiben wir den Typen in die Enge und jetzt lässt du ihn einfach von der Angel?«

»Der läuft uns nicht davon. Wenn er es war, dann weiß er jetzt, dass wir nicht unbedingt einen Unfall als Ursache für das Ableben von Herrn von Pröller annehmen. Wäre interessant, ob er jetzt gleich seine Frau anruft.«

»Um ihr was zu sagen? Und was ist, wenn sie gar nichts davon weiß, dass ihr Mann vielleicht etwas damit zu tun hat? Aber wie soll das gehen, wie soll er in der Stadt in einem Baumarkt sein und zugleich in Grünwald irgendwelche Knöpfchen drücken?«

»Lässt sich das Ding jetzt über eine App steuern oder nicht?«

»Puh, das können wir doch nie nachweisen. Falls der auch die App hat, dann deinstalliert er das Teil doch oder hat es längst getan. Außerdem gibt es noch ein prinzipielles Problem: Wie kann die Anlage denn überhaupt so stark sein, die ist ja völlig überdimensioniert für den Pool. Da gibt es doch bestimmt Vorschriften. Und wenn da was nicht gepasst hat, dann muss das doch schon vorher aufgefallen sein. Wir müssen den Typen von der Poolfirma fragen, wie das eigentlich sein kann.«

»Ja, das stimmt. Das Ding ist definitiv zu stark, egal, wer und wie man da rumdrückt. Mal so generell – traust du es dem Meiler zu?«, fragt Dosi.

»Wenn er ein richtig gutes Motiv hat: ja. Der scheint mir ein ziemliches Arschloch zu sein.«

»Dann fragen wir Frau Meiler mal über ihr Verhältnis.«

»Zu ihrem Mann?«

»Eher zum alten Pröller.«

## KEIN EINFACHER MENSCH

Frau Meiler sieht sehr mitgenommen aus, als Dosi und Zankl mit ihr in der Küche der Pröller-Villa sprechen.

»Sie mochten Herrn von Pröller sehr?«, fragt Dosi einfühlsam.

»Er war kein einfacher Mensch, aber ich mochte ihn, ja.«

»Und Ihr Mann?«

»Was hat mein Mann mit ihm zu tun?«

»Naja, Sie beide haben ja denselben Arbeitgeber.«

»Nur, weil Horst sich gelegentlich um das Haus oder den Garten kümmert?«

»Mochten die beiden sich?«

»Ich weiß es nicht. Ich glaube kaum, dass sich Herr von Pröller an meinen Mann erinnern konnte. Also, ob er meinen Mann wirklich wahrgenommen hat, als er noch lebte. Mein Mann hat die Sachen am Haus immer nur erledigt, wenn Herr von Pröller in der Firma war.«

»Und warum haben Sie uns nicht erzählt, dass Ihr Mann ebenfalls hier arbeitet?«

»Mir ist es nicht gleich eingefallen. Also, ich wusste nicht, dass Sie das interessiert.«

»Ihr Mann wartet doch sicher auch den Pool«, sagt Zankl.

»Was wollen Sie damit sagen?«

»Dass er über das technische Knowhow verfügt, die Gegenstromanlage zu bedienen«, sagt Zankl, ohne mit der Wimper zu zucken.

»Wollen Sie damit sagen, dass …?«

»Wir sagen gar nichts. Aber wir würden Sie dringend bitten, mit uns ins Präsidium zu kommen.«

»Ich, ich kann doch nicht …« Sie überlegt, dann nickt sie resigniert.

Die Fahrt ins Präsidium verläuft schweigsam.

Im Vernehmungszimmer bringt Dosi Frau Meiler erstmal eine Tasse Kaffee. Frau Meiler bedankt sich artig. Dosi sieht sie aufmunternd an. »Frau Meiler, machen Sie sich keine Sorgen. Wir wollen nur jeden Aspekt beim tragischen Tod von Herrn von Pröller beleuchten. Gehen wir den Tag noch einmal genau durch. Sie kommen am Vormittag um halb elf an, wissen, dass der Hausherr im Spa-Bereich ist und beginnen das Mittagessen zuzubereiten. Wussten Sie, dass Frau von Pröller nicht da ist?«

»Ja, ich wusste, dass sie zum Friseur wollte.«

»Sie waren also allein mit Herrn von Pröller im Haus?«

»Ja.«

»Wann sind Sie auf die Idee gekommen, nachzusehen, weil Sie glaubten, dass etwas nicht in Ordnung ist?«

»Ich mache Herrn von Pröller einen Smoothie, den er dann in der Küche trinkt. Nach dem Schwimmen kommt er immer nach oben.«

»Im Bademantel?«, fragt Dosi.

»Nein, was denken Sie denn? Er zieht sich immer einen Trainingsanzug an. Er trinkt seinen Smoothie und geht dann in den Wohnbereich zum Meditieren.«

»Dieses Mal nicht.«

»Nein, ich hatte ein komisches Gefühl und da bin ich nachsehen gegangen.«

»Lief da die Gegenstromanlage noch?«

»Nein, das Wasser war ganz ruhig.«

»Das heißt, die Anlage hat selbstständig den Betrieb eingestellt oder jemand hat sie per Fernsteuerung ausgemacht. Frau von Pröller kann das nicht gewesen sein, denn sie war ja beim Friseur und ihr Handy war im Flugmodus. Außerdem haben wir ihr Handy geprüft. Wissen Sie, wenn man etwas mit einer App macht, dann fallen immer Daten an. Das ist für unsere Techniker nicht so schwierig festzustellen, was man mit seinem Handy gemacht hat. Dürfen wir denn Ihr Handy sehen?«

»Um dort was zu finden?«

»Haben Sie denn ebenfalls die App für die Haustechnik?«

»Das haben Sie mich doch schon gefragt!«

»Dann gibt es ja nichts zu befürchten. Hat Ihr Mann diese App auf dem Handy?«

Sie sieht sie mit großen Augen an. »Ich weiß nicht.«

»Wir auch nicht. Aber wir werden auch sein Handy prüfen müssen.«

»Warum sollte denn mein Mann …?«

»Das fragen wir uns auch«, sagt Dosi knapp. »Hat es denn etwas gegeben mit Herrn von Pröller?«

»Was meinen Sie?«

»Einen Vorfall, eine Unstimmigkeit?«

»Zwischen den beiden? Wie gesagt, ich bezweifle, dass Herr von Pröller meinen Mann überhaupt näher kannte.«

»Nein, ich meine zwischen Ihnen und Herrn von Pröller. Hatten Sie Streit mit ihm?«

»Nein.«

»Aber?«

»Nichts.«

»Hat er Sie bedrängt?«

»Wie meinen Sie das?«

»Angefasst?«

»Hören Sie mal!«

Dosi sieht sie scharf an. »Jetzt machen Sie hier mal nicht einen auf ahnungsloses Burgfräulein! Ich habe es Ihnen doch angesehen, wie sehr Sie der Tod von Herrn Pröller mitnimmt. Sie hatten offenbar ein sehr enges Verhältnis. Und wenn es da nicht zu Übergriffen gekommen ist, dann lässt das nur einen Schluss für mich zu. Dass es einvernehmlich geschehen ist.«

Frau Meiler blickt Dosi versteinert an. Dann rollt eine dicke Träne über ihre Wange.

»Waren Sie eifersüchtig auf seine Frau?«, fragt Dosi.

»Nein, wie sollte ich das? Sie ist, also sie war seine Frau. Er wollte ihre Jugend, sie wollte das bequeme Leben. Aber der Altersunterscheid ist zu groß, da gibt es keine echte gemeinsame Basis.«

»Zwischen Ihnen und Herrn von Pröller schon.«

»Ich habe ihm zugehört, ich habe viel mit ihm gesprochen.«

»Mehr als das?«

»Nein, ich, ich, das geht nicht, also, das ging nicht.«

»Aber Sie waren in ihn verliebt.«

»Verliebt?« Sie überlegt lange, dann nickt sie. »Ja. Ich hätte alles für ihn getan.«

»Was sagt Ihr Mann dazu?«

»Nichts. – Er weiß nichts davon. Bitte, sagen Sie ihm auch nichts!«

»Sind Sie sich sicher, dass er es nicht weiß, ahnt? Sowas spürt man doch.«

»Nein, mit Horst habe ich nie über Dietrich gesprochen.«

»Dietrich?«

»Herrn von Pröller.«

»Gut. Was glauben Sie, wie würde Ihr Mann reagieren, wenn er das wüsste, also, dass Sie in Ihren Chef verliebt waren?«

»Sie werden es ihm doch nicht sagen!?«

»Nein. Aber meine Frage war eine andere. Was würde er tun? Ausrasten?«

Sie nickt stumm. Murmelt dann: »Ja, vermutlich.«

»Frau Meiler, ich frage Sie jetzt nochmal: Sie haben nicht die Gegenstromanlage angeschaltet?«

»Nein.«

»An dem betreffenden Tag war Ihr Mann nicht im Haus?«

»Nein.«

»Gut, Sie können jetzt gehen.«

»Und wie geht es weiter?«

»Mit uns beiden vermutlich nicht.«

»Das heißt, Sie glauben mir?«

»Ja, ich denke schon. Wir haben keinen Beleg dafür, dass Sie etwas damit zu tun haben. Außer, dass Sie Herrn von Pröller nahestanden. Und der Umstand macht es eher unwahrscheinlich, dass Sie ihm schaden wollten.«

»Und mein Mann?«

»Der ist bereits bei meinem Kollegen.«

»Wie bitte?«

»Wir möchten vermeiden, dass sich nahestehende Personen absprechen. Das verstehen Sie doch?«

»Wann kann er wieder gehen?«

»Das hängt ganz von seiner Aussage ab.«

Wieder rollen Tränen über ihre Wangen.

»Frau Meiler, das ist alles Routine. Das gehört zu unserem Job. Wenn alles in Ordnung ist, dann ist Ihr Mann in ein, zwei Stunden wieder zu Hause.«

»Und wenn nicht?«

»Dann sprechen wir uns noch einmal.«

Frau Meiler steht auf und zieht sich die Jacke an.

»Ein Kollege von mir wird Sie heimfahren«, sagt Dosi.

Als sich die Tür hinter ihr schließt, sinkt Dosi müde auf Ihren Stuhl. Hummel betritt den Vernehmungsraum.

»Und, was sagst du?«, fragt Dosi.

»Respekt, Dosi, das war ganz schön forciert. Hat sich doch gelohnt.«

»Ich hab ein schlechtes Gewissen. Nicht, dass die sich jetzt was antut. Hast du bei Zankl reingeschaut, wie es mit ihrem Mann läuft?«

»Die haben gerade erst angefangen. Wir können rübergehen und durch den Spiegel zusehen.«

»Boah, geh du mal vor, ich brauch jetzt eine Rauchpause.«

»Rauchst du wieder?«

»Nein, aber ich muss kurz an die frische Luft. Ich bin in zehn Minuten zurück.«

Dosi geht nach unten und betritt den Hinterhof des Präsidiums. Es dämmert schon, am Himmel sind schwere Gewitterwolken zu sehen. Dosi grübelt. Eine gestandene Frau Mitte vierzig macht sich klein wegen so einem Gutsherren, bewundert ihn, macht sich Hoffnungen. Und dann stirbt er, als sie mit ihm allein im Haus ist. Vielleicht ist das Ganze tatsächlich nur ein tragischer Unfall. Aber da ist noch ihr Ehemann. Abgezockter Typ. Der hat sich heute Nachmittag gar nicht aus der Ruhe bringen lassen. Aber war ja auch sein Revier. Das hier im Präsidium ist ihre Hood mit ihren Spielregeln. Und dass seine Frau hier ebenfalls vernommen wurde, das wird ihm sicher auch nicht passen.

Dosi beendet ihre imaginäre Zigarettenpause und geht nach oben, um zu sehen, wie Zankl vorankommt.

## BLOCKWART

»Und was machen wir mit dem Typen?«, fragt Dosi, nachdem Zankl seine lange Vernehmung mit Meiler erfolglos beendet hat. Meiler hatte auf die Anwesenheit eines Anwalts verzichtet und knappe Antworten gegeben, die keinen Deutungsspielraum zuließen.

»Ein selbstgerechtes Arschloch«, lautet Zankls Resümee. »Blockwart. Enttäuschter Kleinbürger, der gezwungen ist sich bei den reichen Ekelpaketen etwas dazuzuverdienen, damit es sich das teure Leben in der Großstadt leisten kann. Das ist schon eine beschissene Lage.«

»Allerdings. Nehmen wir ihn uns nochmal zur Brust?«, fragt Dosi.

»Mal sehen, ich bin mir nicht sicher. Also, was wäre denn das Motiv?«

»Eifersucht«, sagt Dosi bestimmt. »Die Meiler ist auf den alten Pröller gestanden.«

»Auf den reichen alten Knacker? Der eine junge schöne Frau hat? Wo sie ohne jede Chance ist?«

»Ja, Liebe ist manchmal tragisch.«

»Hui, Dosi.«

»Da lief etwas. Ich glaube zwar nicht, dass Meiler sensibel genug ist, das bei seiner Frau zu bemerken, aber ich vermute, der ist generell aufbrausend und eifersüchtig.«

»Oder der Pröller hat die Meilers gedemütigt. Das ist doch das Prinzip solcher Arbeitsverhältnisse.«

»Na komm, Zankl, das ist mir zu schwarz-weiß gedacht. Wir müssen noch mehr über Meiler wissen. Und ich möchte verstehen, wie das mit der Anlage im Schwimmbad passieren konnte. Es ist doch nicht normal, dass die Anlage so viel Power hat.«

»Marlene war vorhin nochmal in Grünwald mit dem Chef von Pool Profis. Das ist die Firma, die das Teil eingebaut hat. Er hat die Anlage überprüft. Die ist völlig in Ordnung. Auch bei Volllast. Normalerweise dürfte und könnte da gar nix passieren. Die Maximalleistung der Pumpe ist genau für diese Poolgröße ausgelegt.«

Dosi schüttelt den Kopf. »Dass ich nicht lache. Ich war in dem Pool drinnen. Das Ding ist lebensgefährlich. Da hat jemand rumgepfuscht. Jemand, der sich auskennt.«

»Marlene hat die Handynummern der zwei Mitarbeiter von Pool Profis, die sich um die regelmäßige Wartung kümmern. Vielleicht erfahren wir da noch was.«

## WAS PERSÖNLICHES

»Habt ihr einen Moment?«, fragt Hummel am nächsten Morgen im Büro.

»Ja klar, was gibt's denn?«, sagt Dosi.

»Ich hab mir die Firma von dem Pröller mal genauer angesehen. Das Gurkenimperium.«

»Und, irgendwelche Auffälligkeiten?«

»Der Pröller verdient sein Geld nicht nur mit Gurken.«

»Sondern? Drogen, Prostitution?«, schlägt Zankl vor.

»Du solltest nicht so viel Netflix schauen, Zankl. Es geht um Betongold, Immobilien: Gewerbe und auch Wohnungen. Sagt euch der Name BayWo was?«

»Der Baustoff-Laden?«

»BayWo, nicht BayWa. BayWo steht für Bayern-Wohnungen.«

»Das ist doch so ein Mietkasernenladen«, sagt Dosi, »der war gerade in der Presse, weil er an einen englischen Investor verkauft werden soll.«

»Und, wer ist da der Mehrheitseigner?«

»Wenn du schon so fragst – der Pröller?«

»Genau, Dosi. Pröller besitzt fünfundfünfzig Prozent der Anteile an dem Wohnungsunternehmen.«

»Und was willst du uns damit sagen?«

»Naja, ich habe mir die Presseartikel angeschaut. Da ist viel Wut auf Seiten der Mieter. Der britische Investor Supra Living ist berüchtigt für Mieterhöhungen nach fragwürdige Renovierungen.«

»Und an die will Pröller verkaufen, also wollte er verkaufen?«, fragt Dosi.

»Sieht ganz so aus. In einem Interview in der *SZ* hat Pröller sich von seiner harten Seite gezeigt. Von wegen, dass er eben Investor ist und jetzt nach Jahren des mühsamen Geschäfts endlich mal Rendite sehen will, um andere zukunftsträchtige Investitionen tätigen zu können.«

»Von wegen Gurkenkönig«, sagt Zankl, »der väterliche Fabrikant ist ein Spekulant.«

»Es gab jedenfalls schon mehrere Eingaben bei der Stadt wegen Mieterschutz.«

»Und wie geht das jetzt weiter? Also, jetzt, wo er tot ist?«

»Naja, vermutlich kommt es erstmal drauf an, wer sein Vermögen erbt.«

»Die Frau. Kinder hatte er keine.«

»Was machen wir mit dieser Information über die Immobilienfirma?«, fragt Zankl. »Hat das irgendeine Bedeutung für das Ehepaar Meiler?«

Hummel lächelt. »Die wohnen in der Feldbacher Straße, oder?«

Dosi schnauft auf. »Lass mich raten – die Häuser gehören auch dem Pröller.«

»Noch.«

»Wahnsinn. Hummel! Das ist doch echt mal ein Ansatzpunkt. Endlich ein Motiv! Hast du eine Liste von Pröllers Häusern?«

»Es sind zwei große Wohnsiedlungen, eine in Solln, eine in Thalkirchen und dann gibt es noch ein Mietshaus in Schwabing und einen Bürokomplex am Stachus.«

»Jetzt mal ganz doof gesprochen«, meint Zankl. »Die Meilers sehen ihre Felle davonschwimmen, weil die Siedlung verkauft werden soll. Sie wollen das unter allen Umständen verhindern.«

»Die Frau ist da nicht dabei«, sagt Dosi, »die war in den Typen verschossen. Aber ihrem Mann trau ich das zu.«

»Okay, der Mann denkt, dass sich die Voraussetzungen ändern, wenn Pröller nicht mehr am Leben ist. Aber warum sollte Pröllers Frau nicht auch einfach verkaufen? Die will sich doch bestimmt mit dem Krempel nicht belasten.«

Dosi zuckt mit den Schultern. »Naja, ihre Mutter wohnt in einem ganz normalen Mietshaus in Schwabing. Die Familie kommt aus kleinen Verhältnissen. Die Ehefrau würde nicht zwingend eine so unpopuläre Maßnahme durchziehen.«

Hummel schüttelt den Kopf. »Die arbeitet doch als Wirtschaftsprüferin. Das heißt, sie ist es gewohnt, harte Entscheidungen zu treffen.«

Zankl schüttelt den Kopf. »Aber das ist doch alles nur Spekulation.«

»Wie, nur Spekulation?«, fährt Hummel hoch. »Ich liefere euch ein richtig gutes Motiv und du sagst, das wäre alles nur Spekulation!«

»Nein, Hummel, das hast du super gemacht«, sagt Dosi. »Wir denken ja nur alle laut. Das Wichtigste, was wir sowieso noch klären müssen: Wie konnte die Poolanlage so falsch eingestellt gewesen sein? Beziehungsweise: Wer hat sie manipuliert? Marlene hat ja nur mit dem Chef der Pool-Firma gesprochen. Wir sollten dringend mal die zwei Monteure von den Pool Profis checken.«

Hummel nickt. »Zuallererst schauen wir, wo die Mitarbeiter von Pool Profis wohnen.«

Kurz darauf sind sie schlauer. Der eine Monteur wohnt in Giesing, der andere, Hartmut Reiserer, in Solln, in derselben Siedlung wie die Meilers.

»Dann konzentrieren wir uns mal auf den Herrn Nachbarn«, meint Zankl grimmig. Er sieht auf die Uhr. »Es ist jetzt gleich sechs. Herr Reiserer wird ja nicht ewig arbeiten. Wir fahren bei ihm vorbei.«

»Und dann sagst du es ihm auf den Kopf zu?«

»Mal sehen, Dosi. Wir schauen einfach mal, wie der so ist, wie der auf uns reagiert.«

»Äh, ich hab heute noch was vor.«

»Kein Thema, Dosi, ich kann Zankl auch begleiten«, sagt Hummel.

»Das wäre echt nett. Fränki lädt mich heute nämlich zum Essen ein.«

»Hochzeitstag?«

»Sehr witzig, Zankl. Aber wer weiß, vielleicht macht er mir ja beim Gyros mit Pommes einen Antrag.«

»Wo geht ihr denn hin?«

»Zum Griechen in der Edelweißstraße. Ich steh auf rustikal.«

»Dann mal viel Spaß! Pass mit dem Ouzo auf!«, sagt Zankl. »Also los, Hummel.«

»Bist du denn eigentlich oft in deinem Schrebergarten?«, fragt Zankl Hummel im Auto.

»Nicht so oft, wie ich gerne würde.«

»Woran liegt's?«

»Arbeit, Beate, Faulheit. Aber wenn ich in meinem Garten bin, find ich es super. Also, wenn man die Nachbarn mal ausblendet.«

»Kein Ort ist perfekt.«

»Wir könnten da mal gemeinsam grillen, solange es noch so schön ist.«

»Coole Idee. Ein Wort von dir und wir stehen auf der Matte.«

»Gerne auch mit den Kids. Bringen ein bisschen Leben in die Bude.«

»Sind Kleingärtner wirklich so spießig?«

»Die Nachbarn schon. Immer schön alles nach Vereinssatzung. Und meine direkte Nachbarin ist sowas von neugierig, voll der Wahnsinn.«

»Kommt die dann auch?«

»Im Leben nicht. Aber vielleicht kommt Gerry.«

»Der Freak, der mal dein Lateinlehrer war?«

»Nicht meiner, aber an meinem Gymnasium. Gerry ist ein cooler Typ.«

»Ja, sag einfach Bescheid. Lass uns nur noch schnell den Fall zu Ende bringen.«

Als sie in der Siedlung in Solln ankommen, sehen sie ein paar Jungs beim abendlichen Kicken auf der Wiese zwischen den Häusern und andere Kinder beim Versteckspielen.

»Ach, so schlimm ist das hier nicht, wie du gesagt hast«, meint Hummel und deutet auf die Kinder und die großen Bäume zwischen den Häusern. »Die Wohnblocks sind schon grob, aber sonst ist es gar nicht so schlecht hier.«

»Ja, die Menschen machen es am Ende doch lebenswert. Sieht

man mal davon ab, dass die Mieter bei den großen Wohnkonzernen keine Rolle spielen und nur abgeschöpft werden.«

»Verständlich, dass man Existenzängste bekommt, wenn man erfährt, dass das alles verkauft werden soll. Da vorne ist die Nummer 18.«

»Herr Reiserer ist offenbar zu Hause.« Zankl zeigt auf den Transporter mit der großen Aufschrift Pool Profis.

Sie klingeln bei Reiserer. »DHL«, sagt Zankl in die Sprechanlage.

Eine junge, gestresste Frau öffnet kurz darauf im ersten Stock die Wohnungstür. Ein kleines Kind schreit, es riecht säuerlich nach Eintopf.

»Post?«, fragt sie.

»Nein, Polizei.«

»Sie sagten doch …? Was wollen Sie?«

»Ist Ihr Mann zu sprechen?«

»Warum?«

»Nur eine Routineüberprüfung. Die Kollegen haben ihn mit dem Firmenwagen auf der Wolfratshauser Straße mit zweiundsiebzig Stundenkilometern geblitzt. Im Ortsbereich.«

»Oh, nein! Nicht schon wieder.«

»Bei mehr als zwanzig zu viel sind wir verpflichtet, gleich vorbeizukommen.«

»Oh Gott, er braucht seinen Führerschein!«

»Jetzt machen Sie sich mal keine Sorgen. Wenn er einsichtig ist, kann man da vielleicht was machen. Es gibt ja immer eine gewisse Messtoleranz. Ist er denn zu Hause?«

»Er ist unten im Keller. Ganz hinten rechts.«

Sie gehen in den Keller runter. Vom Ende des langen schwach erleuchteten Gangs kommen Geräusche. Kisten, die über den Boden schrappen, ein Fluchen.

»Kann man helfen?«, fragt Zankl.

»Hä? Wer sind Sie?«

»Polizei. Zankl und Hummel.« Zankl hält dem muskulösen

jungen Mann im schmutzigen T-Shirt den Dienstausweis hin. »Sind Sie Hartmut Reiserer?«

»Ja? Was wollen Sie?«

»Kurz reden. Wir brauchen eine Auskunft.«

»Jetzt?«

»Ja, aber bitte nicht hier.«, sagt Zankl.

»Wir können in den Hof gehen«, ergänzt Hummel.

»Ich komm gleich.« Er hebt eine schwere Kiste an. Hummel hilft ihm. Zusammen stellen Sie die Kiste auf das oberste Brett des Schwerlastregals.

»Danke.«

»Keine Ursache.«

»Rauchen Sie?«, fragt Hummel.

»Ja, warum?«

»Dann lassen Sie uns jetzt oben eine rauchen.«

Sie gehen hoch, Hummel holt seine Zigaretten raus und reicht Reiserer eine, gibt ihm Feuer. Dann steckt er sich auch eine an. Sie rauchen schweigend.

»Schön haben Sie es hier«, sagt Zankl und deutet zur Wiese und den Bäumen. Von den Kindern ist inzwischen keins mehr zu sehen.

»Geht so. Kleine enge Wohnungen zu saftigen Preisen.«

»Das gilt für ganz München.«

»Ja, leider.«

»Sagen Sie, kennen Sie Herrn von Pröller?«

»Den Gurkenkönig?«

»Ja, genau«, sagt Zankl. »Haben Sie, also hat Ihre Firma, den Pool im Keller seiner Villa ausgestattet?«

»Ja, ich mach auch den Service.«

»Sie waren beim Einbau der Anlage dabei?«

»Ja, mit dem Chef. Die Installation machen wir immer zu zweit. Das ist ziemlich kompliziert.«

»Wir bräuchten von Ihnen eine Auskunft, was Sie die letzten zwei Tage gemacht haben.«

»Wieso?«

»Das kann ich Ihnen jetzt noch nicht sagen.«

»Was soll das? Ist etwas passiert?«

»Glauben Sie denn, dass etwas passiert ist?«

»Hören Sie zu, zum Rätselraten ist meine Zeit zu kostbar. Ich muss noch den Keller aufräumen und dann mein Kind ins Bett bringen.«

»Herr Reiserer, dann reden wir mal Tacheles. Wir sind von der Mordkommission. Wir haben Grund zur Annahme, dass der Gurkenfabrikant Dietrich von Pröller, der leblos in seinem Swimmingpool gefunden wurde, kein Unfallopfer ist.«

»Sondern?«

»Dass jemand die Wasseranlage des Pools manipuliert hat.«

Reiserer schluckt und sieht sie mit großen Augen an.

»Haben Sie davon gehört?«, fragt Zankl, »also von dem Todesfall?«

»Nein, ich wusste nicht. Und Sie glauben …?«

»Wir glauben gar nichts. Wir folgen nur den Hinweisen. Wir haben die Gegenstromanlage unmittelbar nach Pröllers Tod getestet. Die war definitiv zu stark, lebensgefährlich.«

»Das kann nicht sein. Unsere Anlagen sind jeweils genau für die Poolgröße ausgelegt und werden beim Einbau individuell angepasst.«

»Und man kann sie nicht durch technische Manipulation tunen?«

»Nein, die Pumpenleistung darf auch bei Volllast nicht gefährlich sein.«

»War sie aber«, sagt Hummel.

»Die ganze Anlage ist hochmodern und per App bedienbar«, ergänzt Zankl.

»Ja?«

»Wissen Sie, was das bedeutet, Herr Reiserer?«

»Technisch ja, aber ich hab keine Ahnung, worauf Sie hinauswollen.«

»Wir gehen davon aus, dass der Gurkenkönig mittels der Strömungsanlage ins Jenseits befördert wurde. Zuerst dachten wir, dass jemand per Fernsteuerung die Anlage auf maximale Leistung hochgefahren hat. Aber das bringt ja theoretisch nichts, also hinsichtlich der Gefährlichkeit der Anlage.«

»Äh, ja?«

»Das bedeutet, dass die zu starke Leistung sich nicht mit der ferngesteuerten Bedienbarkeit der Anlage begründen lässt.«

»Was wollen Sie mir damit sagen?«

»Dass eine substanzielle technische Manipulation vorgelegen haben muss. Die nur von einer Fachkraft vorgenommen worden sein kann.«

»Warum sollte ich das tun?«

»Das haben wir nicht gesagt«, bemerkt Zankl kühl.

»Aber das wollen Sie doch sagen. Warum? Wir kommen Sie auf diese Idee? Was soll ich denn gegen den Pröller haben?«

»Wir bei der Polizei suchen ja immer nach Motiven. Jetzt ist es einfach so, dass wir bei Ihnen ein starkes Motiv sehen. Und eine Verbindung zum Haushalt der Pröllers.«

»Nur weil die Firma meines Chefs da vor Jahren mal eine Anlage für den Pool eingebaut hat?«

»Nein, weil Sie Herrn Meiler kennen.«

»Was hat denn Meiler mit dieser Sache zu tun?«

»Meiler macht Hausmeisterjobs für Pröller, seine Frau ist da Haushälterin, sie hat die Leiche gefunden.«

»Ich verstehe immer noch nicht …?«

»Wir wollen von Ihnen einen lückenlosen Nachweis für die letzten fünf Tage.«

»Und ich will einen Anwalt.«

Zankl nickt. »Den können Sie morgen gleich zum Termin um 10 Uhr im Präsidium mitbringen. Das ist eine offizielle Vorladung. Kommen Sie pünktlich! Sonst lassen wir Sie mit dem Streifenwagen abholen. Hier oder in der Arbeit. Das schaut dann nicht so lässig aus.«

Wutschnaubend dreht sich Reiserer weg und verschwindet im Haus.

»Warum lassen wir ihn gehen?«, fragt Hummel.

»Was soll der denn machen? Der verschwindet nicht. Er kann ja nicht seine Frau und das Kind im Stich lassen.«

»Aber wenn er sich jetzt mit Meiler abspricht?«

»Klar tut er das. Beziehungsweise haben die das doch längst getan. Meiler wird von seiner Frau frühzeitig erfahren haben, dass wir uns nicht einfach mit einem Unfall zufriedengeben.«

»Aber wenn er sein Alibi frisiert?«

»Das glaube ich nicht. Denn das ist bestimmt jetzt schon wasserdicht.«

»Wie geht es dann weiter?«

»Naja, standardmäßig. Er macht morgen seine Aussage und wir überprüfen sein Alibi.«

»Deine Ruhe möchte ich haben«, sagt Hummel.

»Die beiden Typen kriegen wir. Hast du seinen Blick gesehen? Dem ist klar, dass die Sache alles andere als wasserdicht ist. Egal, wie gut sein Alibi für die Zeit von Pröllers Ableben ist. Bei dem hat es im Oberstübchen angefangen zu rattern, als wir gesagt haben, dass wir wissen, wie der Pröller gestorben ist. So eine Anlage manipulieren, das kann wirklich nicht jeder. Die waren sich sicher, dass die Aktion als Unfall durchgeht.«

»Meinst du, Meiler hat ihm schon mitgeteilt, dass er heute bereits mit uns das Vergnügen hatte?«

»Keine Ahnung. Zeitlich ein bisschen knapp. Und Reiserer hat den Keller aufgeräumt. Kein Empfang, Handy nicht dabei. Und er hat wirklich überrascht gewirkt uns zu sehen. Aber egal, ich denke, dass da jetzt ein Menge Redebedarf besteht. Bei dem Gespräch wäre ich gerne Mäuschen. Mich würde auch interessieren, ob Frau Meiler bei der Sache mit drinhängt.«

»Ich denk, die stand auf den Pröller?«

»Trotzdem würde sie ihrem Mann ein Alibi geben. Denk ich jetzt mal.«

»Puh, abgefahrene Geschichte. Mir reicht es für heute«, sagt Hummel.

»Mir auch. Noch ein Bier in der Blackbox?«

»Gute Idee, am frühen Abend ist es da noch schön ruhig. Vielleicht hat Beate auch was zum Essen für uns da.«

»Ja, Chips und Erdnüsse.«

»Gibt nichts Besseres.«

## LEIDENSCHAFT

Mader ist in Wildflecken einen erheblichen Schritt weitergekommen. Nicht, was das Verbrechen an der Familie Winkler betrifft, sondern wie es generell um die Dorfgemeinschaft bestellt ist. Eine Immobilie würde er hier doch nicht erwerben wollen. Schlechtes Qi. Alle beäugen einander, suchen nur ihren Vorteil – Grundstücke, Häuser, Jagdrechte. Sehr eng, kleinkariert und das Gegenteil von Idylle. Er hat hinter die Kulissen schauen können, denn er hat viel Zeit mit dem Seniorchef des Gasthofs verbracht. Sepp ist ein erstaunlich gebildeter Mann, der eigentlich ganz andere Dinge im Leben vorgehabt hätte, als hier ein Wirtshaus und Hotel zu führen. Wäre sein Vater nicht so früh verstorben, dann hätte er sein Kunststudium an der Akademie in München fortgesetzt, zu dem er schon im ersten Anlauf zugelassen worden war. Für seine Leidenschaft, die Malerei, hatte er allerdings dann viele Jahre kaum Zeit und kann ihr erst seit kurzem wieder nachgehen, weil seine Tochter und sein Sohn das Geschäft übernommen haben – seine Tochter am Empfang, sein Sohn in der Küche. Heute zeigt der Hotelbesitzer und Maler Mader sein Atelier in einem ehemaligen Viehstall.

»Aber hier sind ja keine Fenster«, bemerkt Mader erstaunt, als Sepp die Neonröhren anschaltet.

»Ich mal ja auch draußen, auf den Wiesen, Feldern und im Wald. Hier hab ich nur meine Sachen beisammen.«

Mader bewundert die mutigen Pinselstriche, mit denen die Landschaften auf die Leinwand geworfen sind. Fast schon expressionistisch. »Die sind toll. Würde ich mir glatt zu Hause aufhängen.«

»Such dir eins aus. Ich freu mich, wenn sie jemandem gefallen. Meiner Frau und den Kindern sind sie zu grob.«

Mader lächelt. »Ich mag die idyllischen Sachen nicht, die einem vorgaukeln, dass alles in Ordnung ist.«

Sepp sieht Mader zu, wie dieser durch die vielen Bilder schaut, die im Atelier auf dem Boden aneinander gelehnt stehen. Mader bleibt bei einer dunklen Winterlandschaft mit einer einsamen Hütte hängen. »Das ist richtig toll!«

»Das ist richtig alt«, erklärt der Künstler.

»Klasse. Der Gewitterhimmel, das scharfe Sonnenlicht, das durch die Wolken bricht, genau auf die Hütte, die unter der weißen Pracht fast verschwindet. Richtig gut. Ist das hier in der Gegend?«

»Ja, am Geiersberg, gar nicht weit von hier. Das Bild muss schon an die vierzig Jahre alt sein. So hab ich damals gemalt, als ich mich an der Akademie beworben hatte.«

»Kein Wunder, dass sie dich genommen haben.«

»Heute vermeide ich solche extremen Stimmungen. Aber so habe ich meine Motive damals tatsächlich gesehen, mit der ganzen Dramatik.«

»Wenn du es mir verkaufst, würde ich mich sehr freuen.«

»Nein, ich verkaufe es nicht. Ich schenke es dir.«

»Ehrlich?«

Als Mader in seinem Zimmer zurück ist, stellt das Bild auf die Kommode und betrachtet es nachdenklich. Ja, das Motiv und die Stimmung sind wirklich dramatisch, fast unwirklich, von großer Kraft. Die sanft ansteigende Landschaft mit den zerzausten Nadelbäumen. Das Licht hat etwas Sakrales, wie bei den Kirchenfresken der großen Renaissancemaler. Und gleichzeitig ist da nichts Religiöses im Spiel, eher Naturmystik.

## PROVINZ

*Liebes Tagebuch,*

wenn ich mal im Lotto gewinne, dann werde ich mir kein Haus mit Pool anschaffen. Keinen Pool auf alle Fälle. Viel zu gefährlich! Ha! Vorhin in der Kneipe habe ich mir mal wieder Zankls Gejammer über seine beengte Wohnsituation anhören müssen. Was will er denn, drei Zimmer sind für München doch nicht schlecht. Seine Wohnung ist ja nur zu klein, weil er sich eine Familie zugelegt hat. Sagt man das so? Sich eine Familie zulegen? Das klingt ein bisschen nach Autokauf. Egal, er soll doch froh sein, dass er mit seinen Lieben zusammenwohnt. Ich würde auch gerne mit Beate zusammenwohnen. Sogar in einem Einzimmerappartement, wenn es sein müsste. Echt, ich schwöre. Oder irgendwo in der Provinz, in einem Häuschen, einer Hütte. Das wäre doch romantisch. Ha, jetzt schwärme ich schon von der Provinz, was für ein Quatsch! Monaco rules! Das Bier macht mich rührselig. Ich sollte weniger trinken. Aber nicht heute. Ein Bier geht noch. Prost!

## WASSERDICHT

Zankl ist enttäuscht. Der Monteur ist knochentrocken in der Vernehmung. Sein Anwalt hat nicht viel zu tun. Sie müssen Hartmut Reiserer wieder gehen lassen.

»Verdammte Hacke«, flucht Zankl. »Wir können dem Typ nichts nachweisen. Sein Alibi ist wasserdicht. Lauter Kundenaufträge, die auch bestätigt werden. Und für die letzten Abende gibt ihm seine Frau ein Alibi.«

»Bei Meiler sieht es genauso aus«, sagt Hummel resigniert.

»Frau von Pröller sagt, dass sie am Vorabend des tödlichen Unfalls mit ihrem Mann auswärts essen war. Das wäre doch der ideale Zeitpunkt gewesen, dass Meiler und Reiserer da was manipulieren. Aber wenn die Ehefrauen ihnen Alibis geben, haben wir keine Chance.«

»Und wenn wir ein anderes Zeitfenster nehmen?«, sagt Dosi.

»Wie meinst du das?«, fragt Zankl.

»Wir haben ihnen ja nicht gesagt, was sie genau gemacht haben sollen. Also auch nicht, dass wir wissen, dass die Anlage jetzt wieder im Normalbetrieb läuft.«

»Aber sein Chef weiß es doch. Er hat die Anlage mit Marlene gecheckt.«

»Ach, ob die im Betrieb über alles reden.«

»Ich weiß nicht, worauf du raus willst?«, sagt Zankl.

»Naja, wenn es wirklich so gelaufen ist, dann muss jemand die Anlage nach Pröllers Tod wieder in den Originalzustand versetzt haben. Und da gibt es eigentlich nur ein Zeitfenster. Die Zeit, als die Hausherrin nicht zu Hause war, als sie bei ihrer Mutter übernachtet hat. Außer Frau Pröller hängt auch in der Sache drin. Was aber ausgeschlossen ist, oder Zankl?«

»Sehr witzig. Aber ansonsten nicht schlecht, wirklich nicht schlecht, Dosi«, murmelt Zankl.

»Also geht es um das Zeitfenster an diesem Tag von zwanzig Uhr bis zum nächsten Vormittag.«

»Bislang haben wir Meiler und Reiserer nur zu der Zeit vor Pröllers Ableben befragt. Dann müssen wir die Herren nochmal fragen.«

Hummel schüttelt den Kopf. »Nein, dann wissen die doch gleich, worauf wir rauswollen. Wenn sie schlau sind, haben sie sich auch hierzu mit ihren Frauen abgesprochen.«

Dosi konzentriert sich. »Mir ist was aufgefallen am zweiten Abend, als ich vor der Pröller-Villa gewartet habe.«

»Ja?«, fragen Zankl und Hummel gleichzeitig.

»Ein Auto, ein Passat.«

»Und?«, fragen wieder beide gleichzeitig.

»Nichts und. Ich hatte ja schon Bedenken, dass ich mit meinem alten Golf da unangenehm auffalle in dem Nobelvorort.

Da standen fast nur Luxusautos rum. In einer der Villen muss eine Party gewesen sein. Als ich auf die Pröller gewartet hab, stand da am Straßenrand noch so eine alte Mühle wie meine. Ein Passat Kombi. Das fand ich komisch. Also zu normal für die Gegend. Das Auto ist mir zumindest aufgefallen. Und ich bin mir nicht sicher – ich bilde mir ein, da saß sogar jemand in dem Auto.«

In Zankls Augen glimmt ein Funke Hoffnung. »Und du meinst, das kann einer von den beiden gewesen sein?«

»Weiß ich nicht. Wir müssten halt wissen, was sie für Autos fahren.«

»Nummer hast du nicht?«, fragt Hummel.

»Nein, tut mir leid.«

»Das wäre natürlich perfekt gewesen. Farbe?«

»Es war schon ziemlich dunkel. Ich würde mal sagen: dunkelblau, schwarz. Dunkel jedenfalls.«

Zankl schüttelt enttäuscht den Kopf. »Da wird es mehrere geben in München. Aber ein Anhaltpunkt ist das allemal. Wir müssen checken, ob Reiserer oder Meiler einen Passat fahren. Wenn ihnen allerdings ihre Frauen Alibis für die betreffenden Zeiträume geben, wird es schwierig. Außer, sie sind in der Nähe der Pröller-Villa zu schnell oder bei Rot über die Kreuzung gefahren und geblitzt worden.«

Dosi überlegt, dann sagt sie: »Lasst uns zu dem Haus fahren. Das Haus hat doch garantiert eine Überwachungsanlage, die aktiv ist, wenn niemand zu Hause ist.«

Zankl ist skeptisch. »Die Typen sind schlau und kennen sich mit Technik aus. Wenn die eine Poolanlage manipulieren können, dann sicher auch die Videoüberwachung.«

Dosi grinst. »Ja, aber nur die im Pröller-Haus.«

Zankl nickt anerkennend. »Dosi, du hast es echt drauf. Sehr gute Idee! Allerdings müssten wir schon viel Glück bei den Nachbarn haben.«

»Ja. Und wie heißt es? Den Tapferen winkt das Glück!«

## BRUTAL

Wenig später in Grünwald. Gegenüber der Villa vom ehemaligen Gurkenkönig steht ein festungsartiger Bau. Keine Heckenniedlichkeit, sondern grauer Sichtbeton mit Kiesgarten und Trauerweide.

»Ich fand Brutalismus schon immer interessant«, sagt Zankl, »auch im privaten Bereich.«

»Heißt das echt so?«, fragt Dosi.

»Ja, dazu kannst du sogar eine Stadtführung buchen. Der Gasteig zum Beispiel ist brutalistischer Stil, das Tantris auch.«

»Da war ich noch nie. Sternelokale kann ich mir leider nicht leisten.«

»Na, dann machen wir das mal bei deiner nächsten Gehaltserhöhung, Dosi.«

»Also nie«, ergänzt Hummel.

»Wird also doch nur ein kleines Grillfest bei dir«, sagt Zankl.

»Cool, da bin ich dabei«, meint Dosi. »Ich mag das Chichi-Zeug eh nicht.«

Zankl drückt auf den Klingelknopf. Nichts rührt sich. Er klingelt nochmals. Jetzt leuchtet ein rotes Lämpchen. »Ja?«, schnarrt es aus der Anlage.

»Kriminalpolizei München«, meldet sich Zankl, »wir würden gerne kurz mit Ihnen sprechen.«

»Worum geht es?«

»Nicht hier auf der Straße.«

Mit einem Summen springt die Tür einen Spalt auf. Sie drücken die schwere Tür auf und treten ein. Drinnen sieht es ganz anders aus, als sie es erwartet haben. Kein kalter Bunker mit unverputzten Betonwänden, sondern ein großes lichtdurchflutetes Loft, fast eine Fabrikhalle. Auf dem Boden kostbare Orientteppiche mit warmen Farben. Dosi ist schon versucht, die Schuhe auszuziehen. Ganz hinten an der Fensterfront steht ein großer schwarzglänzender Flügel, an dem ein kleines Männlein sitzt.

»Entschuldigen Sie bitte die Störung,«, sagt Zankl und präsentiert seinen Dienstausweis. »Wir hätten ein paar kurze Fragen.«

»Treten Sie näher. Simiczek, mein Name.« Der ältere Herr lässt einen perlenden Melodielauf am Piano erklingen.

»Sie sind Musiker?«, fragt Zankl.

»Auch. Aber vor allem Komponist.«

»Klassik?«

»Nein, Neue Musik, Avantgarde.« Er hämmert ein paar schiefe Akkorde ins Klavier und lacht gackernd. »Aber auch populäres Zeug. Wie kann ich Ihnen helfen? Habe ich zu laut musiziert?«

»Nein. Wir brauchen Ihre Hilfe. Sie haben doch eine Überwachungsanlage, oder?«

»Da fragen Sie mich zu viel.«

»Äh, draußen im Eingangsbereich hängt eine Kamera?«

»Warten Sie, ich rufe meinen Sohn.« Er springt auch und tänzelt zum Haustelefon: »Kasimir! Schwinge er die Hufe und komme er in den Salon hinab, aber subito-pronto!«

»Ihr Sohn lebt hier?«, fragt Dosi.

»Ja, warum nicht? Er tröstet mich über den Verlust meiner geliebten Gattin, seiner Mutter. Haben Sie schon einmal von der Opernsängerin Tamara Millet gehört?«

»Nein, leider nicht.«

»Ach, sie war unglaublich. Was für eine Stimme! Sie konnte die Mauern dieses Betonklotzes mit ihrer bloßen Stimme erzittern lassen. Viel zu früh gestorben, viel zu früh.«

Jetzt taucht auf der Treppe vom ersten Stock ein übergewichtiger junger Mann mit weichen Gesichtszügen auf. Er hat vergessen das Bluetooth-Headset seines Computers abzunehmen. »Ja, Papa?«

»Tritt näher, Sohn! Sag an, wie ist das mit der Kamera im Eingangsbereich? Funktioniert die?«

»Aber natürlich. Warum?«

»Die Dame und die Herren von der Polizei hätten gerne eine Auskunft.«

»Ja?«, schüchtern sieht er die Besucher an.

»Keine Bange, wir kontrollieren nicht das Internet«, sagt Zankl.

Ein scheues Lächeln huscht über das Gesicht des jungen Mannes. Er nimmt das Headset ab. »Ich bin kein Zocker oder was Sie vielleicht glauben. Ich bin Astronom und ständig in Kontakt mit meinen Kollegen in Hawaii und auf der ganzen Welt.«

»Ich hoffe, die Sterne stehen gut«, sagt Dosi. »Wir hätten eine Frage, also, eine Bitte, wegen Ihrer Überwachungsanlage. Werden da ständig Aufzeichnungen gemacht oder schaltet sich die Anlage nur ein, wenn jemand in den Bereich der Sensoren kommt?«

»Letzteres ist richtig.«

»Wir ermitteln in einem sehr komplexen Fall und bräuchten Ihre Hilfe«, erklärt Dosi.

»Der alte Pröller von gegenüber ist gestorben, nicht wahr?«

»So ist es. Wir müssten wissen, ob sich zu bestimmten Uhrzeiten Personen oder Fahrzeuge draußen auf der Straße befunden haben.«

»Die Kamera hat nur einen sehr begrenzten Bereich vor unserer Haustür im Fokus. Alles andere wäre datenschutzrechtlich nicht in Ordnung.«

»Wenn der oder die Personen auf dieser Straßenseite geparkt haben und am Haus vorbeigegangen sind?«

»Verstehe. Vielleicht haben wir Glück.«

»Ich war vor drei Tagen hier. Da ist mir ein Passat aufgefallen, auf Ihrer Seite.«

»Wir werden sehen. Kommen Sie doch mit.«

Sie folgen dem jungen Mann nach oben in sein Zimmer. Das ist groß wie ein Saal, wie der Physikraum einer Schule oder Universität. Überall hängen Schaubilder der Galaxie an den Wänden, am bodentiefen Fenster steht ein riesiges Teleskop. Ebenfalls riesig sind die vier Bildschirme auf dem langen Schreibtisch.

»Warten Sie, ich muss erst schauen, dass wir Zugriff auf den Server bekommen. Ich benutze das fast nie. Aber ich hab das

Kennwort irgendwo gespeichert. Einen Moment …«

»Warum haben Sie denn eine Überwachungsanlage?«, fragt Hummel.

»Sie kennen meinen Vater nicht?«

»Nein. Ist er sehr bekannt?«

»Bekannt wäre vielleicht falsch. Mit seiner eigenen Musik verdient er nicht viel, aber die Musik für andere hat ihn reich gemacht, sehr reich. Er arbeitet vor allem für Hollywood, als Filmkomponist.«

»Cool!«, sagt Dosi. »Das ist toll.«

»Finanziell schon. Ansonsten eher etwas dröge, es fordert ihn nicht. Haben Sie *Honululu Love* gesehen?«

»Dafür hat er die Musik gemacht?«, fragt Dosi ungläubig und singt: »My heart is like a sinking ship, this is my Titanic-trip …«

Der junge Mann grinst und klickert fröhlich über die Tastatur seines Computers. »So, da hätten wir ihn auch schon, den Server. Wann, sagten Sie?«

»Vor drei Tagen. Abends.«

»Uhrzeit?«

»Nach neunzehn Uhr.«

»Ja, da wurde tatsächlich etwas aufgezeichnet. Okay. Naja, man sieht nicht viel. Der Restlichtverstärker ist am Limit. Aber ja, Sie haben Recht, das könnte ein Passat sein und jemand lehnt am Auto beim Rauchen.«

»Kann man denn den Ausschnitt verändern?«, fragt Dosi. »Man sieht ja kein Gesicht.«

»Leider nein, die Kameraeinstellung ist fix.«

»Kann man das näher heranholen?«

»Schon, aber größer wird der Bildausschnitt dadurch auch nicht.«

»Mist, verdammter Mist!«, zischt Dosi. »Die Autonummer ist auch nicht zu erkennen, das ist zu weit unten.«

»Obwohl …«, meldet sich Kasimir.

»Ja?«

Kasimir Simiczek grinst. »Die Umweltplakette in der Windschutzscheibe. Sehr schlecht lesbar. Aber das kriegen wir hin.« Er zoomt sehr nah dran, die handschriftlichen Buchstaben sind sehr stark aufgepixelt, aber doch zu erkennen.

»M-FR-1282«, liest Dosi. »Wow, super, das hilft uns sehr.«

»Gerne. Noch was?«

»Danke, nein. Sie haben uns sehr geholfen«, sagt Zankl. »Bitte löschen Sie diese Aufnahmen auf keinen Fall. Und es wäre nett, wenn Sie uns eine Kopie der Daten mailen.« Er gibt dem Astronomen seine Visitenkarte.

Draußen auf der Straße holt Dosi gleich das Handy raus und ruft die Kollegen an, um die Autonummer prüfen zu lassen.

Kurz darauf wissen sie Bescheid.

Zankl klatscht in die Hände. »Tja, da können wir gleich noch einen Herrn mitnehmen in die Innenstadt. Eigentlich zwei. Aber wir fangen mit dem Monteur an.«

## LETZTE SEKUNDE

Der Poolbauer ist geständig. Ja, er hätte das Ventil bei der Pumpe ausgewechselt, das für den Wasserdurchfluss verantwortlich ist. Nein, er hatte nicht gewusst, dass der Alte so sterben sollte. Der Plan war laut Meiler gewesen, dass Pröller in Lebensgefahr gerät und Meilers Frau ihn in letzter Sekunde rettet und sie dann etwas gut bei ihm hat. Und ihm abringen kann, dass die Wohnungen doch nicht verkauft werden. Dass Meiler seine Frau nicht informiert hatte, weil Pröller gar nicht gerettet werden sollte, dafür könne er doch nichts.

»Der Typ lügt, wenn er das Maul aufmacht«, sagt Zankl kalt. »Die beiden Typen haben den Mord eiskalt geplant. Jetzt schnappen wir uns Meiler.«

»Und Meilers Frau?«, sagt Dosi.

»Ich glaube nicht, dass sie da drinhängt«, meint Zankl. »Ob

jetzt der Reiserer mit seiner Version recht hat, ist mir eigentlich ziemlich egal. Das Ergebnis zählt. Ich schicke jetzt die Kollegen los, dass sie Meiler abholen.«

»Jetzt gleich?«, fragt Hummel.

»Ja, klar, wer weiß, was dem Heini bis morgen früh einfällt.«

Dosi streckt sich. »Jungs, es war mir eine Ehre mit euch zusammenzuarbeiten.«

Zankl nickt. »Ja, das haben wir richtig gut hingekriegt. Und sogar ganz ohne Mader.«

»Der sich irgendwo in der Provinz weiterbildet.«

»Warum hat Günther hat ihn aufs Land geschickt?«

»Ich hab da so eine Ahnung«, sagt Hummel. »Aus dem Archiv haben die uns heute eine Akte raufgereicht, die Mader sehen wollte, die aber offenbar nicht am richtigen Platz einsortiert war.«

»Worum geht es?«, fragt Zankl.

»Irgendein ungelöster alter Fall. Der Mord an einem Politiker vor dreißig Jahren. In Wildflecken. Das ist ein Kaff im Allgäu. Wo sich Mader im Moment aufhält.«

»Warum interessiert ihn das?«, fragt Dosi stirnrunzelnd.

»Naja, Mord verjährt nicht.«

»Hummel, hast du noch mehr Weisheiten auf Lager?«, fragt Dosi. »Falls Mader da ermittelt, warum benutzt er Ausreden? Ich glaube, es ist an der Zeit, dass wir ihm einen Besuch abstatten.«

»Meinst du echt?«, fragt Zankl.

»Klar, warum nicht. Vielleicht braucht er Hilfe. Wir bringen ihm die Akte mit, dann weiß er gleich, dass wir ihm seine Fortbildung nicht abkaufen. Der wird Augen machen, wenn wir auftauchen. Ich liebe Überraschungen.«

»Er bestimmt auch«, sagt Zankl und grinst. »Jetzt lassen wir den Meiler mal schnell gestehen und dann feiern wir bei Hummel den Abschluss unseres Falls.«

»Heute noch?«

»Was du heute kannst besorgen … Den Meiler übernehm ich, da freu ich mich schon drauf. Das dauert bestimmt nicht lange.

Wir haben ja die Aussage von Reiserer. Was soll er da groß leugnen? Und ab mit ihm in Untersuchungshaft. Das macht ihn bestimmt nachdenklich. Und vermutlich auch gesprächig. Ich ruf meine Frau wegen dem Grillen an und ihr könnt schon mal los und Bier und Würstel sorgen.«

## RADIESCHEN

Spontan ist immer am besten: Hummel heizt den Grill ein und hat einen Träger Bier in eine große Zinkwanne mit kaltem Wasser gestellt. Beate hat bei dem kleinen französischen Bäcker an der Ecke noch die letzten Baguettes ergattert, Fränki hat seinen berühmten Schweizer Wurstsalat samt Pröller-Gurken zubereitet und Dosi eine Götterspeise, die mit Wodka verfeinert ist.

Zankl hat Meiler verhört, der angesichts der Aussage Reiseres und des Standbilds aus der Überwachungsanlage keine guten Argumente parat hatte und schließlich die Tat gestanden hat. Seine Frau hat mit der Sache nichts zu tun. Zankl ist damit erstmal zufrieden und lässt Meiler in Untersuchungshaft bringen, wo auch schon sein Spezl Reiserer sitzt. Dann holt Zankl seine Familie ab und die bringt neben einer riesigen Schüssel Kartoffelsalat auch einen von Clarissa handgekneteten Obazdn mit.

Hummels ehemaliger Gymnasiallehrer Gerald ist ebenfalls mit von der Partie und stiftet einen zweiten Kasten Bier.

Die Runde ist sehr angetan von Hummels neuer Bekanntschaft. Sie unterhalten sich blendend. Dosis lautes Lachen schallt über das Gelände. Zankls Kinder toben durch den Garten und schaukeln wild mit der Hängematte, in der sie sich letztlich müde zusammenkuscheln. Um 23 Uhr ist für Familie Zankl Schluss. Die anderen bleiben noch ein bisschen hocken.

»Sehr schön ist das hier bei dir«, sagt Dosi. »Nur dass man zum Biseln bis zum Vereinsheim latschen muss, finde ich schon etwas lästig.«

»Ach«, meint Fränki grinsend, »wir könnten doch die Radieschen deiner Nachbarin gießen.«

»Untersteh dich!«, sagt Hummel.

»Mir wär das jedenfalls zu anstrengend«, sagt Dosi. »Wenn man in der Nacht raus muss und dann im Dunklen zum Vereinsheim stolpert.«

»Du darfst hier eh nicht übernachten«, erklärt Hummel.

»Nicht?«

»Streng verboten.«

»Tja, Beate«, sagt Dosi. »Dann wird das nix mit Hüttenromantik heute.«

Beate zuckt mit den Schultern. »Ich muss eh noch schauen, ob in der Blackbox alles in Ordnung ist.«

»Machen das nicht deine Angestellten?«, fragt Dosi.

»Ich schau zum Schluss eigentlich immer noch vorbei.«

Hummel sieht sie mit glasigem Blick an.

Beate schüttelt den Kopf. »Klaus, jetzt schau nicht so. Komm doch mit. Wir nehmen uns ein Taxi. Und morgen schlafen wir lange aus.«

Hummel nickt und grinst müde. »Gerry, ist das okay, wenn wir hier in einer halben Stunde Schluss machen?«

»Immer doch, Klaus.«

»Dann geht sich jetzt noch ein letztes Bier aus«, sagt Dosi und holt Nachschub. »Ist ja schon halb eins. Zankl hat vorhin ganz traurig ausgesehen, als er schon wieder abrücken musste. Ich versteh ihn gar nicht. Die Kinder haben doch brav in der Hängematte geschlafen.«

»Ordnung muss sein«, meint Fränki.

Dosi grinst. »Ja, Jasmin hat ihn gut im Griff. Heiraten will gut überlegt sein.«

Beate zuckt mit den Schultern. »Ich sehe nicht, dass sich Zankl beschweren könnte. So eine nette Familie. Und Clarissa ist schon ein richtig großes Mädchen. Und was für Mengen an Götterspeise die verdrückt hat!«

»Echt?«, fragt Dosi geschockt. »Da ist Wodka drin!«

»Öha.«

»Im Ernst?«

Beate winkt lachend ab. »Nur Spaß. Aber der kleine Angelo hat acht Nürnberger verputzt.«

»Hast du mitgezählt?«, fragt Hummel.

»Immer doch«, sagt Beate. »Man muss ja schauen, dass sich die Jugend richtig ernährt.«

Dosi lacht. »Klar, Vitamine und so.«

»So viel Vitamine wie ein kleines Steak«, ulkt Fränki.

»Hieß das so?«, fragt Dosi.

»Ja, Spitzenwerbung. Diese Minijoghurts. Fruchtzwerge.«

»Selber Fruchtzwerg. Prost.«

## SONDERURLAUB

Sonntagsausflug mit den Kollegen nach Wildflecken. Zankl hat von seiner Familie freibekommen. Jasmin ist mit den Kindern bei ihren Eltern in Germering. Das spart er sich gerne. Zu viel Familie muss auch nicht sein. Obwohl – seine Kollegen sind auch schon fast Familie für ihn. Mader inklusive. Der war im ersten Moment nicht begeistert über ihren spontanen Besuch, aber dann doch erleichtert. Er war in den letzten Tagen zu sehr mit sich alleine beschäftigt, stimmungsmäßig nicht der Bringer. Jetzt sitzen sie zusammen im Gastgarten des Wirtshauses.

»Wir müssen doch mal sehen, was Sie hier so treiben«, sagt Hummel. »Von wegen Sonderurlaub und so. Aber schön haben Sie es hier.«

Mader sieht sich um und nickt. »Hat Günther denn was gesagt? Oder warum seid ihr hier?«

»Nein, aber Gerber aus dem Archiv hat uns noch einen Aktenordner gebracht, der falsch einsortiert war. Und den Sie auch hätten kriegen sollen.«

»Aha?«

»Wir haben mal reingeschaut«, sagt Dosi. »Dienstlich quasi. Berufliche Neugier. Und ich hab da ein bisschen recherchiert. Ein großes ungeklärtes Verbrechen. Warum interessiert Sie so ein alter Fall? Ist das wirklich Bestandteil einer Fortbildung?« Sie sieht Mader auffordernd an.

Mader überlegt kurz, dann sagt er: »Ich tu Günther einen Gefallen.«

»Was hat der denn damit zu tun?«

»Das war einer seiner ersten großen Fälle. Ungelöst. Das lässt ihn nicht los.«

Dosi grinst. »So? Unser unfehlbarer Dr. Günther hat einen Fall nicht gelöst …«

»So ist es.«

»Und, haben Sie noch was rausgekriegt?«, fragt Dosi.

»Mit eurer Hilfe kriege ich vielleicht was raus.«

»Wir helfen, wo wir können.«

»Ja, ich schau mir hier die Originalschauplätze an. Ich brauch aber noch mehr Hintergrundinformationen.«

»Was genau?«

»Alle Infos zu Dr. Heribert Winkler: Parteifreunde, Feinde, Affären, Kontakte … Ich brauch ein klares Bild, was er für ein Typ war, was er getrieben hat, wir brauchen ein plausibles Motiv für die Tat.«

»Hat man das nicht alles schon überprüft?«

»Vermutlich schon. Aber ich weiß ja nicht, wie die Kollegen damals gearbeitet haben. Man war auf Täter aus dem Umfeld linksradikaler Organisationen fokussiert. Vielleicht war das eine Fehleinschätzung.«

»Ich denk, Günther war bei den Ermittlungen dabei?«

»Nur anfangs. Man hat ihn abgezogen.«

»Und das fuchst ihn immer noch?«

»Offenbar.«

»Und Sie helfen ihm?«, fragt Zankl.

»Ja, das ist ihm wichtig.«

»Fühlt er sich denn schuldig?«

»Irgendwie, ja. Ihr kennt das doch, wenn man unzufrieden ist, dass man etwas nicht aufklären kann.«

Am Nachmittag gehen sie zusammen zu der Villa und sehen sich um. Auch Dosi, Zankl und Hummel staunen über das Haus, in dem die Zeit vor dreißig Jahren stehengeblieben zu sein scheint. Aber keiner hat einen neuen Gedanken oder eine Theorie, was damals vorgefallen sein könnte oder wo die Familie geblieben ist.

Sie schließen den Besuch mit einem gemeinsamen Abendessen im Wirtshaus ab. Über Dienstliches wird bei Tisch nicht gesprochen, denn Mader ist ja inkognito hier. Mader genießt den Abend mit den Kollegen nach Tagen der Einsamkeit sehr und denkt ausnahmsweise mal nicht an den alten Fall.

Als Mader wieder allein auf seinem Zimmer ist, fällt sein Blick auf das Winterbild auf seiner Kommode. Die harsche Landschaft, alles begraben unter einem weißen Mantel aus Eiskristallen. Oben ist das Licht, die Sonne, die den Schnee zum Schmelzen bringen, die das Eis auftauen und die eingefrorenen Geschichten wieder zum Leben erwecken kann. Er denkt an alte Meister, bei denen Restaurateure nach Jahrhunderten unter der obersten Farbschicht noch ältere Motive finden, die eine ganz andere Geschichte erzählen. Was liegt da unter Eis und Schnee verborgen?

Maders Gedanken sind planlos. Das war vorhin definitiv ein Bier zu viel für ihn. Aber so ein schöner Abend. Ja, sie sind nicht einfach nur Kollegen. Die drei waren hier, weil sie sehen wollten, ob es ihm gut geht. Das ist schon fast zu viel der Fürsorge. Und als sie erfahren haben, was er hier eigentlich treibt, haben sie ihm ihre Hilfe angeboten. Sein Gefühl sagt ihm, dass er die durchaus brauchen kann.

# KALTER KRIEG

Zankl telefoniert am Montag mit seinem Vater, der lange Zeit beratend für einen Wirtschaftsausschuss des Bayerischen Landtags tätig war. Ja, klar, er kennt Dr. Heribert Winkler noch aus den achtziger Jahren. Er erzählt seinem Sohn von der durch den Kalten Krieg geprägten Rhetorik damals und dass Winkler am liebsten ein Gesetz durchgeboxt hätte, das den Bürgern den Bau von Bunkern vorschreibt, wenn sie ein Eigenheim bauen, angelehnt an Schweizer Gepflogenheiten. Dass es sogar schon ein internes Papier gab zur Errichtung von Gemeinschaftsbunkern.

»Und das wurde ernsthaft diskutiert?«, fragt Zankl.

»Nein, das wurde sofort abgeschmettert im Parteivorstand. Panikmache und viel zu hohe Kosten natürlich. An staatliche Bauzuschüsse war gar nicht zu denken.«

»Was denkst du darüber?«

»Ach, da ging es nicht nur um sicherheitspolitische Aspekte, sondern vor allem um Bauvorhaben, um Aufträge. Winkler engagierte sich auch für Großprojekte wie Autobahnen oder Brücken. Das waren nicht nur Infrastrukturmaßnahmen, sondern vor allem auch wichtige Wirtschaftsimpulse für die Region. Winkler war in der Baubranche bestens vernetzt und dafür bekannt, dass er Großprojekte auch gegen erhebliche Widerstände durchdrückte.«

»Auch zu seinem persönlichen Nutzen?«

»Aber sicher. Offiziell natürlich nicht.«

»Irgendwelche Details?«

»Nein, das ist zu lange her. Aber ich denke, dass es zu seiner politischen Karriere genug Akten und Zeitungsartikel gibt. Du kannst dir ganz gut selbst ein Bild von ihm machen. Winkler war eine Reizfigur. Aber jetzt sag mir mal, Frank – warum interessiert dich das alles?«

»Naja, sein Tod ist bis heute ungeklärt.«

»Und ihr wollt das jetzt aufklären? Nach so vielen Jahren?

Gibt es denn neue Hinweise zu dem Verbrechen? Er wurde erschossen und niemand wurde gefasst. Soweit ich mich erinnere.«

»Richtig.«

»Und seine Familie ist damals spurlos verschwunden.«

»Ich weiß. Sag mal, wenn er so ein Bunkerfan war, hatte er eigentlich selbst einen Bunker?«

»Das darfst du mich nicht fragen. Ich hab keine Ahnung, was der privat so gemacht hat, wie der gelebt hat. Mir war der nicht ganz geheuer.«

»Wäre er denn der Typ für sowas gewesen? Also ein Prepper?«

»Kann schon sein. Es war aber schon eine komische weltpolitische Lage damals, der ganze Ost-West-Konflikt, der Kalte Krieg. Für viele Politiker war das ein starker Antrieb. Nachrüstung, die Stationierung der Pershings, Wackersdorf. Und dann noch Tschernobyl, da haben die Leute sogar angefangen, Jod-Tabletten zu horten. Keine guten Zeiten. Ein Klima der Angst.«

## CONCRETE LIFE

Nachdem Zankl den Kollegen die Einschätzung seines Vaters zu Winkler mitgeteilt hat und sie alle drei der Meinung sind, dass ein verborgener Bunker doch die perfekte Erklärung für das spurlose Verschwinden der Familie wäre, haben sie zumindest eine Richtung, in die es sich lohnt, weiter zu ermitteln.

In den Akten, die ihnen Mader überlassen hat, ist zu diesem Thema leider rein gar nichts zu finden. Hummel macht bei seinen Recherchen eine Spezialfirma für Bunkerbau in München ausfindig und erhofft sich von dort ein paar nützliche Informationen rund um das Thema.

Dosi begleitet Hummel auf der Fahrt zum Showroom von Concrete-Life-Bunkersystemen.

»Wir tun so, als interessieren wir uns persönlich für einen Bunker«, erklärt Hummel.

»Warum sagen wir nicht einfach, dass wir von der Polizei sind?«

»Ach, keine Ahnung. So ein Gefühl.«

»Glaubst du, die haben was zu verbergen?«

»Gegenüber potenziellen Kunden sind die bestimmt auskunftsfreudiger als gegenüber der Polizei. In dem Geschäft geht es auch um Diskretion. Sowas leisten sich ja nur die ganz reichen Leute. Eigentlich perfekt, um Schwarzgeld unbemerkt zu investieren. Das steigert den Wert von Immobilien, ohne dass es jemand mitkriegt. Hat der alte Pröller eigentlich einen Bunker in seinem Garten?«

»Würde zumindest gut zu ihm passen. Wer ein Schwimmbad im Keller hat, kann sich auch einen Bunker leisten. Vielleicht sogar einen Bunker mit Pool.«

»Ja, zu viel Geld kann auch eine Last sein.«

»Wem sagst du das, Hummel? Ich frag mich nur, wie du bei den Bunkerheinis aufschlagen willst. Wir zwei sehen wirklich nicht aus wie Leute, die auf ihrem parkähnlichen Villengrundstück in Grünwald einen Bunker errichten wollen.«

»Bogenhausen, Dosi. Grünwald ist mir zu sehr ab vom Schuss. Und den modischen Aspekt kriegen wir auch noch hin. Wir bremsen noch daheim und bretzeln uns ein bisschen auf. Ich zieh vielleicht sogar ein Sakko an.«

»Du hast ein Sakko?«

»Nicht nur eins.«

»Und warum trägst du nie eins?«

»Weil Sakkos unpraktisch sind. Empfindliche Stoffe, keine richtigen Taschen. Kann man nix mitnehmen. Und die Stoffe – nicht warm, nicht kalt. Irgendwie eine Fehlkonstruktion.«

»Aber?«

»Sakkos sehen gut aus. An mir.«

»Na, da bin ich ja mal gespannt.«

»Und du machst dich auch hübsch?«

»Ich bin immer hübsch.«

Als sie nach zwei Zwischenstopps in Haidhausen und in Giesing umgezogen im Auto sitzen, sind sie kaum wiederzuerkennen. Hummel im edlen schwarzen Sakko zu Jeans und schwarzen Schuhen, Dosi im dunkelgrauen Businesskostüm an silbernen Pumps.

»Mindestens Harlaching, fast schon Grünwald«, sagt Dosi.

»Bogenhausen, Madame. Darf ich Sie nach unserem Termin noch auf einen Apéro ins Schumann's einladen?«

»Oh, oui, Claude, très gern.«

Hummel hat es nach dem Studium der Homepage von Concrete-Life-Bunkersysteme schon ganz richtig erkannt, dass der Kasten aus Sichtbeton und Glas auf der grünen Wiese bei Sauerlach ein Sakko erfordert. Vor dem Gebäude steht ein schwerer Maserati-Geländewagen.

»Ich park mal besser um die Ecke«, sagt Hummel.

»Du hast einen Termin vereinbart?«

»Natürlich. Wir wollen doch umfassend beraten werden.«

Und das werden sie im Anschluss auch. Sie erhalten eine Führung durch diverse Musterbunker, die sich allesamt unter dem Rasen des parkähnlichen Grundstücks hinter dem Bürogebäude verbergen. Mit engen dunklen Betonkellern hat das nichts zu tun, eher mit luxuriösen Souterrainappartements. Das billigste Modell ist schon für 200 000 Euro zu haben.

»Haben denn viele Menschen einen Bunker?«, fragt Dosi den alerten Verkäufer.

Dieser lächelt wissend. »Das ist regional sehr unterschiedlich. Ich will ganz ehrlich sein: Es gibt viel zu wenige Bunker hier in Deutschland. Unser Geschäft steht noch am Anfang, deswegen haben wir auch diese ausgesprochen günstigen Aktionsangebote. In der Schweiz verfügt fast jeder Privathaushalt über einen Bunker, da nehmen die Leute zum Teil lange Wartezeiten in Kauf, damit sie überhaupt einen Termin mit einem Bunkerbauer bekommen. In der Schweiz gehört ein Bunker zum guten Ton. Und man spart da nicht. Insofern freuen wir uns natürlich, wenn jetzt die deutschen Kunden langsam auf den Geschmack kommen. Und man muss ja nicht immer gleich an Krieg denken. Auch vor Naturkatastrophen wie Wirbelstürmen bieten unsere Anlagen hervorragenden Schutz. Oder stellen Sie sich vor, wenn in Ohu oder in Temelin doch einmal etwas passiert, wenn so ein Atomkraftwerk in die Luft fliegt, dann ist es ganz gut, wenn man einen sicheren Zufluchtsort hat. Entscheidend ist der Schutz immer in der ersten Zeit, bis die Behörden gesundheitserhaltende Maßnahmen getroffen haben. Es ist von großem Vorteil, die ersten ein bis zwei Wochen in Sicherheit zu verbringen, bis sich die Lage entspannt hat. Darf ich fragen, in welchem Stadtteil von München Sie wohnen?«

»Bogenhausen natürlich«, erklärt Hummel

»Natürlich. Und wie groß ist die Gartenfläche?«

»Etwa 4 000 Quadratmeter. Herzogpark.«

»Oh, das klingt wundervoll. Und der Bunker wäre nur für Sie beide?«

»Und für unseren Hund. Wir haben einen Dackel. Bajazzo.«

»Ha, sehr schön, ich liebe Dackel. Wo ist er denn jetzt, wenn ich fragen darf?«

»Er ist mit seinem Fitnesscoach unterwegs. Er muss ein bisschen abnehmen.«

»Haha, sehr schön.«

»Wie lange ist denn die maximale Aufenthaltsdauer in so einem Bunker?«, fragt Dosi.

»Das hängt ganz davon ab. Also davon, was Sie bereit sind auszugeben. Unsere Minimalempfehlung ist eine Ausstattung und Proviant für sechs Wochen Verweildauer. Nach oben gibt es fast keine Grenze. Das hängt ab von der Größe des Lagerraums für Lebensmittel, der Kapazität des Wasserspeichers und der Toiletten. Das sind die Variablen. Ebenso der Grad des Komforts. Mein Tipp: kein unnötiger Luxus, aber auch nicht am falschen Ende sparen. Gute Matratzen zum Beispiel sind Gold wert. Die Belüftungssysteme sind für jeden Typ gleich.«

Hummel nickt zufrieden. »Gut, ich denke, das genügt uns erstmal an Informationen. Eine letzte Frage hätten wir noch.«

»Ja bitte?«

»Dürfen wir davon ausgehen, als Kunden bei Ihnen anonym zu bleiben?«

»Selbstverständlich. Absolut anonym. Ich bin verschwiegen wie ein Grab.« Er lacht hüstelnd. »Und die Bauarbeiten werden mit größter Diskretion durchgeführt.«

»Sagen Sie, sind Sie denn der einzige Anbieter hier in München?«

»Auf diesem Niveau natürlich.«

»Mann, Mann, Mann«, sagt Dosi, als sie den Laden verlassen haben. »Verschwiegen wie ein Grab. Bogenhausen, natürlich. Da haben sich ja zwei Spaßvögel getroffen. ... Wo nimmst du den ganzen Unfug her, Hummel?«

»Tja, an mir ist ein Autor verlorengegangen. Weißt du, wie man den Herzogpark auch nennt?«

»Keine Ahnung.«

»Park ohne Herz. Weil da nur Zombies wohnen.«

»Reiche Zombies. Fast wie in Grünwald. Wahnsinn, wer baut sich denn einen Bunker für 200 000 Euro in den Garten?«

»Die Schweizer, du hast es doch gehört. Und ein paar schwerreiche Deutsche. Und für 200 000 gibt's erst die ganz kleine Version. Da geht was in dem Business. Aber der Laden bringt uns leider nicht weiter.«

»Wieso?«

»Weil es ihn erst seit ein paar Jahren gibt.«

»Trotzdem hat sich unser Besuch gelohnt. Die arbeiten mit einem alteingesessenem Tiefbauunternehmen aus der Region zusammen. Steiger-Bau.«

»Woher weißt du das, Dosi?«

»Steht in der Werbemappe. Das ist ein Familienunternehmen. Die gibt es schon seit 1973. Und schätz mal, wo die ihren Stammsitz haben.«

»Woher soll ich das wissen?«

»Jakobsried.«

»Aha?«

»Ich hab's schnell gegoogelt. Das ist nur ein paar Kilometer von Wildflecken entfernt. Würde doch gut passen. Da fragen wir auch mal an.«

»Meinst du echt?«

»Keine Ahnung, ob das was bringt. Aber mein Bauchgefühl sagt: ja.«

»Dann folgen wir mal deinem Bauchgefühl. Mann, bin ich froh, wenn ich aus den Klamotten rauskomm.«

»Nix da, Hummel! Genauso gehen wir ins Schumann's. Hast du versprochen.«

»Sorry, aber das müssen wir verschieben. Ich muss noch bei meinem Garten vorbeischauen.«

»Plumpe Ausrede.«

»Nein, echt. Ich war seit unserem Grillfest nicht mehr da. Ich muss dringend gießen und auch ein bisschen aufräumen. Ich habe nicht mal den Grill saubergemacht.«

»Ach komm, ein schneller Apéro und dann kannst du in der Erde wühlen. Aber dann nicht vergessen, das schicke Sakko auszuziehen! Solltest du übrigens öfters tragen.«

»Findest du?«

»Nein.«

## KEHRICHT

»Herr Hummel, Sie haben letzten Samstag einfach den Grill auf Ihrer Terrasse stehen gelassen!« Das sind die ersten Worte, die Hummel von seiner Nachbarin zu hören bekommt, als er am frühen Abend mit einem leichten Campari-Flirren im Kopf bei seinem Garten eintrifft.

»Äh, ja?«, fragt er und sieht Frau Wittkopf verwundert an.

»Das können Sie doch nicht machen. Und die zwei leeren Bierkästen!«

»Äh?«

»Haben Sie die Satzung nicht gelesen? Auf Sauberkeit ist zu achten.«

Hummel überlegt kurz, dann sagt er: »Ganz ehrlich, Frau Wittkopf. Ob auf meiner Terrasse ein ungeputzter Grill und zwei leere Kästen Bier stehen, das geht nur eine was an.«

»Äh?«

»Sie.«

»Äh?«

»Und wissen Sie, was es Sie angeht?«

»Äh?«

»Einen feuchten Kehricht.«

»Hören Sie mal! Wenn ich Sie freundlich auf unsere Kleingartenverordnung hinweise, ist das noch lange kein Grund ausfallend zu werden.«

»Frau Wittkopf, ich bin Polizist. Ich kenne meine Rechte. Besonders schützenswert ist die Privatsphäre der Bürger. Und ein nicht gereinigter Grill auf der Terrasse auf der von mir gepachteten Parzelle samt Gartenhäuschen gehört definitiv zu meiner Privatsphäre. Und wenn ich es mir recht überlege, ist mir nicht ganz klar, wie Sie eigentlich aus dieser Entfernung überhaupt beurteilen können, dass der Grill nicht gereinigt wurde. Außer …«

»Unverschämtheit!«, zischt sie ihn an und verschwindet in ihrer Butze.

Hummel runzelt die Stirn. Oje, das war ein bisschen heftig. Bei der Vereinssitzung nächste Woche lässt er sich mal lieber nicht blicken. Oder gerade? Flagge zeigen! ›Dass ich mich mit Gerry angefreundet habe, passt der Wittkopf ganz sicher auch nicht in den Kram. Für die ist der sicher nur ein Alki. Gut, Gerry säuft zu viel, aber er ist ein guter Typ, der auch ein paar Sozialkontakte braucht.‹ Hummel beschließt, gleich mal zu ihm rüberzugehen.

Das große, etwas verwahrloste Haus liegt still da, die Eingangstür ist verschlossen. Der Schuppen hingegen steht offen. »Gerry, bist du da?«, ruft Hummel in den Schuppen. Nichts, keine Reaktion. Er probiert es an der Haustür und klopft. Nichts. Er drückt die Klinke und gegen die Tür. Abgesperrt. ›Naja, er wird unterwegs sein‹, sagt sich Hummel und marschiert zurück zu seinem Garten, um die Terrasse aufzuräumen und dann mit dem Handmäher die Wiese zu stutzen. Hoffentlich ist das Ding nicht zu laut, sonst steht Frau Nachbarin gleich wieder am Zaun.

Als sich Hummel nach getaner Arbeit auf den Heimweg macht, ist er nachdenklich. Er hat gerade nochmal bei Gerry vorbeigeschaut. Niemand da. Er macht sich Sorgen. Komisch, so gut kennen sie sich doch gar nicht? Vielleicht ist Gerry einfach zu einem der vielen Trödelmärkte unterwegs. Nein, der rostige Transporter steht neben dem Schuppen. Hätte er mal mit Gerry Handynummern getauscht, dann könnte er ihn einfach kurz durchrufen. Ob jemand wie Gerry überhaupt ein Handy hat? Klar, jeder hat heutzutage ein Handy. Oder? Jetzt fällt ihm wieder Frau Wittkopf ein. Die hat sich sichtlich gefreut, als sie mitbekommen hat, dass er vorhin Zeit und die Mühe in die Pflege seines Rasens investiert hat. Ja, so einfach kann man Menschen glücklich machen. Das mit dem Grill war tatsächlich keine so tolle Sache. Also die scharfe Bemerkung zu ihr. Unhöflich. Und es wäre wirklich ganz gut gewesen, den Rost nach dem Grillen gleich zu reinigen. Tja. Jetzt hat er den Rost zum Einweichen in den großen verzinkten Zuber mit Wasser gesteckt. Auf den Tipp von Frau Wittkopf hin. »Der Grind geht morgen dann fast von selbst ab«, hatte sie geflötet, nachdem er sich formvollendet entschuldigt hatte. »Stress in der Arbeit, blabla …«

Ja, wenn man keine Nachbarn hätte. Vielleicht sollte er Frau Wittkopf von der kleinen Confiserie am Orleansplatz ein Tütchen handgemachte Pralinen mitbringen? Auf gute Nachbarschaft. Oder rückt sie ihm dann erst so richtig auf die Pelle? Kann gut sein. Neugier ist eine schlechte Eigenschaft. War er vorhin auch neugierig, als er einfach so in Gerrys Schuppen marschiert ist? Ja klar. Aber er ist Ermittler. Und er macht sich halt Sorgen um seinen neuen Freund.

Von der Brücke am Gebsattelberg sieht Hummel noch einmal auf die Stadt hinunter, die in rotgoldenes Abendlicht getaucht ist. Die Konturen der Häuser, Dächer und Kirchtürme glühen messerscharf. Er gähnt. Gartenarbeit macht müde.

## WEISSBIER

Dosi ist im Internet unterwegs. Yellow Press. Nachdenklich betrachtet sie alte Fotos aus der BUNTEN. Bilder von der Einweihungsparty bei dem Industriellen Hubert Messner, dem die Villa in Wildflecken zuerst gehört hat. Messner war Fabrikant von Waschmaschinen und Küchengeräten – steinreich. Sie klickt sich durch die Bilder mit der Partygesellschaft. »Boah, was für schreckliche Klamotten«, murmelt sie. Mit Interesse liest sie den Bericht über das gesellschaftliche Großereignis in der Provinz. Groß- und Klein-Prominenz, lokale Würdenträger, ein paar Politiker und der örtliche Jagdverein, die dem Wirtschaftsmogul huldigen. Ein Bild interessiert sie besonders: der Hausherr mit dem Architekten Anton Steiger. Den Namen hatte sie doch gestern erst gelesen. Im Prospekt der Bunkerfirma. Aber war da nicht Thomas Steiger gestanden? Verwandtschaft? Könnte sein? Sie googelt das Unternehmen und stellt fest, dass Thomas der Sohn von Anton Steiger ist. Früher war das ein Architekturbüro und Bauunternehmen, heute arbeitet die Firma vor allem im Tiefbau.

»Wenn das ein Zufall ist, dann fress ich einen Besen«, sagt Dosi zu Hummel.

»Allerdings. Der Firma sollten wir unbedingt einen Besuch abstatten.«

»Wo ist Zankl eigentlich?«

»Wieder ein Termin beim Kinderarzt.«

»Was Ernstes?«

»Nein, U5 oder so. Klingt nach U-Bahn.«

»Diese Us sind die Termine, bei denen du mit deinen Kids beim Kinderarzt antanzen musst. U1, U2, U5 und so weiter. Da wird gecheckt, ob bei der kindlichen Entwicklung alles richtig läuft.«

»Was du alles weißt.«

»Man muss ja wissen, was auf einen so zukommt.«

»Bin ich da irgendwie nicht auf dem Laufenden?«

»Nein, mein Lieber, ein paar Jahre gönne ich mir noch nur mit mir allein.«

»Und Fränki?«

»Ach, solange seine biologische Uhr nicht tickt, ist alles gut.«

»Gut, dann kenn ich mich ja aus. Dann brechen wir mal auf.«

Jakobsried ist ein idyllischer Ort in Bayerisch-Schwaben. Kirche, Wirtshaus, ein paar große Bauernhöfe und das Tiefbauunternehmen Steiger. Der Besuch dort beginnt wenig vielversprechend, denn der Juniorchef kann ihnen nicht weiterhelfen, weil die Kooperation mit Concrete Life mit einer Verschwiegenheitsklausel verbunden ist. Dass seine Firma Steiger Bau prinzipiell im Bunkerbau ein führendes Unternehmen ist, verschweigt er nicht.

Dosi lächelt Steiger an. »Wir von der Polizei sichern Ihnen natürlich absolute Diskretion zu.«

Steiger lächelt zurück. »Wenn es dazu eine Anordnung von der Staatsanwaltschaft gibt, helfe ich sehr gerne. Sonst leider nicht.«

»Tja, die haben wir leider nicht.«

»Tut mir leid, wenn ich mich da nicht im Detail äußern kann, aber Vertrag ist Vertrag. Die Kunden von Concrete Life sind sehr speziell und wir sind nur eine Handwerksfirma.«

Dosi gibt noch nicht klein bei: »Ihre Kooperation besteht noch nicht lange, oder?«

»Nein, wir machen das jetzt seit drei Jahren zusammen, die sind ja ein ganz junges Unternehmen. In der Schweiz haben die den Markt schon ganz schön aufgerollt. Wir haben ansonsten viel klassischen Tiefbau. Das Bunker-Geschäft ist doch eher was für Leute mit sehr speziellen Wünschen und vor allem mit genug Geld.«

»Verschwörungstheoretiker?«

»Nein, die sind zu knickrig. Die helfen sich selbst. Im eigenen Keller. Mit ein bisschen Beton aus dem Baumarkt und vielen Konserven. Unsere Kunden sind reiche Leute, die auf Sicherheit und Komfort bedacht sind. Nicht selten dient ein Kellerbunker innerhalb eines Hauses auch als Panikraum.«

Dosi nickt interessiert. »Wenn wir eine Frage zu einem älteren Bauvorhaben stellen, das nichts mit dieser Kooperation zu tun hat, dann können Sie uns aber schon Auskunft geben, oder?«

»Worum geht es denn?«

»Um die Messner-Villa.«

»Das sagt mir nichts. Wann war das denn?«

»In den späten Siebziger-Jahren.«

»Puh, das war lange vor meiner Zeit. Ich bin Jahrgang 87.«

»Ihr Vater war der Architekt des Hauses bei Wildflecken.«

»Und da wurde ein Bunker gebaut?«

»Das wissen wir nicht. Jedenfalls war Ihr Vater der Architekt der Villa. Können wir denn mit Ihrem Vater sprechen?«, fragt Dosi.

»Das ist ein bisschen schwierig.«

»Er ist doch nicht etwa verstorben?«

»Nein, aber dement.«

»Lebt er bei Ihnen?«

Der Juniorchef nickt und deutet zu dem kleinen Holzhaus auf dem Gelände.

»Wäre es möglich, mit ihm zu sprechen?«, fragt Dosi.

»Warum nicht, er freut sich über jeden Besuch. Aber bitte verwirren Sie ihn nicht zu sehr.«

Sie betreten das rustikale Häuschen. Auf der Ofenbank in der Stube sitzt ein älterer Herr, sonnengebräunt und bester Dinge, vor einem halbvollen Weißbierglas.

Der Sohn klopft an den Türstock. »Papa, die beiden sind von der Polizei. Die haben eine Frage zu einem alten Auftrag, den wir vor vielen Jahren ausgeführt haben. Also du, ich war da noch gar nicht geboren.«

»Ende der Siebziger Jahre«, sagt Dosi.

Steiger senior nickt ihnen freundlich zu. »Herbert, Luise, das ist schön, dass ihr auch mal wieder vorbeischaut. Setzt euch her. Wollt's a Weißbier?«

»Sehr gerne«, sagt Dosi und setzt sich. »Komm schon, Herbert, setz dich.«

»Jawohl, Luise.«

Hummel setzt sich dazu.

Der Junior geht Bier holen.

»Viel Erfolg, ich muss noch arbeiten«, sagt der Sohn augenzwinkernd, als er die Gläser und Flaschen auf den Tisch gestellt hat.

Dosi nickt ihm dankbar zu und schenkt die Gläser ein. Dann wendet sie sich an den Vater: »Sagen Sie, Herr Steiger ...«

»Spinnst jetzt, seit wann samma per Sie?«

»Tschuldige.«

»Sag a mal, Anton, kannst du dich noch an den Winkler Heribert erinnern?«

»Wer soll das sein?«

»Früher ein hohes Tier bei der CSU. Hat in Wildflecken gewohnt.«

»Sagt mir nix. Also Wildflecken schon. Wie soll der heißen?«

»Heribert Winkler, ein CSUler.«

»Nein, den kenn ich nicht. Warum willst'n des wissen, Luise?«

»Kannst du dich nicht erinnern, der Todesfall im Wald? Also der Winkler ist doch erschossen worden. Und seine ganze Familie ist spurlos verschwunden.«

»Welche Familie?«

»Die von dem Winkler, also dem Politiker.«

»Mit Politik hab ich nix am Hut. Sag, was machen die Kinder, Luise? Der Maxi, immer noch beim Fußball?«

»Ja, denen geht‹s gut. Und der Maxi ist jetzt Kapitän in seiner Mannschaft.«

»Der Maxi, ich hab's immer gewusst. Sehr gut. Also, was ist jetzt mit dem Politiker? Warum interessiert dich der?«

»Ach, das Haus steht zum Verkauf.«

»Ihr wollt's a Haus kaufen?«

»Ja, warum denn nicht. Ist ein super Preis. Also wegen dem Todesfall. Das ist das ehemalige Jagdhaus vom alten Messner.«

»Der Messner, ja, das war ein feiner Kerl. Wie wir dem das Haus gebaut haben, sowas gibt‹s ja heute nimmer. Der hat immer alles gleich bezahlt.«

»Du erinnerst dich also noch?«

»Aber freilich. Das weiß ich noch genau, wie wir damals immer mal wieder zusammen auf die Jagd gegangen sind. Ganz narrisch war der mit dem Jagen.«

»Weißt du noch was über den Hausbau?«

»Was soll ich da wissen? Ein Haus halt, ein Fundament ein paar Mauern und ein Dach obendrauf. Oben, das ist wichtig. Sonst hat es ja kein Dach. Also dann regnet's ja von oben rein.«

»Nix Spezielles?«

»Ach doch, alles Mögliche wollte der extra haben, alle möglichen Einbauten.«

»Echt, was denn zum Beispiel?«

»Das weiß ich nimmer im Detail.«

»Hatte der einen Bunker?«

»Einen was?«

»Einen Bunker, also wo man reingehen kann, wenn oben Krieg ist.«

»Wo ist Krieg?«

»Nirgends. Aber im Kriegsfall ist ein Bunker eine gute Sache.«

»Mein Vater war im Krieg. In Russland. Ist erst ganz spät heimgekommen. Wollte eigentlich gar nicht mehr kommen, weil es ihm so gut gefallen hat in Sibirien. ›Die Taiga, ach die Taiga, soweit kannst du gar nicht schauen, wie die Taiga weit ist.‹ Das hat er immer gesagt. Ja, Sibirien, da wollte ich auch immer mal hin.«

»Äh, wegen dem Haus nochmal. Gibt es da noch Unterlagen, Baupläne?«

»Welches Haus?«

»Das vom Messner.«

»Welcher Messner?«

»Ach, nicht so wichtig. So, wir müssen jetzt leider wieder los. Herzlichen Dank, auch für das Bier.«

Sie stehen auf und verlassen das Holzhaus.

»Hui, der ist schon ganz schön hinüber«, sagt Hummel draußen.

»Woher denn. Mit Mitte achtzig darfst du schon ein bisschen verwirrt sein. Ich bin es ja jetzt schon.«

»Du?«

»Du nicht?«

»Niemals. Was machen wir jetzt?«

»Und, konnte Ihnen mein Vater helfen?«, fragt der Sohn, als er sie draußen auf dem Hof trifft.

»Naja, ein bisschen. Sagen Sie, haben Sie denn noch alte Unterlagen? Baupläne, also ganz alte. vierzig, fünfzig Jahre alt.«

»Der Papa schmeißt ja nix weg. Alte Unterlagen von ihm stehen auf dem Speicher in Kartons. Aber da ist nix sortiert. Da kann ich Ihnen leider gar nicht helfen. Wenn Sie Muße haben, können Sie sich das alte Zeug aber gerne mal ansehen.«

»Machen wir glatt.«

»Sind Sie sich sicher?«

»Ja, klar.«

»Okay, dann kommen Sie mit.«

»Jetzt nicht im Ernst?«, stöhnt Hummel, als er die vielen

Pappkartons auf dem spärlich erleuchteten Speicher sieht.
»Wir schicken einen Wagen«, sagt Dosi zum Juniorchef.

## HALBTRANSPARENT

»Was ist denn das?«, fragt Zankl, als Dosi und Hummel abends drei Rollwagen mit jeweils sechs Umzugskartons in das Gemeinschaftsbüro schieben.

»Das sind alte Baupläne«, erklärt Hummel.

»Von Häusern«, ergänzt Dosi.

»Aha?«, sagt Zankl.

»Vielleicht auch von der Messner-Villa«, meint Dosi. »Also dem Winkler sein Haus. Er hat es ja von dem Messner gekauft, dem Kühlschrankpapst.«

»Was erhofft ihr euch davon?«

»Naja, es ist doch sehr merkwürdig, dass die Familie von dem Winkler spurlos verschwunden ist. Vielleicht gibt es unter dem Haus einen Schutzraum?«

»Den man bisher nicht gefunden hat?«

»Vielleicht.«

»Und warum saß der Winkler da nicht selbst drin, sondern war im Wald, wo er auch erschossen wurde?«

Hummel nickt. »Gute Frage, nächste Frage. Vielleicht hat die Zeit dazu nicht gereicht. Oder er hat die Angreifer abgelenkt, während sich seine Familie dorthin in Sicherheit brachte.«

Zankl ist nicht überzeugt. »Und die sind dann in dem Bunker vergammelt? Warum sind sie nicht am nächsten Tag rausgekommen? Wenn sie davon ausgehen konnten, dass die unmittelbare Gefahr vorüber war?«

»Bin ich Jesus?«, meint Hummel nur. »Jedenfalls sollten wir mehr über das Haus wissen.«

»Aber nicht mehr heute Abend«, sagt Dosi. »Ich bin noch mit Fränki verabredet.«

»Hummel, dann viel Spaß noch«, meint Zankl. »Ich muss heim zu meiner Familie.«

›Wenn ich Familie hätte, würde ich jetzt auch gehen‹, denkt Hummel, als er allein im Büro mit den Kartons voller alter Baupläne sitzt. ›Wirklich?‹ Er ist sich nicht sicher. Wenn er sich einmal festgebissen hat, gibt er nicht so schnell auf. Die offenen Fragen würden ihn eh den ganzen Abend beschäftigen.

Er öffnet den ersten Karton und zieht einen Aktenordner heraus. Ohne Jahreszahl oder Namen auf dem Rücken. ›Na super, das wird ein Spaß‹, denkt er und beginnt widerstrebend mit der Arbeit.

Schon nach einer Stunde flimmern ihm die Augen. Die verblassten kleinen Schriften und Zahlen auf den halbtransparenten Papierbögen. Hummel gähnt ausgiebig. Und murmelt: »So viel Action für einen alten Fall.«

## ABWENDEN

Mader sitzt mit Sepp auf einer Bank hinter dem ehemaligen Schweinstall, der jetzt Sepps Atelier ist. Neben sich auf der Bank eine Flasche Bier. Sie haben sich lange unterhalten, jetzt schweigen sie und schauen in den Sternenhimmel. Mader hat ein schlechtes Gewissen, weil er seinem neuen Freund immer noch nicht gestanden hat, warum er eigentlich hier ist. Er überlegt die ganze Zeit, ob und wie er ihm sagen soll, dass er Polizist ist und in einem alten Fall ermittelt. Aber wie er es dreht und wendet, er ist sich sicher, was das Resultat sein wird: Sepp wird sich enttäuscht abwenden. Kein Wunder, muss er doch davon ausgehen, dass Mader ihn von vornherein nur aushorchen wollte. Mader hat von ihm bereits viel über das Dorf und seine Bewohner erfahren. Also schweigt er lieber. Wie Bajazzo auch, der die Stille genießt, aber auch die Anspannung seines Herrchens spürt.

# SÜSSLICH

»Hui, wie sieht's denn hier aus?«, murmelt Zankl, als er morgens das Großraumbüro betritt. Er öffnet das Fenster, um Hummels Mief in die Freiheit zu entlassen.

Hummel streckt sich ächzend in seinem Bürostuhl.

»Und, bist du weitergekommen, Hummel?«

»Nicht wirklich. Das Zeug ist nicht sehr ordentlich abgelegt. Man muss durch alle Ordner durch, die Adressen checken.«

Hummels Handy klingelt. Er kennt die Nummer nicht. Trotzdem geht er dran. »Hummel?«

»Herr Hummel, hier ist Hildegard Wittkopf.«

»Frau Wittkopf, äh?«

»Ihre Nachbarin, aus der Gartensiedlung.«

»Ja, ich weiß …«

»Wenn Sie sich wundern, woher ich Ihre Handynummer habe …«

»Ja, das würde mich jetzt schon interessieren.«

»Vom Vorstand, also der hat ja die persönlichen Daten von den Pächtern. Ich helfe da ja immer im Büro mit dem Papierkram.«

»Aha, soviel zum Datenschutz. Was kann ich für Sie tun?«, fragt Hummel kühl.

»Sie müssen kommen.«

»Um mit Ihnen Käsesahne zu essen?«

»Jetzt lassen Sie doch mal die blöde Käsesahne. Sie sind ja ganz besessen davon. Es ist wichtig!«

»Ist etwas passiert?«

»Es ist wegen Herrn Schimmelpfennig.«

»Gerry? Was ist mit ihm? Hat er einen Unfall gehabt?«

»Es ist mir etwas peinlich …«

»So reden Sie doch!«

»Naja, ich war gestern Nachmittag bei ihm drüben, weil ich zu Hause den Speicher räumen muss. Irgendwelche neuen

Brandschutzverordnungen. Denen bei der Stadt fällt ja immer was Neues ein. Als Herr Schimmelpfennig mal da war, um zu schauen, ob Sie da sind, haben wir uns unterhalten. Wegen meinem Sperrmüll, den alten Möbeln, dem Geschirr und diesen Sachen. Wir waren gestern verabredet. Also, er wollte mit seinem Lieferwagen bei mir zu Hause vorbeikommen und das Zeug mitnehmen. Er bekommt die Sachen und berechnet im Gegenzug keine Kosten für die Räumung. So hatten wir es besprochen. Da sind ein paar wirklich schöne Möbel dabei von meinen Großeltern, bestimmt von Wert, zum Beispiel eine weiße Kommode aus den …«

Hummel schwirrt der Kopf. »Und dann?«

»Naja, er war nicht da, also er ist nicht gekommen.«

»Dann wird er halt unterwegs sein.«

»Aber wir waren doch verabredet.«

»Vielleicht ist ihm was dazwischengekommen.«

»Das dachte ich zuerst auch. Aber jetzt mache ich mir doch Sorgen. Ich habe ganz schlecht geschlafen.«

»Er wird schon wieder auftauchen.«

»Herr Hummel, haben Sie denn eine Handynummer von ihm?«

»Nein. Ich bezweifle, dass Gerry überhaupt ein Handy hat. Es wird schon nichts passiert sein.«

»Da ist noch was, Herr Hummel.«

»Ja?«

»Es riecht komisch.«

»Wie meinen Sie das?«

»Naja, bei ihm. Ich bin gestern rübergegangen. Ich war an der Haustür. Ich habe geklopft. Geschaut, ob abgesperrt ist. Ja, es war abgesperrt. Aber da roch es komisch.«

»Wie, komisch?«

»Süßlich.«

»Scheiße«, rutscht es Hummel raus.

»Was bedeutet das? Sie glauben doch nicht etwas, dass …?«

»Sind Sie jetzt gerade in der Kleingartenanlage, Frau Wittkopf?«

»Nein, zu Hause.«

»Wir treffen uns in der Anlage, dann sehen wir nach.«

»Glauben Sie denn, dass etwas Schlimmes passiert ist?«

»Ich bin in einer Viertelstunde da.«

Als er auflegt, wundert er sich über sich selbst. Warum hat er die Frau dahin bestellt? Wenn sie dort tatsächlich etwas Grausiges finden – dann war das keine gute Idee. Nein, so schlimm wird es schon nicht sein. Oder? Ist Gerry etwas passiert? Liegt er nach einem Schlaganfall tot in der Küche? Soll er Frau Wittkopf nochmal anrufen? Nein, dann macht sich die gute Frau erst recht einen Kopf.

»Ärger?«, fragt Dosi, die gerade das Büro betritt.

»Erinnert ihr euch an Gerry?«, fragt er in die Runde.

Zankl nickt. »Ja, dein lustiger Nachbar, der auf unserem Grillabend dabei war. Was ist mit ihm? Ist was passiert?«

»Keine Ahnung. Gerade hat mich meine Nachbarin in der Siedlung angerufen. Die Neugierige. Sie war gestern bei Gerrys Haus, weil sie eine Verabredung mit ihm hatte wegen einer Entrümpelung. Die Haustür war abgeschlossen und es roch dort komisch. Süßlich.«

»Wann hast du Gerry das letzte Mal gesehen?«, fragt Zankl.

»Bei unserem Grillfest.«

»Scheiße«, sagt Dosi. »Wir kommen mit.«

»Nein, wir können nicht alle auf einen bloßen Verdacht hin ausrücken. Ich fahre hin und wenn es was Ernstes ist, gebe ich euch gleich Bescheid. Vielleicht ist es nur falscher Alarm.«

»Na, hoffentlich«, murmelt Dosi.

Hummel schwingt sich aufs Rad, fährt übers Sendlinger Tor, durch die Müller- und Fraunhoferstraße an die Isar. Das Wetter ist grau. Gestern war noch Spätsommer, heute ist es kalt. Hummel zieht den Reißverschluss seiner Lederjacke ganz hoch. Die Isarauen – die letzten Tage noch brechend voll – heute wie ausgestorben. Nur ein paar Hundebesitzer mit ihren Lieben. Hummel ist besorgt und verwirrt. So richtig glauben will er nicht, dass etwas Schlimmes passiert ist. ›Ach, die Wittkopf spinnt doch. Die und ihr feines Näschen. Wird schon nichts sein. Gerry liegt vermutlich nur besoffen in seinem Bett und hört das Klopfen nicht.‹ Und dass es in einer Bude nach altem Mann und Bier stinkt, das kann er unterschreiben. Für Frau Wittkopfs Nase ist das bestimmt eine Grenzerfahrung.

Als Hummel die Kleingartensiedlung erreicht und Gerrys marodes Haus vor dem steilen, dicht bewachsenen Hang stehen sieht, sind die dunklen Gedanken wieder da – mit aller Macht. Er hat ein ganz komisches Gefühl, wie er es ansatzweise schon einmal vor ein paar Tagen hatte, als er Gerry hier nicht angetroffen hatte. Was, wenn er damals schon …?

Frau Wittkopf ist noch nicht da. Hummel stellt sein Rad auf seiner Parzelle ab. Jetzt hört er eine Autotür schlagen und schnelle Schritte auf dem Kies.

»Ich habe ein Taxi genommen«, erklärt Frau Wittkopf. »So viel Verkehr! Warten Sie schon lange, Herr Hummel?«

»Bin gerade angekommen. Lassen Sie uns rübergehen.«

Das Haus liegt still. Keine Spur von Gerry. Der Schuppen ist offen, der Transporter ist da. Alles sieht aus wie bei Hummels letztem Besuch. Hummel sieht die vielen Fliegen an der Innenseite des Fensters neben der Haustür. Flucht innerlich. Er öffnet den Briefschlitz an der Tür und riecht ihn sofort – den Duft der Verwesung. Wenn Gerry da drin nicht gerade ein angefahrenes Wildschwein lagert, heißt das nichts Gutes.

»Bitte nichts anfassen!«, weist er Frau Wittkopf an. »Die Klinke!«

»Oh, die habe ich das letzte Mal …«

»Aber jetzt nicht!

»Meinen Sie, dass etwas passiert ist?«

»Gut riecht das hier wirklich nicht. Wann haben Sie ihn denn zuletzt gesehen?«

»Als wir wegen der Entrümpelung gesprochen haben. Sonst nur noch auf Ihrer Grillparty.«

»Ach, Sie waren an dem Abend da?«

»Ja, ich habe in der Laube ein bisschen Ordnung gemacht.«

»Warum sind Sie nicht rübergekommen?«

»Ach, ich dachte …«

»Und wegen dem Sperrmüll hatten Sie beide wann gesprochen?«

»Ja, also, das muss ein, zwei Tage vorher gewesen sein. Was passiert denn jetzt?«

»Das hier gefällt mir überhaupt nicht. Gibt es noch eine andere Möglichkeit, um ins Haus zu kommen? Also außer durch die Haustür?«

»Das weiß ich doch nicht.«

»Gut, ich schau mich mal um. Sie bleiben bitte hier.«

Hummel geht um das Haus nach hinten. Dort befindet sich in einem Anbau Gerrys Werkstatt. Würde ihn wundern, wenn die abgesperrt ist. Ist sie nicht. Als er die Tür öffnet, fällt drinnen eine Holzlatte um und wirbelt jede Menge Staub und Sägemehl auf. Hummel schließt die Augen und muss husten und niesen.

Als er die Augen öffnet, flirrt das von den schmutzigen Scheiben weichgezeichnete Licht mit schwebenden Staubsternen. Trotz der muffigen Wärme fröstelt Hummel. Die Durchgangstür zum Wohnhaus ist zugesperrt. Das simple Schloss ist aber kein großes Problem für Hummel. Er fummelt es mit einem Stück Draht auf. Er betritt eine Rumpelkammer und öffnet die nächste Tür zum Wohnbereich. Hier ist der süßliche Geruch stechend. Er geht vorsichtig durchs Haus, durch die einzelnen Zimmer, Küche, Wohnzimmer, findet aber nichts. Im Schlafzimmer im ersten Stock sieht er nur ein ungemachtes leeres Bett. Hier ist Gerry nicht. Im Bad ebenfalls nicht.

Im ersten Stock ist der Geruch noch intensiver. Es riecht nicht, es stinkt herb, ein schneidender Gestank wie von einer faulen exotischen Frucht.

›Okay‹, denkt Hummel und betritt die Treppe, die auf den Speicher führt. Er ist sich sicher, dort die Quelle des Gestanks zu finden. Wenn er Glück hat, nur ein verwesendes Tier, eine Katze, die von einem Dachbalken gestürzt ist und sich das Genick gebrochen hat. Hoffentlich. Als er die dünne Sperrholztür öffnet, stiebt ihm eine Schwarm Fliegen entgegen. Er schlägt sich hektisch vor dem Gesicht herum, um die Insekten zu vertreiben und keins zu verschlucken. Dann tastet er um den Türstock, findet aber keinen Lichtschalter. Er macht seine Handylampe an und leuchtet in den Speicher. Staubschwaden, der Boden ist dicht beflort mit Staub, in dem vage Fußspuren zu sehen sind. Was sind das für Spuren, schon wieder halbbedeckt von neuen Ablagerungen? Ansonsten: Gerümpel, Kartons, Kisten, alte Möbel.

Vorsichtig geht er über den knarzenden Boden, bemüht, die alten Spuren nicht zu zerstören. Der Gestank ist absolut überwältigend. Hummel stolpert über einen umgekippten Stuhl. Jetzt sieht er es – oder ihn – wie ein Boxsack baumelt er von der Decke, über und über bedeckt von fetten, schwarzen, schillernden Schmeißfliegen. Übelkeit steigt in Hummel hoch, er stolpert zurück zur Tür, achtet nicht darauf, wohin er tritt, stößt sich mehrfach die Schienbeine an. Er rennt die Treppe runter, durch die Werkstatt nach draußen und übergibt sich ins Gebüsch.

»Ist Ihnen nicht gut, Herr Hummel?«, fragt Frau Wittkopf.

Er krümmt sich immer noch.»Haben Sie Herrn Schimmelpfennig angetroffen?«

»So könnte man sagen.«

Sie will noch etwas sagen, aber er macht eine abwehrende Handbewegung und dreht sich weg, um sich abermals zu erbrechen. Dann ruft er die Kollegen an.

## UNANGEPASST

Hummel sitzt mit Dosi auf der Terrasse seines Gartenhäuschens. Drüben in Gerrys Haus ist die Polizei in vollem Einsatz. Hummel macht sich ein Bier auf.

»Hey, du bist noch im Einsatz«, meint Dosi.

»Heute nicht mehr. Willst du auch?«

»Nein, danke. Was denkst du?«

»Dass er da schon ein paar Tage hängt. Und noch länger hängen würden, wenn meine neugierige Nachbarin nicht hingegangen wäre, um nachzuschauen.«

»Hast du denn Gerry nach unserem Grillfest nochmal gesehen?«

»Nein, leider nicht. Zu wenig Zeit. Ich war seitdem nur einmal im Schrebergarten, da bin ich auch schnell zu ihm rüber und hab geklingelt. Er war nicht da. Oder schon tot. Ich hatte da schon ein ungutes Gefühl. Irgendwie. Aber ich hab nichts gemacht. Das war definitiv ein Fehler.«

Dosi zuckt mit den Achseln, »Naja, was hättest du auch tun sollen?«

»Wenn ich auf meinen Bauch gehört hätte, wäre ich nicht einfach abgezogen.«

»Wann war denn das?«

»Letzten Montag. Jetzt ist Donnerstag.«

»Dann hättest du ihn auch nur ein paar Tage eher gefunden. So wie der aussieht, ist er schon geraume Zeit tot. Gesine meinte, angesichts der Fliegen und Larven durchaus eine Woche. Sie wird das im Labor relativ genau bestimmen können.«

»Jaja, ich weiß schon, Insekten, Maden, Fäulnisprozesse und so. Ich mach mir große Vorwürfe. Dass ich kein Auge auf ihn hatte.«

Dosi sieht ihn verwundert an. »Du redest, als wärst du schon seit ewigen Zeiten mit ihm befreundet.«

»Er war Lehrer an meiner Schule, er hat einen schweren

Schicksalsschlag erlitten, als seine Frau sehr früh starb. Er war ein Typ, der sich nicht anpasste, der sich weigerte aus seinem Haus auszuziehen.«

»Sollte er das denn?«

»Na, was meinst du, was so ein Grundstück wert ist? Diese ganzen Immobilienfirmen sind scharf drauf.«

»Gehörte ihm denn das Grundstück?«

»Nein, aber er hatte ein lebenslanges Wohnrecht. Was ja somit abgelaufen ist. Das Wohnrecht war diesen Scheißimmobilienheinis ein Dorn im Auge und sie haben ihm ständig Angebote gemacht, das Haus aufzugeben. Hat ihn nicht interessiert. Aber es hat ihm zugesetzt.«

»Das ist doch schon mal ein Ansatz«, meint Dosi.

»Wofür? Für Selbstmord?«

»Du hast Zweifel?«

»Natürlich habe ich Zweifel. Gerry war nicht der Typ für sowas. Er war keiner, der so schnell nachgibt, aufgibt. Nein, Gerry war nicht suizidgefährdet. Bis auf die Alkoholgeschichte war er sehr klar in der Birne.«

Gesine kommt zu ihnen. »Hast du für mich auch ein Bier?«

»Musst du nicht mehr arbeiten?«

»Nein, für heute bin ich durch.«

Er gibt ihr ein Bier. »Und?«

»Naja, er hing da tagelang.«

»Gibt es äußere Spuren …?«

»Für was?«

»Gewalt.«

»Hummel, du hast ihn doch gesehen?«

»Ja, aber unter den Klamotten?«

»Kann ich mir erst im Institut ansehen. Aber vermutlich alles voller Leichenflecken. Der Typ war Alkoholiker, oder?«

»Merkt man das?«

»Ja, riecht anders. Ich untersuche ihn morgen im Labor. Du glaubst an Fremdeinwirkung?«

»Gerry war nicht der Typ für Selbstmord.«

»Wir nehmen ihn mit, dann könnt ihr euch den Dachboden nochmal genauer anschauen. Wir haben uns bemüht, nicht zu sehr herumzutrampeln. War aber schwierig. Ist alles schrecklich zugestellt da oben. Und staubig. Wir lassen die Lampen stehen. Die Spurensicherung ist noch drinnen.«

»Hummel, meinst du, die finden was?«, fragt Dosi.

Hummel zuckt mit den Schultern. »Wenn da jemand beteiligt oder anwesend war, dann möchte ich das wissen. Und wenn das Ergebnis ist, dass keiner da seine Finger im Spiel hatte, ist es auch gut. Dann weiß ich wenigstens Bescheid.«

»Na gut«, sagt Dosi. »Dann nehme ich jetzt auch ein Bier, bis die Spusi durch ist.«

Er holt noch ein Bier und reicht es ihr.

Dosi lässt den Kronkorken mit Hummels Feuerzeug wegploppen – über den Gartenzaun in Frau Wittkopfs Revier. »Hoppala«, murmelt sie.

## KREMPEL

»Und, gibt es Spuren, die auf weitere Personen auf dem Dachboden hindeuten?«, fragt Hummel den Kollegen Faltermeyer von der Spurensicherung, als sich dieser zu ihnen gesellt.

Der schüttelt den Kopf. »Das da oben ist ein ziemliches Chaos. Alles voller Krempel, der Staub liegt dort fingerdick, viele tote Insekten. Und lebende Insekten.«

»Also nichts.«

»Kann man so nicht sagen. Also Fußspuren kannst du weitgehend vergessen auf dem staubigen Boden. Da sind jetzt echt zu viele Leute rumgetrampelt.«

»Na toll. Und sonst?«

»Das Seil, mit dem er sich aufgeknüpft hat, irritiert mich, also das Kabel.«

»Wieso?«, fragt Hummel.

»Naja, der Typ hat doch offenbar jede nur erdenkliche Art von Schrott gesammelt, auch elektrische Geräte und Kabel. Das ganze Haus und der Schuppen sind voll mit dem Krempel. Warum sollte der jetzt ausgerechnet für seinen Abgang ein nagelneues Elektrokabel verwenden?«

»Ein neues Kabel?«

»Definitiv. Also frisch von der Kabeltrommel. Man kann noch erkennen, dass es bis vor kurzem aufgerollt war.«

»Du meinst, dass das jemand mitgebracht haben könnte?«

»Keine Ahnung. Ich hab mich nur gewundert. Hatte er denn Feinde?«

»Er wurde wegen der Immobilie hier unter Druck gesetzt. Da gibt es Leute, die sind scharf auf den Baugrund.«

Faltermeyer sieht ihn skeptisch an. »Und die würden so weit gehen, ihn umzubringen?«

»Ich weiß es nicht. Sie haben Gerry eine halbe Million geboten, wenn er auf sein lebenslanges Wohnrecht verzichtet.«

»Eine halbe Million? Und da überlegt er noch? Da kaufst du dir eine nette Zweizimmerwohnung und hast keine Sorgen mehr.«

»Geld ist nicht alles. Und würdest du dich umbringen, wenn du eine halbe Million Euro haben könntest? Das ist doch ein schlechter Deal. Am Ende hast du dann gar nichts beziehungsweise bist nicht mehr auf diesem Planeten.«

»Allerdings. Vor dem Hintergrund klingt Selbstmord nicht so wahnsinnig wahrscheinlich. Aber vielleicht hat das Ganze auch gar nichts mit dem Haus zu tun. Vielleicht hatte er einfach Probleme oder Depressionen. Tja, Hummel, das musst du herausfinden, ich bin nur bei der Spurensicherung.«

»Könnt ihr denn rauskriegen, wo das Kabel her ist?«

»Vergiss es, das ist Standardware, wie sie aktuell in jedem Neubau verlegt wird. Keine Chance.«

»Mist.«

»Was hast du jetzt vor?«

»Naja, prüfen, wer am meisten von seinem Tod profitiert.«

»Dann mal viel Glück«, sagt Faltermeyer und geht.

## LEBENSSPUREN

Als die Polizisten und Kollegen weg sind, sitzt Hummel noch ein bisschen auf seiner Terrasse und sortiert seine Gedanken. Würde Gerry ein neues Kabel für sowas verwenden? Für sowas? Für Selbstmord. Was ist einem das wert? »Bloß nichts Gebrauchtes?«, murmelt er. Unsinn! Das passt nicht. Gerry war niemand, der außer Bier und Lebensmitteln neue Sachen kauft. Der würde nie in einen Baumarkt gehen. Aber Gerry war sowieso nicht der Typ, der Selbstmord begehen würde. Er hatte bisher nicht aufgegeben, warum hätte er das plötzlich tun sollen? Aber was weiß er schon über ihn? Nach den paar Gesprächen, die sie geführt haben. Aber es waren besondere Gespräche. Er kann sich nicht erinnern, wann er sich mit jemanden schon mal so tiefschürfend unterhalten hätte. Außer mit Beate. Aber das ist etwas ganz Anderes. Mit Gerry hatte er über Sinn und Unsinn des Lebens gesprochen. Wirklich gehaltvoll. Und daran war nicht das Bier schuld. Also nicht allein.

Ist das ein Fall? Oder geht es nur darum, Fremdverschulden auszuschließen? Geht es darum? Nein, sein Bauch sagt ihm, dass das nicht einfach Selbstmord ist. Er muss an den Gurkenkönig denken. Das war auch kein Selbstmord. Aber wo anfangen? In Gerrys Haus nach Spuren suchen? Nicht nur nach Spuren potentieller Täter, sondern generell von Gerrys Leben. Was hat ihn beschäftigt, mit wem hatte er Kontakt, Konflikte? Er muss mehr erfahren über ihn. Gerrys Frau ist tot, soviel weiß er schon. Kinder? Hätte er erwähnt. Hätte er? Ja. Wie kann man jemanden, mit dem man nur ein paar Mal längere Zeit verbracht hat, sich so nahe fühlen? Ist das ein Problem? Hummel weiß um seine ausgeprägte empathische Ader, wie schnell er manchmal Zutrauen zu jemandem aufbringt, und wie hartnäckig sich diese Einstellung bei ihm hält. Für einen Beamten der Mordkommission, der kühl und rational entscheiden sollte, ist das nicht die optimale Veranlagung.

Ist er eigentlich befangen in dem Fall? Natürlich ist er das. Ist es überhaupt ein Fall? Er versucht sich daran zu erinnern, was Gerry über die Immobilienfirmen gesagt hatte, die ihm den Wegzug so nachdrücklich nahelegten. Dass er die Briefe immer ungelesen entsorgt hätte. Soll er jetzt den Papiermüll bei Gerry durchwühlen? Post – das ist eine Idee.

Hummel steht von seiner Bierbank auf und geht zu Gerrys Grundstück hinüber. Am Gartentor befindet sich der Briefkasten. Abgesperrt. Aber die windige Blechklappe öffnet Hummel ohne große Tricks. Ein paar Briefe und Reklame, eine Ausgabe der kostenlosen Stadtteilzeitung. Hummel nimmt alles mit und radelt zu sich nach Hause.

Nach einem späten Abendbrot sieht er die Post durch. Die Werbung sortiert er aus. Übrig bleiben drei Briefe. Darf er die öffnen? Postgeheimnis. Und wenn! Er ist Polizist, der Adressat ist tot und er ermittelt. Er öffnet die Briefe. Einer ist von der Verwaltung des Ostfriedhofs. Der Vertrag für die Grabstelle von Gerrys Frau läuft aus, er solle sich doch bitte wegen der Verlängerung des Vertrags umgehend melden. Inklusive Gebührenordnung. ›Wer soll das jetzt bezahlen?‹, fragt sich Hummel. Vor allem, wenn die Grabstelle jetzt definitiv nicht aufgegeben wird. Bestimmt wäre es Gerrys Wunsch gewesen im selben Grab wie seine Frau beerdigt zu werden. Wer kümmert sich denn jetzt darum? Er muss herauskriegen, ob es Verwandte gibt. Irgendwen gibt es immer. Der zweite Brief kommt vom Entenbachstift. Ein ärztliches Rezept für Frau Luise Schimmelpfennig, das zu überprüfen Gerry aufgefordert ist. Es handelt sich um ein neues Pflegebett, das nach seinem Einverständnis dann vom Sanitätshaus geliefert werden könne.

Hummel ist elektrisiert. Also gibt es doch jemanden. Wer ist Luise Schimmelpfennig? Eine Tante? Eine ältere Schwester? Es gibt jedenfalls eine Verwandte! Hummel ist froh, dass Gerry doch nicht ganz allein auf der Welt war. Auch wenn es dafür jetzt zu spät ist. Allerdings würde die Nachricht von Gerrys Tod noch jemandem Schmerz bereiten. Der dritte Brief ist von dem Immobilieninvestor *MunichHome* mit der Nachfrage, ob er sich das Angebot noch einmal überlegt hätte, inklusive dem Hinweis, dass man ihm später auch eine Wohnung in dem an der Bachleite neu zu errichtenden Wohnkomplex zu ausgezeichneten Konditionen vermitteln könne. Man sei aber auch bereit, noch einmal über das bereits gemachte Angebot nachzudenken und dieses gegebenenfalls nach oben zu korrigieren.

›Das ganze Leben in drei Briefen‹, denkt Hummel. ›Das Grab der geliebten Ehefrau, eine letzte Verwandte im Altersheim, das Ansinnen eines Immobilienunternehmens ihn aus seinem Haus zu vertreiben.‹ Hummel steckt sich eine Zigarette an. ›Das ist nicht viel, was von einem übrigbleibt. Ein paar Buchstaben, Sätze, Verbindlichkeiten, Kontakte. Keine große Lücke, die man hinterlässt. Das ist wirklich nicht viel.‹ Hummel atmet tief durch. So schwere Gedanken macht er sich sonst bei Todesfällen in seinem beruflichen Alltag nicht.

Er googelt nach der Immobilienfirma *MunichHome* und klickt sich wenig später durch deren Hochglanz-PDFs, die dem Betrachter eine keimfreie, familientaugliche Spießigkeit in schmeichelndem Marketingsprech andienen. Er könnte kotzen, als er sich die aufgemaschelten Bauprojekte ansieht. Zu groß, zu teuer. Und garantiert wird bei keinem dieser Projekte auf bestehende bauliche und soziale Strukturen Rücksicht genommen. Was hat man denn von einem lauschigen Schrebergarten, wenn nebenan ein riesiges Bauvorhaben realisiert wird, das mit drei Jahren Schmutz und Lärm verbunden ist? ›Und hinterher nehmen dir die Betonkästen das Sonnenlicht und die Bewohner schauen dir direkt in die Bikinizone‹, ärgert sich Hummel. Und wenn Frau

Wittkopf fünfmal nicht über die Nachbarschaft mit dem trinkfreudigen Individualisten begeistert war, so war es doch Gerry, der mit seinem Widerstand auch die Kleingartensiedlung bisher erfolgreich gegen diese Immobilienspekulanten verteidigt hat. Denn diese Immo-Heinis sind sicher letztendlich auch scharf auf das Gelände der Schrebergartenanlage. Und ganz so schlimm fand die Wittkopf Gerry ja offenbar auch nicht, wenn sie mit ihm sogar die Räumung ihres Speichers vereinbart hatte. Hummel nimmt sich vor, ein bisschen netter zu Frau Wittkopf zu sein, schließlich war sie ja diejenige, die sich neben aller Neugier genug Sorgen gemacht hatte, um überhaupt erst nachzusehen, was mit Gerry ist. Er selbst hatte das nicht gemacht. Er ist nicht gerade stolz auf sich. Ist das mangelnde Achtsamkeit? Ausgelutschter Begriff. Aber ja, das ist es vermutlich – er ist nicht achtsam genug. Man lebt in der Riesenstadt irgendwie zusammen und doch aneinander vorbei. Das darf er nicht so stehen lassen. Falls Gerry nicht aus eigenem Antrieb aus dem Leben geschieden ist, falls jemand dabei nachgeholfen hat, dann wird er das klären. Das ist er Gerry schuldig. Er ruft Zankl an, um ihn zu bitten, morgen früh gleich mal bei *MunichHome* wegen der geplanten Bauprojekte an der Bachleite nachzufragen. Er selbst wird morgen dem Entenbachstift einen Besuch abstatten.

## HANDGEZEICHNET

»Was für Wichser!«, flucht Zankl, als er am nächsten Vormittag das Büro betritt.

»U-Bahnkontrolleure, Autofahrer, Radfahrer oder gar Familie?«, fragt Dosi.

»Diese Typen bei *MunichHome*. Ich hatte heute Morgen einen Termin bei denen. Lackaffen Mitte zwanzig in italienischen Anzügen, die ihre Freude kaum verbergen konnten, dass der renitente Bewohner des Hauses an der Bachleite keine Probleme mehr machen wird. Heucheln ganz oberflächlich Bedauern und versuchen dir im nächsten Moment schon eine Wohnung dort in dem geplanten Neubau anzudrehen. Was sowieso unbezahlbar ist. Vielleicht was Kleines? Ein Studentenappartement als Wertanlage? 22 Quadratmeter für 340 000 Euro? Die haben doch nicht alle Tassen im Schrank!«

Dosi grinst. »Beruhig dich, Zankl. Das ist München – deine Stadt.« Dann sieht sie ihn ernst an. »Sag mal, traust du denen einen Mord zu?«

»Quatsch, das sind doch blutleere Bürscherl. Die würden sich niemals die Finger schmutzig machen.« Zankl will seine Jacke an die Garderobe hängen und stolpert gegen einen der Kartons mit den Bauplänen von Steiger Bau. »Mann, Dosi, steht das Zeug immer noch hier?«

»Ja, sorry, man kommt zu nix. Also das mit Gerry kam ja etwas plötzlich. Es gibt aktuell Wichtigeres als eiskalte Fälle. Die Geschichte in Wildflecken muss warten. Komm, hilf mal, wir stellen die Kisten da drüben in die Ecke.«

## RETURN TO SENDER

Hummels Besuch im Seniorenstift in der Entenbachstraße fällt überraschend aus. Luise Schimmelpfennig ist nicht die Tante, Schwester, Cousine oder entfernte Verwandte, sondern Gerrys Mutter. Sie ist vierundneunzig Jahre und physisch in keinem schlechten Zustand, geistig ist sie umhüllt von einem Nebel heiterer Demenz. Hummel kostet es große Überwindung sie davon zu unterrichten, dass ihr Sohn verstorben ist.

»Gerald?«, fragt die alte Dame mit der schlohweißen Bürstenfrisur. »Was meinen Sie, junger Mann? Verstorben? Ja, damals in den kargen Jahren nach dem Krieg starben die Kinder wie die Fliegen. Es gab ja nichts.«

»Aber Frau Schimmelpfennig! Gerald wurde 1957 geboren.«

»1957!« Sie strahlt übers ganze faltige Gesicht. »Das war eine schöne Zeit. Elvis, immer nur Elvis. Was für eine wunderbare Zeit. *Blue Christmas.* Das war eins meiner Lieblingslieder. Neben *Return to sender*. Was für ein schöner Mann!«

»Ihr Sohn ist 1957 geboren und gerade verstorben.«

»Ja, ich habe es im Fernsehen gesehen. All die Leute und die großen Autos. Die ganze Welt hat zugesehen bei dem Trauerzug. Ich sage Ihnen eins, junger Mann …«

»Ja?«

»Seine Musik wird niemals sterben.«

»Da haben Sie recht. Können Sie sich denn noch an Ihren Mann erinnern?«, versucht Hummel ihr einen Weg ins normale Leben zu weisen.

»Torsten? Der ist schon lange tot. Sehr lange.«

»Und die Frau Ihres Sohnes? Elvira.«

»Elvira. Ja, eine wirklich reizende Person. Wie geht es ihr?«

»Sie ist auf dem Ostfriedhof.«

»Was macht sie da? Arbeitet sie da?«

»Nun, ja, sie ist dort begraben.«

»Elvira, so eine wunderbare Frau. Was ist mit Elvira, geht es ihr gut?«

»Ähm, sie ist tot. Es geht um die Grabstelle. Sie läuft aus.«

»Wie? Sie ist undicht? Ich verstehe nicht.«

»Der Vertrag mit der Friedhofsverwaltung läuft aus, der muss verlängert werden.«

»Warum?«

»Weil sonst, ich weiß nicht, weil sonst die Grabstelle aufgelöst wird. Und was ist mit Gerald? Soll er auch dort bestattet werden?«

»Ja, was ist mit Gerald? Der gute Junge? Lateinlehrer! Ha! Von mir hat er das nicht! Wohnt er noch in unserem Haus?«

»Er wohnte in der Bachleite vierzehn.«

»Ja, die Bachleite. Wo doch der Bach schon damals nicht mehr zu sehen war. Als wir in das Haus eingezogen sind. Wissen Sie, früher gingen die Bäche alle kreuz und quer durch die Viertel. Hat man dann einfach überbaut, umgeleitet. An der Bachleite, ha! Und weit und breit ist kein Bach zu sehen.«

Nach einer Stunde erratischer Konversation ist Hummel sehr verwirrt. Konfuse Aussagen mischen sich bei Frau Schimmelpfennig mit präzisen Details aus einem Leben, das einmal außerhalb des Seniorenstifts stattgefunden hat. Wie genau diese Familie zusammengelebt hat, was ihr widerfahren ist, hat er nicht verstanden. Aber warum auch. Das geht ihn eigentlich nichts an. Ist seine Botschaft angekommen, dass Gerry nicht mehr am Leben ist? Hummel weiß es nicht. Er ist tief in Gedanken, als er durch die langen Gänge des Altersheims in Richtung Ausgang schlürft.

»Entschuldigung?«, reißt ihn eine Stimme aus den Gedanken. »Sind Sie ein Bekannter von Herrn Schimmelpfennig?«

Er sieht die stämmige Pflegerin erstaunt an. »Äh ja?«

»Sie kommen doch gerade von Frau Schimmelpfennig? Wie geht es ihrem Sohn? Er kommt sonst so regelmäßig. Jetzt war er schon über eine Woche nicht mehr hier.«

»Klaus Hummel. Ich arbeite bei der Polizei«, stellt er sich vor.

»Oh, ist etwas passiert?«

»Also, ich war mit Herrn Schimmelpfennig befreundet.«

»Sie waren?«

»Ja, es tut mir leid, er ist vor einigen Tagen verstorben.«

»Oh Gott!«

»Ein Unfall. Ich kümmere mich ein bisschen um, naja, um was eigentlich? Gibt es denn außer seiner Mutter noch jemanden in seiner Familie?«

»Haben Sie Frau Schimmelpfennig Bescheid gesagt, dass ihrem Sohn etwas zugestoßen ist?«

»Ich habe es versucht. Ich bin mir nicht sicher, ob die Botschaft angekommen ist.«

»Was ist denn passiert?«

»Über die Details kann ich momentan nicht sprechen. Gerald

hatte mir nichts von seiner Mutter erzählt. Ich habe in seiner Post das Rezept für das Bett gefunden und bin dann hierhergekommen.«

»Ja, das neue Pflegebett für seine Mutter.«

»Ist ihre Demenz denn schlimm?«

»Das kann man nicht so genau sagen. Demenz ist eine sehr vielschichtige Krankheit. Es gibt Tage, da ist sie völlig klar, dann wieder lebt sie in einer anderen Zeit, in einer anderen Welt. Es ist sehr fordernd für das Pflegepersonal. Ihr Sohn war immer sehr geduldig mit ihr. Vielleicht ist es besser, wenn sie nicht versteht, dass ihm etwas zugestoßen ist.«

»Ja, vielleicht ist das so. Es gibt ein paar Dinge zu klären. Damit meine ich jetzt nicht Polizeiarbeit.«

»Sondern?«

»Naja, was mach ich jetzt mit dem Rezept? Und dann gibt es ein Schreiben der Friedhofsverwaltung wegen der Grabstelle von Geralds Ehefrau. Das Grab wird aufgelöst, wenn der Vertrag nicht verlängert wird. Kümmert sich denn jemand um die rechtlichen und finanziellen Belange der Familie?«

»Das macht Dr. Meyfarth.«

»Wer ist das? Ein Anwalt?«

»Die Kanzlei ist gleich vorne am Mariahilfplatz. Rechtsanwalt Dr. Meyfarth verwaltet auch die Witwenpension von Frau Schimmelpfennig.«

»Aber das Rezept für das Bett ging erst an ihren Sohn?«

»Das ist immer so. Er sieht, also er sah es sich an und ging dann damit zu Dr. Meyfarth, der das Geld freigibt.«

»Dann könnte ich das Rezept in der Kanzlei vorbeibringen.«

Die Pflegerin überlegt kurz.

»Ich bin Polizist«, sagt Hummel.

»Ja, natürlich, Entschuldigung. Das wäre sehr nett.«

Hummel verlässt das Seniorenstift. An der Kreuzung sieht er auf die Uhr. Schon nach elf Uhr. Jetzt wird er nicht gleich zu dem Anwalt gehen. Er muss erst einmal seine Gedanken ordnen.

Das ist alles sehr merkwürdig. Gerry, der sich selbst schon langsam auf der Zielgerade befand, hat noch eine hochbetagte Mutter im Altersheim, die jetzt ihren Sohn verliert und das nicht versteht. Die über Elvis spricht und in einer anderen Zeit lebt. Und er ist plötzlich tief drinnen in familiären Angelegenheiten, die nicht seine eigenen sind. Ihm kommt es vor, als habe die kurze, aber intensive Bekanntschaft mit Gerry die Tür zu einer anderen Welt aufgestoßen. Zum Leben eines Menschen, mit dem er nur vorher ganz kurz ein paar Berührungspunkte hatte, etwa damals, als er selbst noch Schüler war und bedauert hat, warum er nicht beim coolen Schimmel gelandet war, sondern beim ätzenden Wallner. Der Schimmel, den er erst sehr viel später in seinem neuen Lebensabschnitt als Kleingartenpächter näher kennenlernte und um dessen Tod er sich jetzt kümmern muss. Ist das Privatsache? Nein! Sein Bauch sagt ihm, dass das ein Fall für die Polizei ist.

Hummel geht los, tief in Gedanken versunken, wie ferngesteuert. Als er an jetzt seiner alten Schule vorbeikommt, stutzt er. Das Franz-Ferdinand-Gymnasium. Komisch, jetzt kommt er fast jeden Tag hier vorbei, aber nostalgische Gefühle hat er noch nie gehabt. Er denkt an die stickige Bibliothek im Keller, die ätzenden Lateinstunden, die desolaten Toiletten. Er denkt auch an seine Schwärmerei für die rothaarige und unerreichbare Uli. Richtig enge Freunde hatte er am Gymnasium nicht. Die Schulzeit hatte er in seinem ganz eigenen Orbit verbrachte, in einem Kokon aus Büchern und Musik. Bei der Musik hatte er seine Freunde, in der Band, in dem Übungsraum in den alten Baracken in Oberföhring. Von der Schulzeit am FFG, die immerhin neun Jahre betragen hat, ist nicht viel geblieben. Vielleicht liegt es gar nicht an der Schule, auch sonst ist ihm von damals nicht viel im Gedächtnis geblieben. Vielleicht noch, dass er oft ganz alleine zu Hause war, weil seine Mutter nach der Trennung so viel arbeiten musste. Als sie dann zu ihrem neuen Typen nach Garmisch zog, war er in der Wohnung geblieben und hatte später den Mietvertrag übernommen. Seine Mutter hatte noch ein paar Jahre die Miete gezahlt, bis er endlich eigenes Geld verdiente. Wann hat er eigentlich das letzte Mal mit seiner Mutter telefoniert? Allein, dass er überlegen muss, ist kein gutes Zeichen. Er wird sie anrufen, spätestens am Wochenende, ganz sicher. Oder mal besuchen. Garmisch ist ja wirklich keine Riesenentfernung.

Als er oben an der Orleansstraße ankommt, schwirrt ihm der Kopf. Nostalgie ist nicht seins. Er will jetzt leben. Warum ist er eigentlich nach Hause gelaufen? Er hätte doch von der Au gleich weiter in die Arbeit gehen können? Nein, er hat sich heute ja freigenommen. Kleine Pause machen, Überstunden abbummeln. Der Besuch bei der alten Dame war ein Freundschaftsdienst. Noch keine Polizeiarbeit. Was soll er mit dem angerissenen Tag anfangen? Doch noch in die Arbeit? Oder einfach mal zu Hause aufräumen? Macht keinen Spaß, aber sicher den Kopf frei. Er will sich heute nicht mehr mit Gerrys Tod beschäftigen. Das bringt ihn nur schlecht drauf.

## KAPAZITÄTEN

Hummel hat vor lauter Staubsaugerlärm das Telefon nicht gehört. Als er eine Kaffeepause einlegt, sieht er auf dem Handydisplay, dass Gesine es bei ihm probiert hat.

»Ja, Gesine, was gibt es?«, meldet er sich.

»Du bist heute nicht im Büro?«

»Nein, ich hab frei. Ich mach gerade die Wohnung sauber.«

»Hey, Hummel, wenn du noch Kapazitäten hast …«

»Nein, danke, ich bin schon jetzt ganz erschöpft. Also, Gesine, was ist los?«

»Ich hab mir die Leiche genau angesehen.«

»Und?«

»Das schaust du dir am besten selbst an. Aber sie, beziehungsweise er, läuft uns ja nicht weg. Komm morgen früh gleich bei mir vorbei.«

»In einer halben Stunde bin ich bei dir.«

»Du hast doch frei?«

»Gehabt. Ciao.«

## SECHSUNDZWANZIG MINUTEN

Gesine sitzt an einem der großen Fenster im Gang der Pathologie und raucht. Sie schaut nachdenklich in den Innenhof des Präsidiums. Der Himmel ist weiß, die Luft, die durch das gekippte Fenster hereinströmt, ist kalt.

»Stör ich?«, fragt Hummel.

»Es riecht nach Schnee.«

»Ja, irgendwie.«

»Komisch, Anfang Oktober. Respekt. Hummel, du bist schnell. Sechsundzwanzig Minuten.«

»Stoppst du die Zeit?«

»Nein, nur geschätzt.« Sie sieht auf ihre Armbanduhr. »Nicht mal. Vierundzwanzig Minuten.«

»Und, Gesine, was hast du für mich?«

Sie rutscht vom Fensterbrett. »Folgen Sie mir unauffällig.«

Sie betreten den neongrell ausgeleuchteten Pathologiesaal. Hummel atmet flach. An die scharfen Gerüche wird er sich nie gewöhnen. »Ist er das?«, fragt er und deutet auf einen mit weißem Tuch abgedeckten Leichnam auf einem der Tische.

»Ja, willst du ihn sehen?«

»Sag erstmal, was du rausgefunden hast.«

Gesine winkt ihn zu sich an den großen Computerbildschirm. Nach ein paar Mausklicks erscheint die Computertomografie eines Schädels.

»Was siehst du?«

»Einen Kopf?«

»Irgendwas Besonderes?«

»Äh, ich bin kein Arzt.«

Sie vergrößert das Bild. Jetzt sind in der Schädelbasis Risse zu erkennen.

»Was Älteres?«

»Nein, dann wäre er schon lange tot. Ich hab es mir in echt angesehen. Stumpfe Gewalteinwirkung.«

»Ein Schlag?«

»Nicht zwingend. Kann auch die Folge eines schweren Sturzes sein.«

»Totschlag?«

»Vielleicht. Oder Vorsatz. Müsst ihr klären. Jedenfalls ist es unwahrscheinlich, dass du mit so einer Verletzung noch auf einen Stuhl steigst, ein Kabel um einen Deckenbalken schlingst und dich aufknüpfst. Ich würde davon ausgehen, dass die Kopfverletzungen letal waren.«

»Eine Vertuschungstat, also das Aufhängen.«

»Vermutlich. Ja.«

»Aber wo ist das Motiv?«

»Das kann ich dir nicht sagen.«

»Gerry hatte Ärger mit Immobilienheinis, die ihn aus seinem Haus vertreiben wollten. Er hatte dort ein lebenslanges Wohnrecht.«

»Bringt man deswegen jemanden um?«

»Naja, vielleicht ein Streit, dabei passiert ein Unglück, er fällt blöd, der andere hat Angst, dass ihn jemand in das Haus hat gehen sehen und überlegt sich das mit dem Aufhängen.«

»Hummel, ob das so war, wirst du nicht erfahren, bis du die Person findest, die ihn an dem Balken aufgehängt hat. Er selbst kann das jedenfalls nicht gewesen sein. Außer, es gibt ein Leben nach dem Tod.«

»Vielleicht war es auch nicht nur ein Täter«, überlegt Hummel. »Gerry war kein Fliegengewicht. Das musst du schon ganz schön Kraft haben, um ihn hochzuwuchten und aufzuhängen.«

»Naja, wenn man in Panik ist, mobilisiert man manchmal ganz schöne Kräfte.«

»Meinst du?«

»Jedenfalls habt ihr jetzt definitiv einen Fall. Denn Suizid ist das keiner. Willst du ihn jetzt noch sehen?«

Hummel überlegt kurz, dann nickt er. Als Gesine das Leichentuch vom Kopf entfernt, stutzt er. Gerry sieht erstaunlich gut aus. Frisch, rosig. Sein Kopf ist rasiert. An der Schädeldecke ist eine dicke Naht, am Hals eine dunkle Strangulationslinie von der Kabelschlinge. Der Gesichtsausdruck ist friedlich. Hummel zieht das Laken wieder über das Gesicht und verlässt mit knappem Gruß den Raum.

›Nein, es ist nicht gut, wenn man so stark involviert ist‹, denkt Hummel jetzt. ›Aber da muss ich durch. Ich werde herausfinden, was passiert ist. Für ein Baugrundstück bringt man doch niemanden um? Oder? Das ist zu krass.‹

Hummel bespricht sich mit den Kollegen.

Dosi fragt ihn ganz direkt: »Sag mal, bist du nicht befangen?«

»Ändert das denn was?«

»Ja, das beeinflusst dein Urteilsvermögen.«

»Was meinst du damit, Dosi?«

»Dass du da zu emotional rangehst.«

»Emotional? Das sagst ausgerechnet du mir?

»Was soll denn das jetzt heißen?«

»Naja, du bist sonst eher der Bauchmensch bei uns.«

Dosi zuckt mit den Achseln. »Vielleicht ist das so. Doch in der Regel stehe ich den Opfern nicht nahe. Aber egal, war nur eine Frage.«

»Und was schlägst du jetzt vor?«, fragt Hummel.

»Naja, wir müssen mehr über Gerry wissen.«

»Über ihn persönlich?«

»Ja, klar.«

»Er hat eine Mutter«, sagt Hummel, »also, die lebt noch. Hochbetagt im Entenbachstift. Schwer dement.«

»Okay. Sonst noch jemand?«

»Es gibt einen Familienanwalt. Den kann ich nachher besuchen. Auch wegen der Beerdigung.«

»Was hast du denn damit zu tun?«

»Naja, es muss sich ja wer kümmern.«

»Das machst du?«, fragt Dosi.

»Wer denn sonst? Seine demente Mutter? Die glaubt, dass ihr Sohn Elvis ist?«

»Tut sie das?«, fragt Zankl belustigt.

»Nein, aber sie ist sehr verwirrt. Hat andauernd von Elvis und seiner Beerdigung gefaselt.« Er schnauft tief durch. »So, ich bin raus für heute. Eigentlich hab ich ja frei. Aber ich geh noch bei dem Anwalt vorbei.«

»Tu, was du nicht lassen kannst«, sagt Zankl.

Als Hummel verschwunden ist, fragt Dosi Zankl: »Findest du das gut, dass sich Hummel da so reinkniet?«

»Ist doch voll okay. Und jetzt haben wir tatsächlich einen neuen Fall.«

»Wir sollten uns den Tatort nochmal ganz genau ansehen. Weil: bisher war es ja gar kein Tatort.«

»Die Spurensicherung hat dort aber nichts Verwertbares gefunden.«

»Ich möchte ein besseres Gefühl für den Fall kriegen.«

»Okay, du schaust dich nochmal dort um, Dosi. Ich recherchier solang mal am Computer, was ich so alles über Gerry rausbekomm.«

»Nach was willst du denn suchen?«

»Lebenslauf, Eheschließung, Schulabschluss, Uni, berufliche Stationen, Auszeichnungen, keine Ahnung. Was man halt im Internet zu einer Person finden kann.«

»Bestimmt wäre es einfacher, den Familienanwalt zu fragen.«

»Lass Hummel mal machen. Außerdem ist der Anwalt nicht neutral. Der vertritt die Interessen der Familie. Wir sollten uns erstmal ganz unbefangen ein Bild machen.«

Hummel ist erstaunt. Nein, eigentlich nur verwundert. Was man halt für Vorstellungen im Kopf hat: ein Anwaltsbüro mit dunkler Holzkassettendecke, Regale bis an die Decke voll mit Aktenordnern und Gesetzestexten, lederbezogene Sitzmöbel. Aber von wegen – das Büro des Familienanwalts der Schimmelpfennigs sieht aus wie ein schmuddeliges Studentenappartement, vollgestopft mit Akten, Büchern und Zeitungsstapeln. Auf den Fensterbrettern stehen kuriose Antiquitäten wie ein Rübezahl-Haus aus Porzellan oder eine Lampe, deren Fuß aus einer zusammengerollten kupfernen Königskobra besteht.

Dr. Andreas Meyfarth hat ihm die Wohnungstür geöffnet und ihn reingewunken, hängt aber noch am Telefon: »Ja, ich verstehe, dass Sie ein Problem mit den Raten haben, aber Sie müssen zahlen, sonst steht der Gerichtsvollzieher wieder vor Ihrer Tür und nimmt das Gerät mit. – Doch, das kann er machen, das gehört nicht zur Grundversorgung. – Nein, für die sogenannte Informationsgrundversorgung reicht auch ein kleines Fernsehgerät. Die Nachrichten braucht man nicht in zwei Meter Bildschirmdiagonale schauen. Wenn Sie die Raten nicht zahlen können, dann geben Sie das Gerät eben zurück, aber stellen Sie sich nicht tot. – Ich? Also nein, beim besten Willen nicht. Seien Sie froh, dass meine Beratungsleistung über Ihre Rechtschutzversicherung läuft und Sie keine Rechnung von mir bekommen. Kleiner Tipp noch: Bezahlen Sie Ihre Versicherung immer pünktlich. – Nein, das ist keine Drohung. Aber auch kein Scherz. Nur ein gut gemeinter Ratschlag. – Ja, Sie mich auch.«

Dr. Meyfarth legt auf und sieht Hummel kopfschüttelnd an. »Es ist ja gar nicht so sehr das Thema, dass die Leute nicht zahlen können. Das eigentliche Problem ist, dass mit diesen Ratenzahlungskrediten Geschäfte abgeschlossen werden, ohne dass auch nur irgendjemand wirklich die Bonität der Kunden prüft. Ja, man schwatzt denen das Zeug auf, sie zahlen die ersten drei

Raten, schaffen sich weitere Sachen an, die sie nicht brauchen und nehmen dann einen Kredit auf, um die Raten zu bezahlen und irgendwann fliegt ihnen alles um die Ohren. Und über ihre Rechtschutzversicherung bekommen die Leute dann Anwälte wie mich zugewiesen, die ihre Finanzprobleme lösen sollen. Schrecklich! – So, was kann ich für Sie tun, Herr …?«

»Hummel. Ich komme wegen Gerald Schimmelpfennig.«

»Ach ja, Sie hatten angerufen.«

»Sie vertreten Herrn Schimmelpfennig?«

»Ja, ich bin sozusagen der Familienanwalt. Ich habe die Kanzlei meines Vaters übernommen und damit seine Klienten. Was ist mit Gerald? Geht es wieder um das Haus? Sie sind von der Polizei, so sagten Sie doch?«

Hummel hält ihm den Dienstausweis hin.

Meyfarth mustert ihn interessiert. »Kriminalpolizei? Ist denn etwas vorgefallen?«

»Herr Schimmelpfennig ist tot.«

»Oh Gott, was ist passiert?«

»Offenbar Suizid.«

»Oh Gott! Weiß Geralds Mutter schon Bescheid?«

»Ich war bei ihr und habe versucht, es ihr zu mitzuteilen. Ich weiß nicht so recht, ob meine Botschaft angekommen ist.«

»Sie ermitteln bei einem Selbstmord?«

»Die Kriminalpolizei kommt bei solchen Fällen immer ins Spiel. Nur um sicherzugehen, dass es keine Fremdeinwirkung gibt. Mich würde interessieren, wie die Vermögensverhältnisse sind, ob es noch weitere Verwandte gibt, wie das exakt mit dem Wohnrecht aussieht.«

»Nun ja, es gibt die anwaltliche Schweigepflicht. Das wissen Sie doch.«

»Aber Ihr Mandant ist tot.«

»Seine Mutter nicht.«

»Sie ist dement.«

»Das heißt noch lange nicht …«

»Dass wir uns nicht falsch verstehen – ich bin an keinen Familiengeheimnissen, Erbschaftsgeschichten oder Steuerfragen interessiert. Ich möchte herausfinden, ob es für irgendwelche Personen Gründe gibt, auf Gerald Schimmelpfennig Druck auszuüben.«

»Der so groß ist, dass er sich umbringt?«

»Ich weiß es nicht. Aber wenn Sie mich persönlich fragen – ich habe Zweifel an einem Selbstmord. Dafür ist Gerry, also war Gerry nicht der Typ.«

»Wie gut kannten Sie ihn?«

»Wir waren Nachbarn. Ich habe eine Parzelle in der Kleingartenanlage bei ihm ums Eck.«

»Ah, ich verstehe.«

»Wir haben uns angefreundet.«

Meyfarth überlegt, dann räuspert er sich: »Gut, ja, dann werden wir mal sehen, ob ich Ihnen weiterhelfen kann.«

## LONESOME TONIGHT

»Was machen Sie denn da?«, sagt eine Stimme hinter Dosi, als sie gerade Gerrys Haus betreten will.

Dosi dreht sich um. »Ah, sind Sie die Nachbarin von Herrn Hummel?«

»Und Sie sind eine Bekannte von Herrn Hummel. Sie waren bei seinem Grillabend.«

»So ist es. Frau Wittkopf, richtig?«

»Oh, Sie kennen meinen Namen?«

»Wir wissen vieles. Ich bin ebenfalls bei der Polizei. Ich war schon mal hier, als die Spurensicherung das Haus durchsucht hat. Sie haben ihn gefunden, oder?«

»Nein, Herr Hummel war das. Ich hatte ihn angerufen. Weil ich mir Sorgen gemacht habe. Herr Hummel ist gleich gekommen und ins Haus eingestiegen.«

»Ja, richtig. Haben Sie denn etwas Auffälliges bemerkt hier, nachdem Sie Herrn Schimmelpfennig das letzte Mal gesprochen haben?«

»Nein, von meinem Garten aus kann ich nicht zu ihm rübersehen.«

»Und hier in der Anlage? Irgendwelche Leute, die Sie nicht kennen? Die sich merkwürdig verhalten haben?«

»Nein, hier geht man nicht einfach durch. Außer …«

»Ja? Wer zum Beispiel?«

»Spaziergänger, die glauben, dass sie bei uns im Vereinsheim auf die Toilette gehen können. Geht natürlich gar nicht. Ich mein, wer kommt denn auf so eine Idee? Das hier ist Privatgrund.«

»Ja, besser, die biseln in die Sträucher am Hochufer.«

»Ich bitte Sie!«

»Also nichts Auffälliges?«

»Nein, warum fragen Sie?«

»In welcher Stimmung war Gerry, also Herr Schimmelpfennig, als Sie ihn zuletzt gesprochen haben?«

»Er war wie immer. Ruhig und zugleich ein bisschen ironisch. So wie es eben seine Art war. Ich glaube, Herr Schimmelpfennig war nicht ganz nüchtern.«

»So wie es seine Art war.«

»Ja, durchaus. Ganz nüchtern war er nie.«

Dosi nickt. »Wirkte er verzweifelt auf Sie?«

»Nein. Wie gesagt, er war wie immer.«

»Wissen Sie, wie er gestorben ist?«

»Er hat sich auf dem Speicher erhängt. Oder?«

»Ja, so sieht es aus. Ist, also war er denn der Typ für so was?«

»Naja, man kann ja nicht reinschauen in die Leute. Ich weiß nicht. Aber ich glaube nicht. Da hätte man doch irgendwas gemerkt. Lebensmüde wirkte er nicht. Im Gegenteil, eher lebenslustig. Naja, vielleicht war auch der Alkohol der Grund für seine Fröhlichkeit. Oder aber er hatte Probleme und trank deswegen so viel.«

»Ja, das kann sein. Vielleicht. Vielen Dank jedenfalls. Falls Ihnen noch was einfällt …« Dosi gibt Frau Wittkopf ihre Visitenkarte.

»Sie denken doch nicht, dass da jemand nachgeholfen hat?«

»Ich denke gar nichts. Ich bin nur neugierig. Berufskrankheit. Ich werde jetzt mal nachschauen, ob ich im Haus von Herrn Schimmelpfennig noch was Interessantes entdecke. Irgendwas, was uns Aufschluss darüber geben könnte, warum er das gemacht hat.«

»Also suchen Sie keinen Mörder?«

»Das wäre ungut. Denn Sie wissen ja – ein Mörder kommt immer wieder an den Ort der Tat zurück.«

»Oh Gott!«

Dosi nickt übertrieben ernst und macht sich auf den Weg ins Haus. Als sie die Haustür hinter sich zudrückt, atmet sie tief durch. ›Die Frau ist wirklich die Pest. So was von neugierig. War das okay mit der frechen Bemerkung zum Schluss? Ach, scheiß der Geier!‹

Sie sieht sich im Flur von Gerrys Haus um. Trotz Sonnenschein draußen ist es hier ziemlich finster. Nur vages Tageslicht fällt aus den offenen Zimmertüren in den Gang. Sie macht das Flurlicht an und mustert das Interieur. Scheußliche Blümchentapete, ein Wolpertinger an der Wand, ein Garderobenständer wie aus einem Bahnhofslokal – schon ein bisschen Geisterbahn. Sie kommt sich vor wie in einem verwunschenen Hexenhäuschen. Verwahrlost ist der Flur allerdings nicht, wie man es vielleicht bei einem Alkoholiker erwarten könnte. Das gilt auch fürs Wohnzimmer, das links vom Gang abgeht. Es ist schlicht und gemütlich eingerichtet, stilsicher im Geiste der Fünfziger Jahre mit einem Nierentisch vor der zierlichen Couch und zwei roten Cocktailsesseln mit Vinylbezug. Alles sehr Fifties, auch wegen der gerahmten Elvis-Fotos an der Wand.

War Gerry Elvis-Fan? Oder ist das hier noch die Einrichtung seiner Eltern? Hummel hat ja gesagt, dass diese schon hier gelebt hätten und erwähnt, dass Gerrys Mutter im Altersheim von Elvis gesprochen hätte.

Dosi setzt sich auf das schmale Sofa und lässt den Blick schweifen. Wie ein Museum. Die Mutter ist vierundneunzig, also hat vermutlich sie das Haus so eingerichtet. In den Fifties oder Sixties. Dosi schließt die Augen, horcht in die Stille. Irgendwo knarzt Holz, die Luft schmeckt staubig und immer noch riecht es etwas süßlich. Eine Fliege sirrt lautstark und bongt an die Fensterscheibe. Jetzt fällt ein Balken weiches Nachmittagslicht durch das Wohnzimmerfenster auf Dosis Gesicht. Wärme breitet sich in ihr aus. Dosi atmet tief durch. Sie nickt ein. Träumt: Elvis war gerade im Fernsehen. Mit seinem berühmt-berüchtigten Hüftschwung. Sie hat ihre Haare mit Zuckerwasser in Form gebracht, sich in eine Jeans gequetscht und die gepunktete Bluse vor dem Bauch verknotet. Jetzt fehlt nur noch der rote Lippenstift. Elvis singt »Are you lonesome tonight …«

Dosi öffnet die Augen. Der Lichtbalken ist weitergewandert. Elvis singt tatsächlich. Hier im Wohnzimmer? Nein, woanders. Irgendwo im ersten Stock. Dosi steigt die enge Treppe nach oben, um nachzuschauen. Elvis kommt aus einem kleinen CD-Wecker auf dem Nachtkasten in Gerrys Schlafzimmer. Die Digitalanzeige der Uhr zeigt 16:00. ›Interessante Zeit zum Aufstehen‹, denkt Dosi und betrachtet die CD-Hülle auf dem Nachttisch. Eine billige Best-of-Ausgabe mit einem Sticker von *HÖRZU*. Sie sieht sich im Schlafzimmer um. Abgesehen vom zerwühlten Bettzeug sieht es ganz ordentlich aus. Im Badezimmer nebenan untersucht sie den Spiegelschrank über dem Waschbecken. Nichts von Interesse. Im Mülleimer entdeckt sie eine leere Wodkaflasche. Im Schrank unter dem Waschbecken liegen zwei Stück Kernseife, eine Rolle Zahnseide und ein originalverpackter Elektrorasierer.

Nein, Gerry war keiner, der die Kontrolle über sein Leben verloren hatte. Auch wenn er gern ins Glas schaute. Ein ordentlicher Alkoholiker, offenbar gefangen in der eigenen Vergangenheit oder der seiner Eltern, in einer Zeitkapsel mit Elvis, Cocktailsesseln, Nierentischchen im Wohnzimmer. Dazu passt der Handel mit Trödel und Antiquitäten. Er hatte es doch ganz schön hier, eine Idylle mitten in der Großstadt. Klar, bedroht durch böse Immobilienmogule, die Spekulationsware hervorbringen, um gierige Geldanleger anzulocken. Denn für Selbstbezieher sind die aktuellen Bauprojekte ja nicht. Es geht nur noch um Anlagemöglichkeiten und darum, Rendite zu machen. Betongold. Kein Wunder, dass Hummel auf dem Trip ist, potenzielle Täter in diesem Milieu zu suchen. Trotzdem – wegen sowas bringt man doch niemanden um. Diese aalglatten Immobilientypen schon gar nicht. Das sind keine Mafiatypen. Hummel, der Rächer der Enterbten, steigert sich da in etwas rein.

Letzte Station noch. Der Dachstuhl. Sie hat ganz vergessen, dass es da oben kein Licht gibt. Die Scheinwerfer der Spurensicherung sind längst abgebaut. Im Schein ihrer Handylampe geht sie vorsichtig durch die Stapel von Kisten und alten Möbeln. Sie schaut in ein paar Kartons, zieht ein paar Schubladen auf. Nichts. Nur Krempel. Ehrfürchtig betrachtet sie die Stelle am Boden, wo Gerry hing. Unten auf dem staubigen Holzboden sind feuchte oder fettige Flecken. Merkwürdigerweise graust es ihr nicht, sie verspürt nur ein tiefes Gefühl der Trauer. Dort hat jemand sein Leben ausgehaucht, die letzten Säfte von sich gegeben und ist von der Erde verschwunden. Nein, ganz stimmt das nicht, denn offenbar war Gerry ja schon vorher tot. Trotzdem. Sie muss heftig schlucken und zwingt sich, auch den Balken genau zu betrachten, an dem das Elektrokabel befestigt war, und die verwischten Fußspuren im Staub. Aber nichts, keine neue Erkenntnis.

Sie geht wieder in die Küche runter. Sie zieht die Schubladen auf. In einer befindet sich ein Telefonbuch. Wer hat denn heute noch ein Telefonbuch? Naja, von 2012. Nicht mehr ganz aktuell. Verbirgt sich darunter irgendetwas? Sie zieht das Telefonbuch heraus und greift nach ganz hinten in die Schublade. Nein, nur altes Besteck, ein Einweg-Feuerzeug, ein paar Kugelschreiber. Jetzt fällt ihr das Telefon ein. Wo ist das? Hat es einen Speicher? Mit eingespeicherten Nummern, einer Anrufliste? Sie entdeckt das Telefon draußen im Gang. Ein grauer Apparat mit Wandhalterung und Drehscheibe. Definitiv eine Antiquität. In der Mitte der Wählscheibe stehen zwei Nummern: 110 und 112. Ganz toll. Ein Handy wäre gut, das könnte man auswerten. Aber vielleicht hatte Gerry tatsächlich kein Handy. Sie durchforstet weiter die Küche. Dabei stößt sie an das Telefonbuch und es fällt vom Tisch. Ein Briefumschlag rutscht heraus. Dosi hebt ihn auf. Er ist nicht zugeklebt. Sie öffnet ihn. Geld. Fünfziger. Elf Scheine. Das Geld liegt hier einfach in der Küchenschublade? Verdammt! Sie hat den Umschlag angefasst! Sie durchforstet den Küchenschrank und findet schließlich, was sie sucht: eine Rolle Gefrierbeutel. Sie reißt einen Beutel ab und bugsiert den Umschlag vorsichtig hinein.

»Noch mehr Kohle, hier irgendwo?«, fragt sie halblaut und geht noch einmal durch alle Schränke. In einem Schrankfach findet sie einen Schuhkarton mit Briefumschlägen. Aber in keinem ist Geld. Sie findet auch keine weiteren Geldscheine in Kaffeedosen oder in Gebrauchsanleitungen für Elektroherd oder Kühlschrank, durch die sie skippt. Dosi überlegt: ›550 Euro, das ist eine ganze Menge Kohle mit Blick auf Gerrys bescheidenen Lebensstil. Und das Geld liegt hier so achtlos rum? Naja, es war versteckt in dem alten Telefonbuch. Achtlos trifft es also nicht.‹ Sie inspiziert nochmal die anderen Zimmer. Ohne Erfolg. Sie überlegt: Gerrys Papiere und seine Geldbörse waren in seiner Jacke in der Flurgarderobe. Die Sachen haben sie bereits aufs Präsidium mitgenommen. In der Geldbörse waren gerade mal dreißig Euro und etwas Kleingeld.

Dosi setzt sich nochmal aufs Sofa im Wohnzimmer. Das Licht von draußen ist jetzt abendgolden. Eigentlich schön hier. Würde ihr auch gefallen. Fränki sowieso, als Fan der Fünfziger Jahre. Jetzt kommt ihr etwas komisch vor. Sie steht auf und inspiziert noch einmal die Schränke in Wohnzimmer, Küche und Schlafzimmer. Sie sucht nichts, sondern möchte wissen, ob ihr Gefühl sie vorhin getäuscht hat. Ganz diffus, nur eine Ahnung. Sie hatte das Gefühl, dass sie nicht die erste ist, die die Schränke durchsucht. Manches war zu akkurat an seinem Platz, als wollte jemand vermeiden, dass man denken könnte, hier wäre etwas gesucht worden. Ja, das könnte sein. Vielleicht hat dieser jemand das Geld gesucht. Es aber nicht gefunden. Sie schon. Ihr brummt der Kopf. Das reicht für heute.

Als sie nach draußen tritt, staunt sie, wie klar und frisch die Luft ist. Sie ist tief eingetaucht in ein fremdes Leben. Oder zumindest in den Lebensbereich einer anderen Person mit einem so ganz anderen Leben als das ihre. Jetzt ist sie wieder aufgetaucht. Sie sieht auf die Uhr. Viertel vor sechs. Ja, das war lang. Ins Präsidium lohnt es sich nicht mehr zu fahren. Sie wird zu Fuß nach Hause gehen. Beim Imbiss in der Ohlmüllerstraße kriegt sie vielleicht noch zwei halbe Brathendl. Mit Pommes. Damit kann sie Fränki überraschen. Hatten sie ewig nicht mehr. Kurz denkt sie an Mader. ›Was treibt der denn immer noch da draußen in der Provinz? Müssen wir ihn eigentlich über ihren neuen Fall unterrichten?‹

## ATMOSPHÄRE

Mader war heute wieder lange in der Villa, hat die Atmosphäre in sich aufgesogen, den Geruch vergangenen Lebens in sich eingeatmet. Er versteht Dr. Günthers Gedankengang, dass das Haus noch etwas über seine Bewohner erzählen kann, beziehungsweise darüber, was mit ihnen passiert ist. Es ist, als hätte sich das Schicksal der verschwundenen Bewohner in das Haus eingeschrieben. Am meisten berühren ihn die Kinderzimmer im ersten Stock mit all den Bildern, Stofftieren, Büchern. Wie konnten diese Menschen so komplett verschwinden? Ohne jede

Spur. Natürlich sind sie tot. Was denn sonst? Nach so vielen Jahren. Mader sucht im Haus nicht sie, sondern ihre Geschichte. Von Frau Winkler gibt es kaum persönliche Gegenstände, außer vielleicht im Schlafzimmer. Der kleine Sekretär aus dunklem Holz ist vermutlich ihrer. Darin befindet sich allerdings nichts, keine Unterlagen, kein Füller oder Kuli, keine persönlichen Gegenstände, Briefe oder Souvenirs. Hat das jemand ausgeräumt? Es sieht ganz so aus. Warum, wenn sonst alles an seinem Platz geblieben ist? Oder war der Sekretär einfach ein hübsches Möbelstück, das nur die Möglichkeit andeutete, mal etwas Persönliches aufzuschreiben, was aber nie gemacht wurde, aus Mangel an Zeit oder weil sie es einfach nicht wollte? Vielleicht ist aber der Inhalt des Schreibtischs einfach in der Asservatenkammer, weil man sich in den Notizen oder Aufzeichnungen Hinweise auf ihren Aufenthaltsort erhofft hatte. Nein, dann hätte Günther etwas darüber gesagt. Das macht auch keinen Sinn, das klingt ja fast so, als hätte man die Möglichkeit erwogen, dass Frau Winkler etwas mit ihrem Verschwinden und dem der Kinder zu tun gehabt oder dieses geplant hätte. Das passt alles nicht zusammen.

Draußen dämmert es bereits und das Haus hat keinen Strom. Zeit aufzubrechen. Mader nimmt seine schwere Winterjacke von der Garderobe und schnalzt mit der Zunge. »Bajazzo, Abmarsch.«

## SCHWARZE KASSE

»Hummel, weißt du, was mich bei Gerrys Lebenswandel wundert?«, fragt Zankl morgens im Büro.

Hummel dreht seinen Bürostuhl in Zankls Richtung. »Dass er tot ist?«

»Jetzt sei doch nicht so empfindlich.«

»Ich bin nicht empfindlich, nur verkatert.«

»Säufst du jetzt auch?«

»Ja, vielleicht fang ich damit an. Mal sehen.«

»Mal ganz langsam, Hummel. Was ist los?«

»Ach, die Sache mit Gerry nimmt mich wirklich mit. Also, was wundert dich?«

»Dass er mit so wenig Geld über die Runden gekommen ist.«

»Naja, er brauchte ja nicht viel. Und die Trödelsachen haben wahrscheinlich auch ein bisschen was abgeworfen. Und die Kosten für das Haus waren gering.«

»Aber Erbpachtzins musst du auch zahlen. Das sind ja drei bis fünf Prozent vom Verkehrswerts.«

»Sein Anwalt sagt, dass die monatlichen Aufwendungen für das Haus etwa 1 200 Euro betragen haben. Verglichen mit einer ortsüblichen Miete ist das extrem günstig ist für ein ganzes Haus und das Riesengrundstück.«

»Naja, das musst du auch erstmal haben. Und dann noch die Kosten für Strom und Gas.«

»Er hatte doch eine Beamtenpension.«

»Ich hab mich schlaugemacht. Das waren knapp 1 600 Euro, weil er so früh ausgeschieden ist. Ziehst du den Pachtzins und die Nebenkosten ab, blieben ihm dann vielleicht 200 Euro im Monat. Wie soll das denn zum Leben gereicht haben?«

»Was willst du mir damit sagen, Zankl?«

»Nichts. Außer, dass die Pension nicht gereicht hat für den Unterhalt des Hauses, die Nebenkosten, die Versicherung für den Transporter, Benzin.«

»Vielleicht lief das mit dem Trödel ganz gut. Das sind ja oft Geschäfte, die cash laufen, also schwarz.«

»Schwarz?«

»Jetzt tu nicht so, Zankl.«

Zankl schüttelt den Kopf. »Das Finanzamt hat doch sowas im Blick. Die kennen doch ihre Pappenheimer.«

Dosi betritt das Büro. »Guten Morgen, die Herren, alles gut?«

»Geht so. Wir sind gerade beim Thema Geld«, erklärt Zankl.

»Ich frage mich, wie sich Gerry das Haus und das Leben leisten konnte. Seine kleine Beamtenpension reichte dafür nicht wirklich.«

»Da komme ich ja gerade recht. Ich hab gestern Abend Geld bei ihm im Haus gefunden.« Dosi hält den Plastikbeutel mit dem Umschlag hoch. »550 Euro. Bar. Der Umschlag lag in einem alten Telefonbuch in der Küchentischschublade.«

»Nur Bares ist Wahres«, murmelt Zankl.

»Ich bringe es in die KTU«, sagt Dosi.

»Was erwartest du dir denn davon?«, fragt Zankl.

»Vielleicht Fingerabdrücke. Auf den Geldscheinen oder auf dem Umschlag.«

»Von Gerry?«

»Vielleicht auch vom Überbringer.«

»Und dann?«

»Vielleicht haben wir was Passendes in der Datenbank. Jemanden mit einem kriminellen Hintergrund?«

»Träum weiter«, meint Zankl.

»Habt ihr denn mal über Geld gesprochen, Hummel, also, ob das reicht mit seiner Pension?«

»Nicht wirklich. Gerry hat mir gesagt, dass sie ihn in die Pensionierung gedrängt haben und dass er seinen Anwalt einschalten musste. Dass es nur 1 600 Euro sind, hätte ich nicht gedacht. Davon hat er nichts gesagt.«

»Hat seine Mutter Vermögen?«, fragt Dosi.

»Nein, ihre Rente als Buchhalterin und ein bisschen Witwenpension vom Ehemann. Der war beim Landratsamt beschäftigt. Das Geld geht laut Anwalt komplett für die Pflege drauf.«

»Halten wir mal fest«, sagt Zankl. »Gerry bekommt eine Pension, die gerade mal so zum Leben reicht. So verbringt er schon fünfzehn Jahre, seit er aus dem Lehrerjob raus ist. Wie klappt das finanziell? Wahrscheinlich immer alles auf Kante. Und zugleich liegen bei ihm gut fünfhundert Euro in bar im Haus rum.«

»Zankl, hast du alle seine Konten gecheckt?«, fragt Dosi.

»Anfrage läuft noch, ob es mehr als das eine Konto bei der Sparda Bank gibt. Wenn er ein Schweizer Nummernkonto hat, kommen wir da natürlich nicht weiter.«

»Die Witze kannst du dir sparen«, sagt Hummel. »Gerry handelte mit Trödel. Da wird oft bar bezahlt ohne Rechnung. Und aus so einem Geschäft könnte ja auch das Geld in dem Umschlag sein.«

Dosi ist skeptisch. »So richtig geschäftlich sieht das mit dem Trödel bei ihm nicht aus. Aus meiner Sicht hat er das eher so hobbymäßig betrieben. Ich bring den Umschlag in die KTU. Vielleicht sind ja Fingerabdrücke drauf, ein Haar, ein Fussel, ich weiß auch nicht. Irgendwas, was uns weiterbringt.«

»Na, da bin ich dann mal gespannt«, sagt Hummel leise, als Dosi den Raum verlässt.

Zankl sieht ihn genervt an. »Warum glaubst du so gar nicht, dass da was faul dran ist, Hummel?«

»Vielleicht ist es ja auch Schmiergeld von diesen Immo-Fuzzis, die ihn anfüttern, weil sie wissen, dass er immer knapp bei Kasse ist.«

»Ja, vielleicht. Vielleicht auch was ganz anderes.«

»Zankl, mir kommt es vor, als ob wir jetzt schon Gerry selbst verdächtigen. Nur weil etwas Bargeld bei ihm im Haus rumliegt. Gerry ist das Opfer! Und Dosi tut so, als wäre er ein Verbrecher, weil fünfhundert Euro in bar in seinem Haus rumliegen. Geht's denn noch?!«

»Hummel, komm runter! Dosi hat völlig recht. Natürlich interessiert uns das, wenn im Haus eines Toten ein Haufen Bargeld rumliegt. Und jetzt erzähl mir mal, was dein Besuch bei diesem Anwalt ergeben hat. Was erzählt er denn über Mutter und Sohn?«

»Also, wie gesagt, die Pflege der Mutter wird aus der Rente der alten Dame und ihrer Witwenpension bezahlt. Gerry war ihr Vormund und hat sich bei allen Angelegenheiten die Pflege betreffend mit dem Anwalt abgestimmt. Familienvermögen liegt laut Anwalt nicht vor.«

»Wer ist denn jetzt der Vormund für Gerrys Mutter? Gibt es andere Verwandte?«

»Nein, das übernimmt der Anwalt. Er rechnet damit, dass sie maximal hundertfünf wird.« Hummel grinst müde.

»Der ist ja lustig drauf«, sagt Zankl. »Hat er sich auch zu Gerrys finanzielle Situation geäußert?«

»Er hat gesagt, dass er ihn dafür bewundert hat, wie er mit so geringen Mitteln klarkommt. Sie hätten damals versucht, ihn bei der Schulgeschichte als berufsunfähig einstufen zu lassen, aber das sei schwierig gewesen und hat letztlich nicht geklappt. Man sei ihm von Seiten der Schule eh schon sehr entgegengekommen angesichts der vielen Dienstvergehen. Er war öfters nicht zum Unterricht erschienen, hatte Prüfungsaufgaben offen im Klassenzimmer liegengelassen. Man hat sich dann bei der Pension auf ein Minimum nach Dienstjahren geeinigt.«

»Und dann liegt bei ihm einfach so viel Bargeld rum?«, grübelt Zankl.

»Jetzt hör doch mal auf mit diesen 500 Euro!«

»550. Mal sehen, was da noch kommt.«

Hummel dreht sich zu seinem Bildschirm und studiert seine Mails.

»Was ist denn jetzt eigentlich mit den Kartons hier im Büro?«, fragt Zankl und deutet auf die Umzugskisten mit den Aktenordnern der Baufirma.

»Ja, das sollten wir auch mal weitermachen«, meint Dosi, die gerade wieder zur Tür reinkommt. »In dem Trubel um Gerrys Tod ist das komplett liegengeblieben. Hummel, was meinst du?«

»Ich hab mir die ersten Kartons schon angesehen. Die Ordner sind nicht beschriftet. Wir werden wohl in alle einmal reinsehen müssen.«

»Und was sind das für Nummern auf den Kartons?«, fragt Dosi.

Jetzt sieht Hummel die kleinen Ziffern an der Schmalseite der Kartons. Er stöhnt auf.

Dosi grinst. »73, 77, 75. Ich tipp mal – Jahreszahlen?«

Hummel sucht den Karton mit der Ziffer 76 und zieht die Ordner heraus. Nach einiger Zeit vermeldet er: »Hier, ich hab's. Tatsächlich. Am Wiesengrund, Wildflecken.« Er holt den Bauplan aus dem Ordner und entfaltet ihn auf dem Besprechungstisch.

Sie beugen sich über den Plan.

»Hey, das ist noch alles handgezeichnet«, staunt Zankl.

»Ja, es gab mal eine Zeit, da waren Computer noch Zukunftsmusik.«

Sie studieren den Plan ausführlich. Im Wohnzimmer ist ein Detail auffällig. Ein Quadrat mit einer feinen doppelten Linie.

»Was ist das? Ein Öltank?«, fragt Dosi.

»Der wäre aber im Keller.« Hummel faltet weitere Pläne auf. »Für den Keller gibt es einen Extraplan, wie auch für den ersten Stock. Der Keller ist unter dem Eingangsbereich. Das Wohnzimmer ist nicht unterkellert.«

»Das ist doch merkwürdig«, murmelt Zankl. »Ich glaube, wir sollten morgen nochmal einen Ausflug dahin machen. Das müssen wir uns in echt anschauen.«

»Und was ist mit Gerry?«, fragt Hummel.

»Der läuft uns nicht davon. Ist eh gut, wenn du mal einen Tag Abstand hast.«

Hummel nickt nachdenklich.

## UNTERM TEPPICH

Auch Mader ist erstaunt, als ihm die Kollegen den Bauplan des Hauses zeigen. Und ein bisschen sauer: »Warum habt ihr das nicht schon am Telefon gesagt? Dann hätte ich mir das schon mal anschauen können.«

»Wir wollen dabei sein, wenn das unterirdische Verlies geöffnet wird«, sagt Dosi.

Mader sieht sie irritiert an.

Dosi lächelt. »Hat nicht jeder eine Leiche im Keller?«

»Du vielleicht, du männermordendes Wesen«, sagt Zankl.

»Obacht, sonst bist du das nächste Opfer.«

Sie ziehen den schweren Teppich vom Wohnzimmerboden weg. Zwischen den Fliesen des Terracotta-Bodens sind haardünne Fugen.

»Verdammt, warum hat das bisher niemand überprüft?«, murmelt Mader.

»Weil es keiner gewusst oder gesehen hat«, sagt Zankl. »Auch ohne Teppich erkennt man das kaum.«

»Und wie geht das auf?«, fragt Hummel.

Selbst für das Messer, das Mader aus der Küche holt, ist die Fuge zwischen Fliesen und Luke zu schmal.

In der Wohnzimmerschrankwand entdecken sie ein Schaltpult, dessen Schalter Zankl alle durchprobiert. Nicht passiert. »Strom gibt's hier nicht?«

Mader schüttelt den Kopf.»Da können wir lange drücken. Wir brauchen Strom. Wo kriegen wir den her?«, fragt

Zankl geht runter in den Keller. Dort checkt er im Schein seiner Handylampe den Stromzähler und die Anschlüsse. »Das ist eine größere Geschichte« murmelt er. »Da ist wahrscheinlich die ganze Zuleitung gekappt worden.« Er entdeckt im selben Kellerraum ein Notstromaggregat. Sehr ähnlich wie das im Ferienhaus seiner Eltern. Er öffnet den Tankdeckel und riecht den Dieselkraftstoff. »Guter Jahrgang. Mindestens dreißig Jahre alt«, sagt er leise und zieht am Anlasserkabel. Vergeblich. Er probiert es nochmal. Nach einigen Versuchen springt der Motor tatsächlich an.

Oben geht tatsächlich die große Deckenleuchte im Wohnzimmer an.

»Es wurde Licht.«, frohlockt Zankl, als er aus der Kellertür heraustritt.

Mader drückt bereits einen Schalter nach dem anderen im Wohnzimmerschrank.

Mehrere Flutlichtlampen im Garten gehen an. Nach Drücken eines weiteren Schalters hören sie ein mechanisches Knirschen. Die Bodenplatte im Parkett senkt sich und öffnet sich zu beiden Seiten wie eine Schleuse. Sie halten die Luft an, als sich vor ihnen der Boden öffnet. Aber kein Bunker, in dem sich Personen beziehungsweise Skelette befinden. Kein Duft von Verwesung aus dem leeren Raum, es riecht kalt und muffig.

»Ein Kartoffelkeller«, scherzt Dosi.

»Bisschen groß«, meint Hummel, »das sind locker drei mal vier Meter.«

Jetzt hören sie ein Röcheln, das ihnen durch Mark und Bein geht. Plötzlich saust braunes rostiges Wasser aus der Wand. Mader drückt hektisch auf die Knöpfe, aber das Wasser läuft unbeirrt weiter. Jetzt wird das schmutzige Wasser auch noch durch eine starke Düse in Bewegung gesetzt.

Dosi lacht auf. »Hey Leute, das ist ja wie beim Pröller. Nur noch besser. Los, wir machen Poolparty!«

»Das ist voll dekadent«, sagt Zankl, »ein Swimmingpool im Wohnzimmer.«

»Ich hab gerade voll das Déjà Vu«, sagt Dosi.

»Tja, wer es sich leisten kann«, bemerkt Hummel. »Mir wäre das ja zu klein.«

»Deswegen auch die starke Strömung«, erklärt Dosi. »Da kann man schon trainieren. Fitness wurde offenbar groß geschrieben in dem Haus hier.«

»Aber leider bringt uns das nicht weiter«, sagt Mader enttäuscht. »Die ganze Bunkeridee können wir uns offenbar abschminken.«

»Naja, vielleicht taucht ja beim Abriss des Hauses noch was auf«, meint Hummel. »Oder der Bunker ist gar nicht unterm Haus, sondern im Garten, im nahen Wald.«

»Ja, super, und wie sollen wir den richtigen Ort finden?«, fragt Zankl.

»Suchen«, sagt Dosi trocken und tritt durch die Terrassentür nach draußen.

Sie überprüfen den Garten Meter für Meter, finden aber keinen Eingang zu einem Bunker.

»Wie lange wollen Sie eigentlich noch hierbleiben?«, fragt Dosi Mader.

»Nicht mehr lange. In ein paar Tagen wird das Haus abgerissen, dann gibt es keine Spuren mehr. Solange schaue ich noch, was ich machen kann. Dann ist es auch gut. Ich hab's versucht. Komisch, ich habe immer noch das Gefühl, dass ich nah dran bin, dass ich irgendwas vor der Nase habe, es aber nicht sehe.«

»Wenn Sie uns nochmal brauchen, dann rufen Sie uns an«, sagt Dosi zum Abschied.

»Mach ich. Danke nochmal.«

Mader ist enttäuscht. Das mit dem Bauplan wäre auch zu gut gewesen. Ein Rettungsraum unter dem Wohnzimmer. Fehlanzeige. Es gibt weiterhin keinen Hinweis darauf, wohin die Familie verschwunden sein könnte. Mader fühlt sich wie ein Verlierer. Er sitzt allein im Wohnzimmer der Villa. Unten im Keller brummt leise der Diesel. ›Wenigstens gibt es jetzt Strom‹, denkt er. Wasser gibt es offenbar auch. Hatte er vorher gar nicht überprüft. Er tritt an das Schaltpult und drückt auf die Knöpfe, bis sich die Schleuse wieder knirschend schließt. Dann dreht er in der Küche den Wasserhahn auf. Braunes Wasser gurgelt heraus, braucht aber nicht lange, bis es klar ist. Er wäscht ein Glas ab und füllt es mit Wasser, probiert vorsichtig. Schmeckt weder rostig noch komisch. Er sucht eine Schüssel und füllt sie, sieht zufrieden, wie sich Bajazzo draufstürzt.

Mader findet die ganze Atmosphäre in dem Haus immer noch gespenstisch. Ein Haushalt, der bei Hochbetrieb plötzlich verlassen wurde. Dessen Bewohner aus dem Leben gerissen wurden. Sagt man so? Oder trifft das nur bei einem Verkehrsunfall zu? In der Spüle stehen sogar noch zwei benutzte Teetassen von damals. Also vermutlich. Oder sind die von den damals ermittelnden Beamten? Hier hat nie jemand aufgeräumt nach der kriminaltechnischen Untersuchung des Hauses. Ob es damals eine Haushälterin gab? Wahrscheinlich. Solche Leute machen nicht alles selbst. Aber diese Haushälterin wird wohl nicht mehr leben, denn Leute mit einem solchen Job sind meistens schon ältere Semester. Das alles ist vor dreißig Jahren passiert. Aber wer weiß. Er ruft Dr. Günther an, um zu fragen, ob es damals eine Haushälterin gab. Mader erfährt, dass das der Fall war und die Haushälterin Gertrud Müller hieß und aus München kam. Ein Allerweltsname in der Großstadt. »Na fein«, murmelt er.

Auch Dosi ist wenig begeistert, als Mader sie damit beauftragt nachzuforschen, ob die Frau noch lebt. »Gertrud Müller, exotischer geht es nicht«, murrt sie. »Ich hatte eigentlich nach unserem kleinen Ausflug heute nichts mehr vorgehabt.

»Morgen früh reicht, Doris«, verabschiedet sich Mader von ihr am Telefon.

## VISION

*Liebes Tagebuch,*

ich hatte gerade eine komische Vision. Vielleicht gibt es in meiner Wohnung auch einen verborgenen Raum, also im übertragenen Sinne. Ich drück auf einen Knopf und der Boden öffnet sich und da ist ein dunkler, feuchter Raum voll dunkler Gedanken und Geschichten. Habe ich denn überhaupt eine dunkle Seite? Ich hoffe nicht. Vielleicht eine melancholische, aber die hat doch jeder, oder? Wo kommen bloß diese Gedanken her? Vielleicht sollte ich einen surrealistischen Roman schreiben. Mit einem Haus als Hauptfigur, einem Hotel zum Beispiel. Da öffnet der Rezeptionist dann von seinem Schaltpult am Empfang jede Nacht die Luken und spanischen Türen, hinter denen die Geister des Hauses wohnen und die die Hotelgäste in Angst und Schrecken versetzen. Das Ganze ist natürlich nur ein Sinnbild für die Komplexität und die Abgründe der menschlichen Existenz. Nicht mehr und nicht weniger. Ja, das wär's. Ein großer verschachtelter Roman mit 1 200 Seiten. Und wie nenne ich das Werk? Das ist ja immer das wichtigste. Geister. Nein, das gibt es schon. Von Ibsen oder wie dieser Schwede heißt. Nein, das Stück heißt Gespenster. Geister ist vielleicht noch frei! Toll! Ich könnte sofort anfangen. Mit Seite 1 von 1 200. Oje …

## THAI BO

Dosi startet gleich morgens mit Maders Auftrag. Und ist erstaunt, dass es im fortgeschrittenen Alter gar nicht so viele Gertrud Müllers in München gibt. Eigentlich kommt nur eine Gertrud Müller altersmäßig infrage. Und tatsächlich bestätigt sie am Telefon, früher für die Winklers den Haushalt geführt zu haben.

Sie treffen sich am späten Vormittag im Altersheim am Jakobsplatz. Dosi ist erstaunt – die sehr alte und sehr rüstige Frau zeichnet ein klares Bild von der Familie Winkler. Von dem gefühlskalten Politiker und seiner zarten Frau mit den drei kleinen Kindern.

»Um den Winkler war's damals nicht schad, der war ein echtes Schwein«, sagt Frau Müller mit einem kalten Lächeln, »ein wirklich rücksichtsloser Mensch.« Dann wird ihr Blick ganz weich. »Aber seine Familie – so eine nette Frau und wirklich reizende Kinder. Das war schon tragisch.«

»Haben Sie denn eine Idee, was mit ihnen passiert sein könnte?«

»Naja, die werden sie halt entführt haben.«

»Wen meinen Sie mit ›die‹?«

»Na, die Leute, mit denen sich der Winkler immer angelegt hat, mit den Linken vor allem. Der Winkler war ein richtig scharfer Hund.«

»Aber warum hätten die seine Familie entführen sollen?

Winkler wurde doch erschossen. Dann konnten sie ihn ja nicht erpressen?«

»Es wird halt was schiefgegangen sein bei der Entführung. Ich glaube, da ist etwas Schreckliches passiert und man hat die Leichen der Frau und der Kinder irgendwo im Wald verscharrt.«

»Waren Sie denn an dem Tag im Haus, als das alles passiert ist?«, fragt Dosi.

»Nein, ich hatte frei. Wenn der Winkler Urlaub hatte, wollte er keine anderen Leute im Haus sehen. Dann musste seine Frau kochen. Was für ein Unsinn! Wo die doch schon mit der Erziehung der Kinder so viel zu tun hatte. Drei wirklich reizende Kinder, sehr lebhaft.«

»Und wo waren die Personenschützer an diesem Abend?«

»Die waren im Gartenhaus. Wie immer. Auch im Winter. Die armen Männer, ganz junge Burschen.«

»An diesem Abend ebenfalls?«

»Das weiß ich nicht«

»Wirklich nicht? Offenbar war niemand da, als es passierte.«

»Die Emma Winkler, das war eine sehr nette Frau. Manchmal hat sie die Polizisten abends weggeschickt.«

»Warum?

»Naja, damit sie mal was Gscheids essen im Wirtshaus, eine heiße Suppe. Ich durfte denen ja nix kochen. Wollte der Winkler nicht. Aber Frau Winkler konnte das kaum ansehen, dass die jungen Männer da in der Kälte draußen sein mussten. Also hat sie sie manchmal weggeschickt.«

»Aha.«

»Vielleicht auch, weil sie einfach mal ihre Ruh haben wollte.«

»Und was hat ihr Mann dazu gesagt.«

»Das war ihm egal. Der Winkler hatte vor nix Angst. Er fand das mit dem Personenschutz immer übertrieben.«

Dosi nickt nachdenklich.

Frau Müller steht auf. »So, ich hab jetzt noch Termine, ich muss los.«

»Wohin denn?«, fragt Dosi erstaunt.

»Jetzt ist gleich Wassergymnastik und anschließend Thai Bo.«

»Kickboxen? Echt jetzt?«

»Würde Ihnen auch gefallen.«

»Machen da auch Männer mit?«

»Das wäre ja mal was. Leider wird in meinem Alter die Auswahl dünn.«

Dosi geht nachdenklich ins Präsidium zurück. Aufgeweckte Frau, die Gertrud Müller. Weiß genau, was damals los war. Die ganze Geschichte ist oberfaul. Die zwei Personenschützer sind nicht auf ihrem Posten und schon passiert etwas. Warum sind die einfach gegangen? Nur weil sie durften? Der Tonfall von Frau Müller. Da war irgendetwas. Soll sie sie noch einmal befragen? Nein, die sagt nur das, was sie auch sagen möchte. Sie muss rauskriegen, wer die Beamten damals waren und was aus ihnen geworden ist. Suspendiert wahrscheinlich. Wenn einer von denen noch im Polizeidienst ist, dann sicher in keiner gehobenen Position.

Mittags in der Kantine berichtet Dosi den anderen von ihren neuen Erkenntnissen.

»Interessant«, meint Zankl. »War Günther nicht auch mal beim Personenschutz?«

»Echt jetzt?«, fragt Dosi.

»Ich bilde mir ein, dass er irgendwann mal so was erwähnt hat. Bei einer seiner Selbstbeweihräucherungsorgien auf irgendeiner Fortbildung. Seine Geschichte – auf dem harten Weg zu den Sternen …«

»Jetzt mach ihn mal nicht so schlecht. Ich finde, dass es seit einiger Zeit eigentlich ganz gut mit ihm klappt.«

»Ja, er lässt uns in Ruhe«, gibt Zankl zu. »Ganz anders als früher. Da hat er sich in jeden Mist eingemischt. Wird halt auch älter. Glaubt ihr, dass er einer der Sicherheitsbeamten war? Also, die dann nicht auf ihrem Posten waren?«

»Dann hätte er es wohl kaum zum Dezernatsleiter geschafft«,

sagt Dosi. »Wenn dir sowas passiert, dann wird das nix mit der Karriere.«

Hummel zuckt mit den Achseln. »Naja, vielleicht waren seine weiteren Leistungen so außergewöhnlich, dass man ihn trotz des Anfängerfehlers immer weiter befördern musste.«

»Ich werde mal recherchieren, wer damals die beiden Unglücksraben waren«, sagt Dosi.

Dosi kniet sich rein und braucht nicht lange, um die Namen der zwei Polizisten herauszukriegen. Hans Weber und Frank Wimmer. Beide Polizisten wurden strafversetzt, Weber ist inzwischen einem Krebsleiden erlegen, Wimmer ist nach einem zögerlichen Einstieg am Telefon dann doch dazu bereit, mit Dosi zu reden.

»Erzählen Sie mir einfach, wie diese Nacht damals für Sie war«, bittet sie ihn.

»Es war eine eiskalte Winternacht. Wir froren wie die Schneider, als wir da in dem Gartenhaus saßen und durch die Eisblumen zu der Villa rüber schauten. In dem Gartenhaus gab es nur eine kleine Elektroheizung, die irrsinnig viel Strom verbrauchte, aber nicht wirklich heizte. Frau Winkler kam rüber und bat uns, doch ins Haus zu kommen. Das ging nicht. Denn ihr Mann wollte das nicht. Sie meinte, wir sollten zumindest solange im Haus bleiben, bis ihr Mann von seinen Terminen zurückkam. Der Fahrer würde vorher immer kurz bei ihr durchrufen. Das wollten wir nicht. Wegen eines ähnlichen Vorfalls bei den Kollegen war Winkler schon einmal ausgeflippt. ›Keine Fremden in meinem Haus!‹, hat er gebrüllt. Fremde! Was für ein Depp! Wir haben ihn beschützt. Er kam an diesem Abend dann auch tatsächlich sehr bald nach Hause. Frau Winkler hat uns überredet, dann wenigstens für eine Stunde ins Wirtshaus im Dorf zu gehen, um eine Suppe zu essen. Ich wollte nicht, aber mein Kollege war völlig durchgefroren. Ich ließ mich breitschlagen mitzugehen.«

»Winkler wusste, dass er unbewacht war?«

»Das war ihm generell egal, er fühlte sich unangreifbar und faselte immerzu von seinem Waffenschrank. Jedenfalls waren wir in dieser Nacht so durchgefroren, dass wir auf Frau Winklers Wunsch hin tatsächlich unseren Posten verließen. Was für ein Fehler! Als wir zurückkamen, sahen wir das ganze Chaos, die zertrümmerte Fensterscheibe, die offene Haustür. Von den Bewohnern gab es keine Spur. Auch nicht im Schnee, denn es stürmte heftig. Wir riefen sofort die Kollegen und suchten Haus und Wald ab. Winkler wurde recht bald gefunden. Tot. Erschossen mit einer Schrotflinte. Aber seine Familie war und blieb spurlos verschwunden. Wir machten uns Riesenvorwürfe, weil wir unseren Posten verlassen hatten. Wir hatten versagt. Was mir am meisten im Kopf herumging: Die Leute, die das gemacht haben, wussten offenbar ganz genau, dass wir nicht auf unserem Posten waren. Als hätten sie das abgewartet. Aber egal, es war unser Fehler. Ein Fehler und schon geriet die Welt aus den Angeln. Ich war noch ganz jung. Mein Kollege ebenfalls. Man hat uns nicht entlassen, sondern noch eine Chance gegeben. Wir haben sie beide genutzt. Mehr kann ich Ihnen dazu nicht sagen. Ermitteln Sie denn wieder in dem Fall?«

»Das Haus wird abgerissen. Wir wollten nochmal einen letzten Blick auf den Sachverhalt werfen.«

»In wessen Auftrag?«

»Kann ich nicht sagen.«

»Werden Sie es mir mitteilen, wenn Sie den Fall tatsächlich noch aufklären?«

»Ja, natürlich. Vielen Dank nochmal.«

Dosi legt auf und grübelt. Der andere war also die treibende Kraft, dem Wunsch der Politikerfrau nachzuggeben, den Posten für einige Zeit zu verlassen. Sagt Wimmer das jetzt, um die Schuld auf den anderen abzuwälzen? Unsinn, über Tote spricht man nicht schlecht. Der Kollege klang ganz bei sich. Der hat seinen Frieden gemacht mit seiner verstolperten Karriere und ist zufrieden mit seinem Job bei der Schutzpolizei.

## GUTER POLIZIST

Dosi besucht am Nachmittag die Witwe des zweiten Personenschützers in einer kleinen Zweizimmerwohnung in Laim. Während die Witwe spricht, knetet sie heftig ihre Hände. Ja, das hätte ihren Mann damals sehr belastet, dass er und sein Kollege nicht auf ihrem Posten geblieben waren. Aber Winklers Frau hätte es ihnen ja ausdrücklich gestattet, sich zu entfernen. Sie erklärt es, als müsste sie ihren Mann noch heute verteidigen.

»Ist das Ihr Mann?«, fragt Dosi und deutet auf eins der vielen Fotos im Wohnzimmer. Immer wieder derselbe attraktive Mann in Begleitung seiner Frau, seiner Kinder, seiner Kollegen. Ein glücklicher Mensch offenbar.

»Ja, das ist mein Mann.«

»War seine Karriere wegen der Sache zu Ende?«

»Nein. Es war in Ordnung. Er wurde strafversetzt. Aber er war ein guter Polizist. Er hat noch Karriere gemacht. Im Rahmen seiner Möglichkeiten. Er war Schichtführer bei der Bereitschaftspolizei. Bis die verdammte Krankheit ausbrach. Seine letzten zehn Jahre hatte er immer wieder mit dem Krebs zu kämpfen.«

Auf dem Weg zurück ins Büro gehen Dosi die Bilder in dem Wohnzimmer der Witwe durch den Kopf. Ist das alles, was bleibt, wenn der Besuch auf der Erde zu Ende ist? Ein paar Fotos, ein paar Erinnerungen, Menschen, die an einen denken, die jede Woche zum Grab gehen und die Blumen gießen? Klar, nicht jeder muss tiefe Spuren auf diesem Planeten hinterlassen wie Neil Armstrong auf dem Mond. Irgendwas war mit den Bildern. Nicht der Polizist selbst. Die anderen Leute. Ein Gesicht. Einer seiner Freunde. An wen hat es sie spontan erinnert? An Dr. Günther? Der ist kein wirklich auffälliger Typ, aber sein Blick ist schon speziell, das immer leicht ironische, listige Funkeln. War es auch auf einem der Fotos bei der Polizistenwitwe zu sehen gewesen? Kann sein.

Im Büro stellt sie fest, dass Hummel und Zankl schon weg sind. Sie sieht auf die Uhr. Halb sieben. So spät auch wieder nicht. Die faulen Hunde. Sie fährt den PC hoch und durchforstet das Internet nach Bildern von Dr. Günther, findet aber nur weitgehend aktuelles Material. Bis ihr einfällt, wo es ein altes Bild von Dr. Günther gibt. Sie geht in den Schießkeller runter, wo im Gang ein altes Gruppenfoto hängt, auf dem auch er zu sehen ist. Sie betrachtet das Bild nachdenklich. Die besten Schützen des Präsidiums von 1992. Dr. Günther in jungen Jahren. Ja, das könnte dieselbe Person sein wie auf den Fotos bei der Polizistenwitwe. Gibt es da eine Verbindung zu einem der beiden Polizisten? Oder zu beiden? Gibt es eine gemeinsame Geschichte? Waren sie befreundet gewesen? Dr. Günther hat Mader den Auftrag erteilt. Was hat er für ein persönliches Interesse an dem alten Fall? Ist er doch stärker involviert? Sie wird die Witwe nochmal anrufen und konkret nach Dr. Günther fragen. Oder den anderen Polizisten. Jetzt ist es zu spät, sie muss bis morgen warten. Oder soll sie schauen, ob Dr. Günther noch im Haus ist und ihn persönlich fragen? Nein, lieber nicht. Sie kann sich nicht wirklich an positive Begegnungen mit ihm erinnern. Außerdem: was würde er bei einer solchen Nachfrage denken? Günther will ja, dass Mader den Fall diskret nochmal aufrollt. Offiziell darf sie das alles ja gar nicht wissen. Wie stünde Mader dann da? Dass er seinen Mund nicht halten kann. Nein, sie kann Günther nicht direkt fragen. Aber sie sollte Mader mitteilen, was sie herausbekommen hat. Puh, ihr schwirrt der Kopf. Sie sieht auf die Uhr. Jetzt doch schon nach acht. Vielleicht geht Fränki mit ihr noch auf ein Bier.

## COOOL

Am nächsten Tag ist Zankl noch immer im Netz unterwegs, um mehr Daten über Gerry zu sammeln. Seine Ausbeute ist allerdings sehr dürftig. Digital ist Gerald Schimmelpfennig kaum präsent. Kein Profil in den sozialen Medien, keine Erwähnungen bei Vereinen oder in der Presse. Ein paar alte Bilder von Schulveranstaltungen, von einer Klassenfahrt nach Rom.

Hummel klickt sich durch die Internetseite seines ehemaligen Gymnasiums, um zu sehen, ob es noch Kollegen von damals gibt, die zur selben Zeit wie Gerry unterrichtet haben. Tatsächlich findet er ein paar Namen, die er kennt. Würde er von den Leuten noch etwas über Gerry erfahren, das ihnen weiterhilft?

Dosi hat die Witwe des Personenschützers von damals noch nicht erreicht, um sich bei ihr über eine mögliche nähere Bekanntschaft ihres Mannes zu Günther zu erkundigen. Den Kollegen will sie erst danach fragen. Sie vertieft sich in ihre Mails.

»Darf ich stören?«, fragt ein sehr junger Mann mit blondem Bürstenkopf. »Grindel, KTU.«

Dosi blickt von ihrem Bildschirm auf. »Sie sind neu bei uns?«

»Ziemlich.«

Sie lächelt ihn an. »Roßmeier, oder einfach Doris.«

»Gerne. Bernd.« Er streckt ihr die Hand hin.

»Das sind Zankl und Hummel«, sagt Dosi und deutet zu den Jungs.

»Hallo Bernd«, sagen diese gleichzeitig und widmen sich wieder ihren Bildschirmen.

»Ich bin wegen des Umschlags hier«, erklärt Bernd. »Mit dem Geld.«

»Und, irgendwas auffällig? Fingerabdrücke?«, fragt Dosi.

»Ja.«

»Aha?«

»Deine.«

»Haha. Sonst?«

»Die vom Toten.«

»Keine weiteren Spuren?«, sagt Dosi enttäuscht.

»Zumindest keine Fingerabdrücke.«

»Bernd, mach es nicht so spannend!«

»Paar Fussel, Hautschuppen.«

»Komm, gib Gas!«

»Wann hast du uns den Umschlag gegeben? Vor einer Woche?«

»Ist ja gut. Gestern. Bis wann wissen wir, ob die Partikel von dem Toten sind?«

»Das wissen wir bereits. Sie sind nicht von ihm.«

»Aha?«

»Wir lassen die Daten noch durch die Systeme laufen.«

»Die Hoffnung stirbt zuletzt.«

»Ja, man weiß nie. Ich denke, heute Nachmittag bekommen wir den endgültigen Laborbefund.«

»Cool. Vielen Dank.«

»Schönen Tag noch.« Bernd tippt sich an die Stirn und verschwindet.

»Cooool«, echot Zankl. »Hey, Dosi, heute so fresh?«

»Fesch, mein Lieber, das war doch ein fescher Junge!«

Zankl hebt die Augenbrauen. »Aha?«

»Der ist zu jung für mich. Ich steh auf Männer mit Gebrauchsspuren.«

»Dann bin ich ja raus«, murmelt Hummel.

»Gerade du, Hummel. Schaust wohl nie in den Spiegel?«

»Na, danke. – Aber ich finde auch, dass in dem ›cool‹ so eine Schwingung war. Ich werde mal Fränki fragen, ob das bei dir immer so klingt.«

»Sexy, meinst du?«

»Das hast du gesagt.«

»Bitte keine großen Emotionen am Arbeitsplatz!«, warnt Zankl die beiden Kollegen.

»Ich kann flirten, mit wem ich will«, entgegnet Dosi.

»Wenn du meinst.«

»Jungs, bleibt mal ganz locker. Ihr seid doch auch nicht aus Stein. A bisserl nett sein und schon klappt alles besser – auch im Büro.«

»Wenn du das sagst.«

Dosi springt auf. »Oh, Mann! Ich muss nochmal weg.«

»Zu Bernd?«, fragt Zankl.

»Nein. Ich hab eine Idee. Ich muss nochmal in Gerrys Haus. Erzähl ich euch später dann.«

Hummel steht ebenfalls auf. »Ich komm mit. Also nicht zu Gerry, sondern zur Baustelle in der Nähe der Kleingartenanlage. Ich check das mit dem Kabel.«

»Ein paar Meter Kabel? Auf einer Riesenbaustelle?«

»Ja mei, einen Versuch ist es wert.«

»Dann können wir ja gemeinsam Bus fahren.«

»Ich nehm das Rad, Dosi. Wir treffen uns dann hinterher.«

## ROTE PUMPS

Dosi hat eine sehr genaue Vorstellung, wonach sie in Gerrys Haus sucht. Sie geht direkt zur Abstellkammer. Ja, da ist er, der Schuhkarton mit den Briefumschlägen. Sie zieht die Einweghandschuhe an. Große Briefumschläge, kleine, mit Sichtfenster, ohne Sichtfenster. Sie interessiert sich nur für die Standardumschläge ohne Sichtfenster. Neu sind sie nicht. Das sieht man. Aber zugeklebt waren sie nicht. Ja, Gerry ist keiner, der etwas wegschmeißt. War da ebenfalls Geld drin? Eine weitere Aufgabe für Bernd. Sie klemmt sich den Schuhkarton unter den Arm und verlässt das Haus.

»Frau Roßmeier!«, unterbricht eine scharfe Stimme ihre Gedanken.

Dosi sieht auf und schaut Hummels Kleingartennachbarin ins Gesicht. »Ah, Frau Wittkopf. Mal wieder neu … Äh, gibt's was Neues?«

»Das fragen Sie mich?«

»Ja, Sie kriegen doch viel mit, Frau Wittkopf.«

»Wie meinen Sie das?«

»Hatte Herr Schimmelpfennig denn gelegentlich Besuch?«

»Nicht, dass ich wüsste.«

»Freunde? Außer Herrn Hummel.«

»Ja, früher den Vorgänger von Herrn Hummel im Kleingartenverein, den Herrn Rottluff.«

»Die verstanden sich gut?«

»Ja, die saßen oft zusammen. Das war auch jemand, der nichts wegwerfen konnte. Kommen Sie denn voran mit Ihren Ermittlungen?«

»Wie kommen Sie auf die Idee, dass wir ermitteln?«

»Naja, Sie sind schon wieder hier?«

»Reine Routine. Ich war gerade in der Gegend.« Sie bemerkt Frau Wittkopf misstrauischen Blick auf den Karton und erklärt: »Ich war vorhin Shoppen. Ein Paar rote Pumps. Ich muss heute Abend noch in die Oper und bei meinen alten Schuhen ist mir das letzte Mal ein Absatz abgebrochen. Auf dem Weg in die Oper. Der ganze Abend war versaut. So, ich muss los, Wiederschaun.«

»Ja, auf Wiedersehen.«

›Hoffentlich nicht‹, denkt Dosi. ›Der arme Hummel. Wenn man sich für einen Schrebergarten entscheidet, sollte man sich vorher genau ansehen, wer da neben der eigenen Scholle zugange ist. Sonst wird das nichts mit der Erholung.‹ Sie verstaut den Schuhkarton in ihrem Rucksack. Dann wählt sie Hummels Nummer. »Hi Hummel, bist du noch auf der Baustelle?«

»Ja, und du bist fertig?«

»Ich bin durch mit Gerrys Haus. Wo treff ich dich?«

»Bei der Baustelle. An der Tiergartenstraße kurz vor dem Flamingo-Eingang. Da steht so ein Dixi-Klo. Immer der Nase nach.«

»Haha, sehr gut. Bis gleich.«

Dosi spaziert durch die Kleingartenanlage, bewundert die späte Blütenpracht und die Hollywoodschaukeln. Schon schön. Aber am besten ist es eigentlich jemanden zu kennen, der hier einen Garten hat. Wie Hummel. Paar Mal im Jahr zum Grillen kommen, bisschen chillen, und das ist es dann. Kein Stress mit irgendwelchen spießigen Nachbarn. Als sie am südlichen Ausgang die Anlage verlässt, ist der Baulärm der Großbaustelle bereits zu vernehmen. ›Idylle hört sich anders an‹, denkt sie. ›Und wenn erstmal Gerrys Grundstück bebaut wird, dann mal viel Spaß hier.‹ Sie kann sich die gerichtlichen Auseinandersetzungen der Kleingärtner mit der großen Immobilienfirma bestens vorstellen.

Hummel wartet tatsächlich neben dem Dixi-Klo beim Flamingo-Eingang des Zoos.

»Ah, ich liebe Kaugummi«, sagt Dosi naserümpfend.

»Also, wenn Kaugummi so komisch riecht, wäre ich sehr vorsichtig.«

»Und, hast du was rausgekriegt, Hummel? Fehlen hier ein paar Meter Kabel?«

»Ich hab mit dem Kapo gesprochen. Hier werden ständig Sachen geklaut. Die haben zwar einen Wachdienst, aber es verschwinden trotzdem immer wieder Dinge. Besonders beliebt sind Elektrosachen aller Art. Schalter, Kabel, Baulampen. Alles, was sich relativ leicht abtransportieren lässt.«

»Okay, aber hast du speziell wegen dem Elektrokabel gefragt?«

»Eigentlich würde man ein paar Meter Schwund nicht merken, aber offenbar hatten die vor ein, zwei Wochen den Fall, dass sie ein Büro für die Maler nicht fertigstellen konnten, weil ein paar Meter von der letzten Kabelrolle fehlten und die Elektriker die Kabelschächte nicht bestücken konnten. Das Material ist relativ genau bestellt. Die mussten neues Kabel holen und die Maler haben dadurch einen halben Tag verloren. Das ist alles ziemlich auf Kante gestrickt mit dem Material und den Handwerkern.«

»Was ist mit der leeren Rolle passiert?«

»Die ist zurück zum Hersteller. Vergiss es. Die sind nicht nummeriert. Die gehen einfach zurück, werden neu gewickelt und anschließend gleich wieder ausgeliefert.«

»Bist du jetzt enttäuscht?«

»Ach, nein, Dosi. Was willst du schon wirklich rauskriegen auf so einer Großbaustelle? Mir geht's eher darum rauszukriegen, ob das prinzipiell so denkbar wäre. Und so könnte es tatsächlich gewesen sein: der Täter will die Tat oder den Totschlag verschleiern und organisiert in der Nähe etwas, damit er es wie Suizid aussehen lassen kann.«

»Aber ist das nicht komisch? In Gerrys Haus liegt doch alles Mögliche rum. Da gibt es doch bestimmt irgendwelche Kabel, Taue, Seile. Da hätte der Täter sich doch bedienen können.«

»Guter Punkt. Dann müsste derjenige gut Bescheid gewusst haben über Gerrys Trödel. Wenn unser Täter das Kabel schon mitgebracht hat, dann fällt Totschlag aus. In dem Fall wäre der Besucher ja bereits mit dem konkreten Tötungsvorsatz zu Gerry gekommen. Und mit dem Willen, seine Tat als die eines Selbstmörders zu tarnen.«

Dosi nickt. »Kann sein, puh, trotzdem schwierige Sache. Also, wenn wir keine konkreten Spuren einer weiteren Person am Tatort haben.«

»Und was hast du rausgekriegt? Du warst nochmal in Gerrys Haus?«

»Ja, ein letzter Blick.«

»Und?«

»Mal sehen. Ich hab da so 'ne Theorie.«

»Ich höre?«

»Gib mir ein bisschen Zeit. Ich muss noch etwas drauf rumdenken. Ob wir denn hier in der Gegend irgendwo einen Kaffee bekommen?«

»Da drüben in der ehemaligen Kunstmühle ist eine Kaffeerösterei.«

»Klingt doch gut. Vielleicht haben die auch was Süßes dazu. Ich brauch Kalorien, mich friert. Ist echt kalt geworden.«

»In meinem Herzen auch.«

»Das wird schon wieder, Hummel.«

»Ich mein's ernst. Das mit Gerry nimmt mich schon mit. Was hast du da eigentlich in deinem Rucksack?«

»Ein Paar Schuhe vom Schuster. Rote Pumps.«

»Echt jetzt?«

»Mörderteile. Willst du …?«

»Lass mal.«

## EISKALTE NACHT

Mader hat tief geschlafen, traumlos. Es ist bereits später Nachmittag, als er fröstelnd vom Sofa im Wohnzimmer der Villa aufsteht. Bajazzo blinzelt, springt auf, winselt. Mader hatte sich vorhin nur kurz auf der Couch im Wohnzimmer hingelegt, weil ihm der Kopf brummte vor lauter Grübelei, was damals in dem Haus passiert sein könnte.

»Ja, mein Lieber, wir gehen gleich Gassi.« Mader schaut aus dem Fenster, ist verblüfft. Draußen liegt Schnee. Plötzlicher Wintereinbruch. Der Herbst ist vorbei. Mader schüttelt sich, sieht seinen Atemwolken hinterher. Selbst hier drinnen ist Winter. Er zieht den Mantel an und geht mit Bajazzo nach draußen. Es ist kalt, aber trocken. Die untergehende Sonne wird vom Schnee reflektiert, ein Greifvogel landet in einer hohen Fichte, Schnee stäubt, glitzert. Bajazzo kläfft. Von dem Vogel ist nichts mehr zu sehen. Mader ist total geflasht. Die Stille überwältigt ihn. Der Himmel scheint zu glühen. Das Gold geht in strahlendes Rosa über. Mader könnte nicht sagen, ob es eine Morgen- oder Abendstimmung ist. Er weiß es natürlich. Es ist Abend und er muss langsam an den Rückweg zum Wirtshaus denken. Bald wird es dunkel und er möchte nicht unbedingt allein durch den finsteren Wald laufen. Aber noch ist es nicht dunkel. Alles strahlt. Könnte er auf dem Land leben? Eigentlich nicht, aber die stille und erhabene Schönheit des Waldes berührt ihn. Warum eigentlich nicht aufs Land ziehen? Um die sozialen Kontakte geht es ja nicht, die hat er auch in München eher nur spärlich. Aber das Gefühl, immer Menschen um sich herum zu haben, ist ihm schon wichtig. Er will mit Bajazzo im Park spazieren, an der Isar, er will nicht länger als eine halbe Stunde unterwegs zur Arbeit sein. Aber ein Häuschen hier draußen fürs Wochenende, das wäre wirklich nicht schlecht. Einfach mal von dem ganzen Lärm und der Hektik abschalten.

Er schaut zum Abendhimmel hoch, der jetzt Neonpink glüht und von einem weißgoldenen Kondensstreifen durchzogen wird. Kurz kommt ihm der Gedanke, was wäre, wenn sich an der Nahtstelle der Himmel öffnet und dahinter etwas ganz anderes zum Vorschein käme. Was? Eine Parallelwelt wie Mittelerde? Quatsch. Er ist hier keine hundert Kilometer von München entfernt, das ist immer noch dieselbe Welt, die auch keine anderen Ausblicke gestattet. Und er ist nicht zufällig hier, sondern weil Günther ihn gebeten hat in einem alten Fall zu wühlen, in einem eiskalten Fall. Ist der Fall wirklich kalt? An einem Ort, wo die Uhren so viel langsamer gehen als in München.

Wer immer das damals getan hat, einen Politiker umgebracht, vielleicht sogar für das Verschwinden der Familie gesorgt hat, der lebt vielleicht immer noch im selben Dorf und hat sein Geheimnis drei Jahrzehnte lang für sich behalten. Nein, es gibt keine kalten Fälle. In irgendwem leben sie immer weiter. Schuld ist nichts, was verjährt, einfach verschwindet, da ist er sich sicher. Ja, irgendwie hat er das Gefühl, dass das Verbrechen gerade erst passiert ist. Das Haus ist ein totenstilles Mausoleum, das noch immer den Geist seiner ehemaligen Bewohner atmet. Wer immer das getan hat und noch am Leben ist, der weiß genau, was er getan hat.

Wird er das aufklären können? Wenn er ehrlich ist – er glaubt es nicht. Morgen wird sein letzter Tag hier sein, übermorgen rücken die Baufahrzeuge an, die Bagger, um das Haus dem Erdboden gleichzumachen. Schade eigentlich. Das Haus ist nicht baufällig. Aber es hat eine dunkle Geschichte. Kann man hier wohnen, wenn man weiß, was hier passiert ist? Wenn der Bauschutt weg ist, wird der Schnee das alles gnädig bedecken. Und im nächsten Frühjahr wird hier ein neues Haus gebaut. Vielleicht für eine Familie. Dann ist das alles vorbei, Geschichte.

»Komm, Bajazzo, wir gehen zurück. Ich hol noch meine Tasche, dann geht's ins Dorf und wir essen was Schönes.«

Sie stapfen durch den knirschenden, frischen Schnee. Alles glitzert. Mader saugt die Stimmung ganz in sich ein, die Schönheit der Natur. Absolut überwältigend. Als er das Haus sieht, wundert er sich kurz. Das Licht im Wohnzimmer brennt. Dann fällt es ihm ein. Er hat es absichtlich angelassen, weil das Licht im Eingangsbereich nicht geht und man im dunklen Vorraum schnell gegen die Kommode stößt, wenn man nicht aufpasst, so wie es ihm gestern passiert ist. Das Licht in den Fenstern beruhigt ihn. Ein Haus im Wald mit zwanzig Zentimetern Schnee auf dem Dach und warmem Licht hinter den vergitterten Fenstern. Ja, schade, dass man das Haus einfach abreißen will.

Er tritt fest auf den Rost vor der Tür, um den Schnee aus dem groben Profil seiner Schuhe zu kriegen und sperrt auf. Dreht sich um. War da ein Geräusch? Der Wald ist schon fast dunkel. Was für ein Geräusch? Etwas Metallisches? Unsinn, was soll das sein? Das rotgoldene Licht, das gerade noch jedes Detail, jeden Ast, jede Furche der Rinden und die Nadeln bis ins kleinste Detail scharfzeichnete, ist verschwunden, wie schwarzer Nebel drückt die Dunkelheit in den Wald. Verdammt, jetzt muss er doch im Dunkeln ins Dorf zurückgehen. Er wird nur noch schnell seine Tasche mit den Unterlagen holen und dann das Haus verlassen. Eine Sturmbö fegt Schnee aus den Bäumen direkt auf ihn hinab. Er flucht. Ein Blitzt zuckt durch den finsteren Himmel. Er beeilt sich reinzugehen und die Tür hinter sich zu schließen. Vielleicht sollte er besser im Haus bleiben? Es blitzt wieder. Draußen rumpelt es. Erschrocken sieht er aus dem Küchenfenster. Eine Dachlawine ist vor dem Fenster niedergegangen. Er schüttelt den Kopf, fragt sich: ›Warum bin ich so schreckhaft?‹ Er sieht im Schein des Küchenlichts Eiskristalle durch die Luft wirbeln. Der Sturm peitscht Schnee an die Scheibe. Abmarsch verschoben. Auf unbestimmte Zeit. Bis das Unwetter vorbei ist. Notfalls wird er hier übernachten. Hoffentlich ist genug Diesel im Notstromaggregat, damit er zumindest Licht hat. Wenn schon die Heizung nicht geht. Aber er könnte den Kamin in Betrieb nehmen.

Er geht ins Wohnzimmer und öffnet den Abzug im Schornstein über der Feuerstelle. Sogleich spürt er den kalten Luftzug, hört das Heulen des Windes. Ein Stück alte Zeitung, ein paar Späne und darauf armdicke Holzscheite. Das Zeitungspapier geht in einer blauen Flamme auf, die Späne fangen sofort Feuer, schon knackt es und die Flammen ziehen nach oben. Mader legt zwei Scheite nach und macht sich eine Tasse Tee. Dann setzt er sich wieder in den Ohrensessel, schließt die Hände um die warme Tasse, starrt in die Flammen, abwesend und anwesend zugleich. Das Knacken des Holzes mischt sich mit dem Heulen des Winds, Bajazzo rollt sich zu seinen Füßen ein. Mader stellt die Teetasse ab und schließt für einen Moment die Augen. Sieht das zuckende Orange des Kaminfeuers durch die geschlossenen Lider.

Als er aufwacht, ist das Feuer runtergebrannt, die Glut schimmert rot. Es ist wieder kalt geworden. Er sieht seinen Atem. Wie lange hat er geschlafen? Er ist aufgewacht, weil Bajazzo gebellt hat. Warum? Ächzend erhebt sich Mader, spürt den heftigen Druck auf der Blase und geht aufs Klo. Als er wiederkommt, steht Bajazzo winselnd an der Eingangstür.

»Nicht wirklich, ich will da jetzt nicht raus.«

Bajazzo bellt.

»Ist ja schon gut«, murmelt Mader und zieht seine wattierte Jacke an. Er öffnet die Tür. Draußen ist es völlig still, der Wind hat aufgehört. Der Boden ist mit weiteren zwanzig Zentimetern Neuschnee bedeckt.

»Raus mit dir, Bajazzo. Aber nur ein paar Meter.«

Bajazzo stürmt den Weg entlang, schnuppert an den Bäumen, markiert sein Revier. Dann geht er in Position, um sein Geschäft zu erledigen.

Die Haustür fällt hinter ihnen zu. Mader greift panisch in die Jackentasche. Der Schlüssel? Ist da! Mader atmet aus. Warum ist er so schreckhaft? Dafür gibt es keinen Grund. Oder? Er sieht Fußspuren im frischen Schnee. Wie kann das sein? Von ihm sind die nicht. Es hat geschneit, als er vorhin mit Bajazzo ins Haus zurückgekehrt ist. Jetzt verspürt er erstaunlicherweise keine Angst, eher die Neugier des Ermittlers. Soll er seine Dienstwaffe holen? Die liegt samt Holster auf dem Couchtisch im Wohnzimmer. Nein, was will er mit einer Waffe? Da sind einfach ein paar Fußspuren im Wald. Vom Förster vielleicht. So spät noch? Er zieht den Schal enger um den Hals und folgt den Spuren. Die Wolkendecke ist aufgerissen. Zwischen dichten Wolken zeigt sich der halbrunde Mond, er wirft kaltes weißes Licht auf die nächtliche Schneelandschaft. Ein dumpfer Schlag! Erschrocken dreht Mader sich um und steht im Schneestaub einer hohen Fichte, die ihre Last abgeworfen hat. Mader ist zum Lachen, hat das Gefühl, dass der Wald ihn vorführen will. Vielleicht waren das gar keine Fußspuren in dem pulvrigen Schnee? Aber welches Tier soll das sein? Der Yeti? Die Schneelawine hat alles im Umkreis von fünf Metern eingestäubt, es sind keine Spuren mehr zu sehen. Bajazzo auch nicht. Er hört ein klägliches Bellen. Bajazzo hat den ersten Schock überwunden und schüttelt sich den Schnee aus dem Fell.

»Komm, wir gehen zurück.«

*Froccch!* Feuerschein.

Mader bleibt wie angewurzelt stehen. Das Fauchen wiederholt sich. Er dreht sich um. Fackeln, die kalte Luft riecht scharf nach Benzin. Was zur Hölle? Er kneift die Augen zusammen. Furchterregende Fratzen, wildes Haar. Monster? Mader rutscht das Herz in die Hose. Nicht, weil er an übernatürliche Kräfte und Wesen glaubt, sondern weil er weiß, dass das hier kein traditioneller Perchtenlauf ist, sondern dass hinter den Masken Menschen stecken, die nichts Gutes wollen, die ihm hier draußen aufgelauert haben.

»Was soll das?«, fragt er laut und erschrickt über das Zittern in seiner Stimme. Keine Antwort, nur unverständliches Grunzen aus den aufgerissenen Mündern der geschnitzten Masken. Dazu das Fauchen der Flammen, wenn die Wesen ihre Fackeln durch die schwarze Nacht schwenken. Verdammt, warum hat er seine Waffe nicht dabei? Ein Schuss in die Luft und die Typen würden Reißaus nehmen. Würden sie das? Jetzt sieht er, dass eine der Gestalten keine Fackel in Händen hat, sondern eine Schrotflinte. Verdammt, wollen die ihn umlegen? Es sind vier, sie kommen näher.

»Was wollt ihr von mir?«, fragt Mader.

Keine Antwort. Er tritt zur Seite. Die Gestalten folgen seiner Bewegung. Bajazzo knurrt leise. Mader scannt die Szenerie. Hat ein ganz ungutes Gefühl. Unvermittelt tritt an den Fichtenstamm neben ihm und greift sich Bajazzo. Eine Lawine aus Schneestaub lässt alles hinter einem weißen Vorhang verschwinden. Mader sieht das Blitzen, hört den Knall der Schrotflinte, rennt um sein Leben, blind, einfach in den Wald hinein, stolpert ins Unterholz, hört einen weiteren Knall, rennt einfach weiter, erdrückt Bajazzo fast an seiner Brust. Er schaut nicht zurück, hört nicht, ob sie ihm auf den Fersen sind. Er dringt immer tiefer in den Wald ein.

Irgendwann stoppt er, völlig außer Atem, setzt Bajazzo ab, lehnt sich an einen Baum. Er tastet in den Manteltaschen nach seinem Handy. Natürlich nicht dabei, das liegt auch auf dem Couchtisch. Was soll er machen? Er hat keine Ahnung, wo er ist, wie er aus dem Wald herausfinden soll, ob seine Verfolger ihm immer noch auf den Fersen sind. Worum geht es hier, wer hat Angst, dass er den alten Fall doch noch lösen könnte? Die Täter von damals? Ist es vor dreißig Jahren ganz ähnlich gelaufen, haben sie Winkler draußen im Wald aufgelauert, um ihn abzuknallen? Wie grausam kann man sein? Was soll der Scheiß mit den Perchtenmasken? Wem soll das Angst einjagen? Angst? Natürlich hat er Angst. Was für ein Wahnsinn, was für ein archaischer Traditionsdreck!

Und jetzt? Er steckt in der Klemme. Die Winternacht ist noch lang, er kann nicht einfach abwarten, bis es hell wird. Das steht er nicht durch, es ist unter null Grad. Und wenn er in die falsche Richtung geht, dann kann es sein, dass er immer tiefer in den Wald hineingerät und seine Lage damit weiter verschlechtert. Kann sich seine Lage noch verschlechtern? Aber sicher – wenn ihn eine Ladung Schrot trifft.

Er schaut zum Himmel hoch. Die Wolken haben sich zusammengeballt. Er sieht schon wieder erste Schneeflocken fallen. Erst ein paar große schwere Flocken, dann fegt ihm der aufkommende Wind feine kleine Eiskristalle ins Gesicht. Nadelstiche. Die einzige Möglichkeit, aus der Nummer rauszukommen ist, zum Haus zurück zu stapfen und an seine Waffe zu kommen. Noch sind seine Spuren im Schnee vom Herweg zu sehen. Bajazzo hält er dicht an sich gedrückt, denn mit seinen kurzen Beinen hätte Bajazzo auf dem tief verschneiten Waldboden keine Chance ihm zu folgen. Mader schleicht den Weg zurück, sieht, dass er sich beeilen muss, denn Schnee und Wind verwischen seine Spuren. Schließlich erreicht er eine kleine Lichtung. Der Wind bläst heftig, von den Spuren ist kaum mehr etwas zu sehen. Aber es kommt ihm vor, als wäre er schon hier gewesen. Schemenhaft sieht er eine hohe Fichte, die keine Schneelast trägt. Ist das der Baum, gegen den er vorhin getreten hat? Könnte sein. Seine Augen suchen den Boden ab. An einer Stelle ist eine Kuhle. Er mustert den Boden, fährt mit dem Stiefel vorsichtig über den Neuschnee, sieht die dunkle Farbe. Was ist das? Blut? Es sind zwei Schüsse gefallen. Haben die einen der ihren getroffen? Sind sie ihm deswegen nicht gefolgt? Mader versucht sich zu orientieren und geht weiter in die Richtung, in der er das

Haus vermutet. Er braucht sein Handy, er muss Hilfe holen.

Schließlich sieht er einen Lichtschein. Im Wohnzimmer der Villa brennt Licht. Wäre seine Lage nicht so verzweifelt, würde es heimelig aussehen, wäre das eine verlockende Zuflucht vor der kalten verschneiten Welt hier draußen. Aber er ist misstrauisch. Lauern sie ihm auf, warten sie nur darauf, dass er hierher zurückkommt? Auf der verschneiten Wiese vor dem Haus sind keine Fußspuren im Schein des Wohnzimmerfensters zu sehen. Vielleicht sind sie abgezogen, haben ihren verletzten Kameraden ins Krankenhaus gebracht, den Ärzten etwas von einem Jagdunfall erzählt? Er muss ins Haus, er braucht sein Handy. Im großen Bogen geht er im Schutz der Bäume um das Haus, kann nirgends Fußspuren erkennen, soweit ihm das bei den spärlichen Lichtverhältnissen möglich ist. Es schneit jetzt große schwere Flocken. Er kann förmlich zusehen, wie alles von einer weißen Schicht bedeckt wird, die jeden Schall schluckt. Hinter dem Haus reichen die Bäume bis nah an die Mauer. Er schleicht sich unter den Bäumen an und drückt sich an die Hauswand, arbeitet sich langsam in Richtung Haustür vor. Verflucht jeden Kiesel, der unter seinen Stiefeln knirscht, späht um die Ecke. Nichts. Nur weiß-schwarze Nacht. Er holt den Schlüssel aus der Tasche. Zwei Schritte noch, ein Schritt, er sperrt auf, setzt Bajazzo drinnen ab und drückt die Tür hinter sich zu. Nein, sie klemmt. Er dreht sich um, sieht den Stiefel und wirft sich panisch gegen die Tür. Sie fliegt mit Schwung auf. »Auf den Boden! Hände hinter den Kopf!«

Mader folgt den Anweisungen. Bajazzo kläfft ängstlich. Der vermummte Mann macht die Tür zu.

»Aufstehen. Hände hintern Kopf. Rein!«

Mader rappelt sich auf, nimmt die Hände hinter den Kopf und geht ins Wohnzimmer. Das Licht dort blendet ihn nach so langer Zeit in Dunkelheit.

»Hinsetzen! In den Sessel. Und nicht umdrehen!«

Mader tut, wie ihm geheißen. Irgendwas irritiert ihn. Die

Stimme – kennt er sie? Durch die Maske klingt sie muffig und dumpf. Bajazzo kauert sich zu Maders Füßen. Der Mann setzt sich irgendwo hinter ihm hin. Mader beruhigt sich langsam. Was will der Typ? Ihn umbringen? Das hätte er schon haben können. Will er reden?

»Warum machst du das?«, fragt Mader.

Keine Antwort.

»Einer von deinen Kumpels wurde angeschossen.«

Er hört das schwere Atmen, aber keine Antwort. Aber jetzt weiß er, wem die Stimme gehört. »Gib auf, Sepp. Es wird nicht besser, aus der Nummer kommst du nicht gut raus.«

»Woher willst du das wissen?«

»Ich weiß das. Ich bin Polizist.«

»Ja, der Herr Versicherungssachbearbeiter.«

»Gib auf. Die Sache mit den Winklers reicht. Mach es nicht noch schlimmer.«

»Wie soll das gehen?«

»Ich habe sowas schon öfters erlebt.«

»Quatsch! Was erzählst du für eine Scheiße! Schon öfters erlebt …«

»Vermeintlich ausweglose Situationen. In denen man glaubt, dass es keine Alternative gibt. Es gibt immer eine Alternative.«

»Halt's Maul.«

Mader hält den Mund. Es ist kalt im Haus. Draußen pfeift der Wing. Die Schneeflocken werden vom Sturm fast waagrecht gegen die Fensterscheibe gepresst. Ein langes Knirschen, ein heftiger Schlag ist zu hören. Ganz in der Nähe ist ein Baum umgestürzt.

»Darf ich den Kamin anmachen?«

»Mach an.«

Mader müht sich, den Kamin mit dem Rest der Glut wieder in Gang zu bringen. Es dauert eine Weile, bis das Feuer wieder prasselt. Schnell breitet sich Wärme im ganzen Raum aus. Mader setzt sich wieder in den Sessel, vermeidet es in die Ecke zu schauen, wo Sepp sitzt. Sie schweigen. Bajazzo auch.

»Was für ein Polizist bist du?«, fragt Sepp.

»Kriminalpolizei.«

»Was genau?«

»Mordkommission.«

»Warum interessiert ihr euch für den alten Fall?«

»Zufall.«

»Zufall? So, wie du zufällig hier in der Bude haust. So stell ich mir die Ermittlungsmethoden der Polizei nicht vor.«

»Mein Chef war damals in den Fall involviert.«

»Aha.«

»Er war als junger Polizist an den Ermittlungen beteiligt. Er hat das Gefühl, nicht alles getan zu haben, was er hätte tun können. Er macht sich Vorwürfe.«

»Immer noch?«

»Ja.«

»Und weiter? Warum fangt ihr gerade jetzt wieder an in dem alten Fall rumzuwühlen?«

»Das Haus wird abgerissen. Mein Chef wollte das einfach nochmal überprüfen.«

»Und da schickt er jemand anderen?«

»Ja, er wollte, dass ich einen frischen Blick auf die ganze Sache werfe. Und offenbar bin ich nah dran zu erfahren, was damals passiert ist. Richtig?«

»Richtig.«

»Also?«

»Warum soll ich dir das erzählen?«

»Weil es immer gut ist zu sprechen. Schuld frisst Seele auf.«

»Ist das ein Spruch aus der Bibel?«

»Nein, ein verfälschter Filmtitel. Und meine Erfahrung als Polizist. Ich hab schon vieles gesehen und gehört. Ich weiß, was auf der Seele von Menschen lasten kann, dass es nicht einfach ist mit Schuld umzugehen, dass es einen nie loslässt, wenn man große Schuld auf sich geladen hat.«

»Ja, ich habe Schuld auf mich geladen. Kanntest du Winkler?«

»Nein, aber ich habe nicht viel Gutes über ihn gehört.«

»Er war ein Arschloch, ein rücksichtsloses Arschloch. Hat sich das alte Haus vom Messner unter den Nagel gerissen zu einem Schnäppchenpreis und den ganzen Grund dazu. Als Politiker hat er den Leuten hier alles Mögliche versprochen und dann sein ganz eigenes Ding gedreht. Er hatte den ganzen Landkreis im Sack. Alle wussten es und alle akzeptierten es, weil sie davon profitierten. Doch dann kam die Sache mit dem Autobahnzubringer. Ein Autobahnzubringer in dieser Region, was für ein Größenwahn! Er wollte das unbedingt durchziehen, hat einen Infrastrukturplan für den Landkreis erstellt und ist mit dem Projekt wie ein Bulldozer durch die Lokalpolitik gedonnert. Wir haben ihn im Gemeinderat zur Rede gestellt. Dass er unsere Umwelt nicht zerstören darf.«

»Und, was ist passiert?«

»Er hat gelacht. Das ging ihm komplett am Arsch vorbei. Er hat das als sein ganz persönliches Projekt gesehen, wollte sich damit in seiner Partei profilieren. Der Mann, der Aufträge und Betriebe in diese strukturschwache Gegend bringt.«

»Hat es Jobs gebracht?«

»Nein. Und hast du den Zubringer zur Autobahn nicht gesehen? Das war alles Naturschutzgebiet. Die Natur ist unwiederbringlich zerstört.«

»Wenn es ein Naturschutzgebiet ist, dann hätte dort doch nicht gebaut werden dürfen?«

»Wenn du so gute Verbindung ins Umweltministerium hast wie der Winkler, dann ist das kein großes Thema. Da kannst du fünfmal mit Bürgerinitiativen ankommen.«

»Deswegen der Mord?«

»Es war kein Mord.«

»Sondern?«

»Ein Unfall. Wir wollten ihn nur erschrecken.«

»Wie mich vorhin?«

»Ja.«

»Was für ein Unsinn! Erschrecken! Ihr hattet Waffen dabei. Ihr habt auf mich geschossen.«

»Wir hätten nicht auf dich geschossen.«

»So, auf was dann, auf Hasen?«

»In die Luft.«

»Und trefft dabei einen von euch.«

»Das war ein Unfall. Wenn du so eine Nummer abziehst.«

»Ihr seid doch verrückt, was soll das bringen, wenn ihr mir Angst macht? Meint ihr, ich höre deswegen auf zu ermitteln? Ich bin Polizist.«

»Das wusste ich bis eben nicht.«

»Ich versteh euch nicht. Ihr macht dasselbe zwei Mal. Schon beim ersten Mal passierte eine Katastrophe. Und überhaupt, was hat die Sache gebracht mit Winkler? Er starb und der Zubringer wurde trotzdem gebaut.«

»Ja, damit müssen wir jetzt leben. Und es tut immer noch weh. Jeden Tag. Wir mussten damals große Teile unseres Walds verkaufen. Waldstücke, die seit vielen Generationen in Familienbesitz waren. Wir sind sogar gut bezahlt worden dafür. Aber darum ging es nicht. Darum geht es auch heute nicht. Geld ist nicht alles. Nicht alles ist käuflich. Es ging damals um die Vernichtung von Natur, von Heimat, um den Lebensraum vieler Tiere.«

»Aber was ist mit Winklers Familie?«

»Dafür können wir nichts.«

»Wie?«

»Wir wissen nicht, was mit der Frau und den Kindern passiert ist. Wir haben ihnen nichts getan. Wir machten uns große Vorwürfe, aber die Familie blieb wie vom Erdboden verschluckt.«

»Das ist eure Schuld.«

»Das ist nicht unsere Schuld. Uns ging es nur um Winkler. Der Mann war ein absolutes Arschloch. Der hat seine Frau nach Strich und Faden betrogen, der ist zu Nutten gegangen, hatte Affären.«

»Woher weißt du das?«

»Wir sind hier auf dem Land. Da erfährt man alles. Hier bleibt nichts geheim.«

»Naja. So ganz scheint das nicht zu stimmen. Warum ist niemand auf die Idee gekommen, dass ihr für den Tod von Winkler verantwortlich sein könntet? Du und deine Freunde, ihr seid doch offenbar die unmittelbar Betroffenen seiner politischen Ambitionen.«

»Das ist ganz einfach. Jeder hier hatte mit Winkler eine Rechnung offen. Es wären zu viele Menschen gewesen, die ein Motiv hatten, ihm den Tod zu wünschen. Insofern waren wir nicht verdächtiger als andere. Und alle waren insgeheim froh, dass er weg war.«

»Was ist mit seiner Familie passiert?«

»Ich weiß es nicht. Wir haben bei der Suche geholfen. Keiner konnte sich erklären, wohin sie damals so spurlos verschwunden waren.«

»Und hast du heute eine Idee?«

»Nicht die geringste. Außer, dass Winkler vermutlich selbst dafür verantwortlich war.«

»Das ist doch Quatsch.«

»Ein großes Rätsel, das wir nicht mehr klären werden. Nach dreißig Jahren.«

»Nein, vermutlich nicht. Was hast du jetzt vor, Sepp?«

»Ich werde gehen.«

»Und was ist mit mir?«

»Du bist Polizist. Und du weißt leider zu viel.«

»Das ist jetzt nicht dein Ernst? Wie viel Schuld wollt ihr denn noch auf euch laden? Euch ist doch klar, dass meine Kollegen wissen, dass ich hier bin. Was werden die tun, wenn sie nichts von mir hören?«

»Heute erwartet keiner mehr eine Nachricht von dir.«

»Jeder hinterlässt Spuren.«

»Ja, so wie damals.«

»Täuscht euch nicht. Vor dreißig Jahren sah das noch anders aus. Heute bestätigt dir unser Praktikant in der KTU in weniger als einer Stunde, dass wir beide in diesem Raum waren.«

»Manchmal gibt es keine Spuren mehr.«

Der Schlag auf den Hinterkopf trifft Mader völlig unerwartet.

## SCHWARZER SPIEGEL

*Liebes Tagebuch,*

ich kann nicht schlafen. Ich bin vorhin panisch aufgewacht. Ich hatte ganz komische Träume. Und ich schlottere. Ich hatte das Fenster vom Schlafzimmer offengelassen. Es ist arschkalt geworden. Die Straße glänzte wie ein schwarzer Spiegel. Ein paar einzelne Schneeflocken tanzten durch die kalte Nacht. Brrr. Ich habe von Mader geträumt. Wie er mit Bajazzo in dem Haus sitzt und eingeschneit wird. Er will mit dem Handy Hilfe holen, aber es gibt kein Netz. Am liebsten würde ich ihn gleich anrufen und fragen, ob alles in Ordnung ist. Geht natürlich nicht. Boah, ist mir kalt. Ich muss doch irgendwo noch die Flasche mit dem Glenfiddich haben. Das wäre jetzt genau das Richtige.

## AUSSICHTSLOS

Als Mader aufwacht, brennt seine Lunge. Scharfer Qualm. Feuerschein. Bajazzo ist am Durchdrehen. Mader klemmt sich Bajazzo unter den Arm. Zur Haustür kann er nicht. Alles in Flammen. Sein Handy ist weg. Egal. Die Feuerwehr würde niemals rechtzeitig kommen, wenn er sie jetzt anruft. Er bugsiert Bajazzo aus einem der geborstenen Fenster nach draußen. Durch das Gitter kann er selbst nicht steigen. Ins Obergeschoss, wo die Fenster nicht vergittert sind, kann er nicht. Denn oben brennt es lichterloh. Aussichtslos.

›Ja, da hab ich mich wohl verrechnet‹, denkt er resigniert. ›Sepp hat recht. Es wird keine Spuren geben. Wenn die Bude hier abgebrannt ist, bleibt nur ein Haufen Asche. Und ich werde dann nicht mehr auf diesem Planeten sein.‹ Er ärgert sich, dass er die Lage so falsch eingeschätzt hat und Sepp auch noch provoziert hat. Obwohl – wahrscheinlich war das mit dem Feuer von vornherein Sepps Plan gewesen. Verdammt! Bajazzos verzweifeltes Kläffen hört er selbst durch das Fauchen und Zischen der Flammen. So eine Scheiße!

## KATASTROPHE

Die Feuerwehr kommt im Morgengrauen. Das Haus ist völlig runtergebrannt. Die Ruine der Villa qualmt im Schneematsch. Unter den Rettern der Freiwilligen Feuerwehr ist auch Sepp. Will auf Nummer sicher gehen. Bajazzo ist völlig von der Rolle und kläfft ihn an. Dosi versucht Bajazzo zu bändigen, aber sie kann ihn nicht halten. Bajazzo flitzt laut kläffend durch die Brandruine.

»Lass ihn«, sagt Hummel kopfschüttelnd. »Bei den scharfen Brandgerüchen wird er nichts finden. Das ist eine Katastrophe!«

Die Stimmung ist angespannt. Natürlich haben sie zuerst im Gasthaus nachgesehen. Aber Mader war nicht auf seinem Zimmer. Bajazzos Anwesenheit hier und Maders verschmurgelte Ledertasche sind klare Anzeichen, dass Mader hier war oder eben noch ist. Hummel muss an seinen Traum denken, an seinen Anflug von Panik. Hat er das dritte Auge?

»Es kann Stunden dauern, bis wir hier eine Person finden«, erklärt der Chef des Feuerwehrtrupps den Münchnern. »Der Heizöltank ist komplett abgebrannt, in der Küche ist eine große Gaskartusche explodiert.«

Bajazzo schnüffelt sich durchs gesamte Haus. Stoppt schließlich im Wohnzimmer, stimmt ein markerschütterndes Geheul an. Dosi schießen die Tränen in die Augen, Zankl und Hummel ebenfalls. Das hier übersteigt ihre Vorstellungskraft. Dr. Günther ist bleich wie eine weiße Wand. Er ist voller Schuldgefühle. Bajazzo scharrt auf dem rußigen Boden und kläfft wie am Spieß. Dosi versucht ihn zu beruhigen. Es gelingt ihr nicht. Dann fällt ihr auf, wo sie stehen. Sie stürzt auf den verkohlten Schrank zu, reißt ihn auf. Zwecklos – das Elektropult ist völlig verschmort. »Aufmachen!«, schreit Dosi den Feuerwehrmann aufgeregt an und deutet auf den Boden.

»Was meinen Sie?«, fragt der.

»Die Ritze. Aufstemmen! Das ist eine Luke.«

»Was für eine Luke?«

»Stellen Sie keine Fragen, machen Sie schon!«

Der Feuerwehrmann holt ein Stemmeisen. Mit sehr viel Kraft lässt sich Abdeckung öffnen. Sie leuchten hinein. Schwarzes Wasser.

Und Maders kalkweißes Gesicht. Mit blauen Lippen.

## SONNENKLAR

Hummel sitzt mit Dosi an Maders Klinikbett im Unfallkrankenhaus in Murnau. Mader ist bis auf eine mittlere Rauchvergiftung und eine starke Unterkühlung unverletzt.

»Die Typen haben sich gestellt und gestanden«, sagt Hummel. »Das mit dem Pool, Respekt.«

»Ich weiß auch nicht. Mir war es sonnenklar.«

»Was?«, fragt Dosi.

»Dass ich nicht sterben will. Alles hat einen Grund. Wisst ihr das eigentlich?«

»Was meinen Sie?«, fragt Dosi.

»Dass ihr das mit dem Swimmingpool rausgefunden habt. Ich seh noch eure enttäuschten Gesichter, weil dort nicht der vermutete Schutzraum war. Ich hör noch Zankls Gelächter, als das schmutzige Wasser aus den Rohren spritzte. Alles hat einen Grund. Hättet ihr die Baupläne nicht gefunden und den Pool nicht unter Wasser gesetzt, wäre ich jetzt tot. Danke!«

Hummel grinst. »Sie sind jetzt auf alle Fälle der James Bond der Mordkommission 1. Da gibt es doch den Film, als James in dem Sarg liegt und der ins Krematorium reinfährt. Und es schon ungemütlich heiß wird. War das *Man lebt nur zwei Mal?*«

»Dr. Günther war von der Geschichte jedenfalls sichtlich mitgenommen«, ergänzt Dosi.

»Das will ich doch hoffen.«

Sepp ist bereits in U-Haft. Mader will es sich nicht nehmen lassen, ihn selbst zu befragen. Egal, was der Arzt sagt. Er wird das zusammen mit Dr. Günther machen. Er will jetzt die ganze Geschichte wissen. Und dann werden diese Männer für lange Zeit ins Gefängnis gehen, egal, wie alt sie sind, egal, wie lange das her ist. Denn Mord verjährt nicht. Um Sepp tut es ihm irgendwie leid. Eigentlich ein guter Typ. Nein, ein rücksichtsloser Mörder. Sonst nichts. Damals wie heute. Er hat das Haus in Brand gesteckt. Ohne jede Rücksicht.

## VIERZEHN MAL

Die drei Polizisten sind erschöpft, als sie am späten Nachmittag wieder im Münchner Büro eintreffen.

»Ich glaub, heute geht nicht mehr viel«, sagt Hummel und lässt sich auf seinen Bürostuhl fallen.

»Wer will noch einen Kaffee?«, fragt Zankl.

Dosi und Hummel heben die Hände.

»Wahnsinn, fast wäre Mader draufgegangen«, sagt Dosi.

Zankl steckt seinen Kopf aus der Teeküche. »Und der Haupttäter sitzt ein. Kaum zu glauben, dass es der Gastwirt ist, bei dem Mader gewohnt hat.«

»Meinst du echt, der packt komplett aus?«, fragt Hummel.

Dosi nickt. »Ich glaub, der Typ macht reinen Tisch. Der weiß, dass die Sache mit Mader so krass ist, dass ihm jede Kooperation helfen wird beim Strafmaß.«

Hummel und Zankl verabschieden sich schließlich in den Feierabend, Dosi beschäftigt sich noch ein bisschen mit ihren Mails. Es klopft.

»Herein, ist offen.«

»Hallöchen«, meldet sich Bernd. »Stör ich?«

»Eigentlich schon«, sagt Dosi. »Ich bin ziemlich k.o.«

»Ich hab's gehört. Die Sache mit Mader. Das ganze Präsidium spricht darüber. Das Wunder von Wildflecken. Du, ich hab was für euch.« Er gibt Dosi einen Schnellhefter.

Sie legt ihn achtlos auf den Tisch. »Ich höre es lieber live von dir.«

»Also, Doris, wir haben vierzehn Mal denselben Umschlag. Jeweils mit den Fingerabdrücken des Toten. Aber zweimal haben wir noch weitere Hautschuppen in den Umschlägen gefunden.«

»Und?«, fragt Dosi neugierig.

»Die sind nicht vom Toten. Aber von derselben Person wie beim ersten Umschlag. Der mit dem Geld.«

»Das heißt – drei Proben sind identisch?«

»Ja.«

»Und es sind immer dieselben Umschläge?«

»Naja, so Standardbriefumschläge.«

»Das bedeutet jedenfalls, dass wir jetzt in drei Fällen die DNA einer zweiten Person haben. Dass also dieselbe zweite Person die Umschläge in den Fingern hatte.«

»Genauso ist es.«

»Ich gehe davon aus, dass in den anderen Umschlägen ebenfalls Geld war.«

»Keine Ahnung. Kann ich nicht sagen.«

»Natürlich, sonst macht das alles doch keinen Sinn.«

»Du sprichst in Rätseln! Erklär's mir.«

Natürlich hat sie eine Theorie, aber noch möchte sie nicht darüber sprechen. »Später. Ihr jagt doch die DNA-Proben durchs System, oder?«

»Schon geschehen.«

»Und?«

»Ja, das ist schon bemerkenswert. Also in dem Bericht des Labors, du musst verstehen, die haben ja so viele Aufgaben und Anfragen …«

»Du Aas, spann mich nicht auf die Folter. Sag schon, gibt es Übereinstimmungen zu unserer Datenbank?«

## ÜBER MEINE LEICHE

*»Diese Drecksau«, zischt Sepp und stellt einen Kasten Bier auf die Bank. Er verteilt Flaschen an die Anwesenden – Binder, Haberer und Krönner. Der Flaschenöffner macht die Runde und sie stoßen gemeinsam an.*

*»Der Winkler hat uns in der Gemeinderatssitzung voll auflaufen lassen.«*

*»Zieht her und macht alles kaputt.«*

*»Meinst du, er ist deswegen hergezogen? Um den Autobahnzubringer vor Ort durchzudrücken?«*

*»Ja, warum denn sonst? Hier auf dem Land? Nistet sich in der alten Messner-Villa ein und glaubt, er kann über alle bestimmen.«*

*»Wie der Messner, das war auch so ein Machtmensch.«*

*»Und was ist mit dem Messner passiert? ALS. Sabbernd im Rollstuhl, jämmerlich krepiert.«*

*»Das reimt sich.«*

*»Und stimmt.«*

*»Aber der hatte noch ein Ehrgefühl, ein Verständnis für den Wald, die Natur.«*

*»Die Jagd war alles für ihn. Und ohne Wald keine Jagd. Der hätte jeden Eingriff in die Natur abgelehnt.«*

*»Wir müssen den Autobahnzubringer verhindern.«*

*»Du hast doch gehört, was der Winkler gesagt hat: Nur über meine Leiche.«*

*»Na dann.«*

*»Spinnst du?«*

*»Mal so theoretisch. Wäre doch das Beste.«*

*»Es reicht, wenn er von hier verschwindet.«*

*»Dann kommt der nächste.«*

*»Nicht jeder ist so ein hartnäckiger Kotzbrocken wie der Winkler. Der braucht eine Lektion.«*

*Sepp deutet an die Wand. Dort hängt eine furchterregende Perchtenmaske. Sie sehen sich lange an, dann nicken sie.*

*»Und die Personenschützer?«*

*»Sind nicht immer da. Seine Frau schickt sie im Winter oft ins Wirtshaus hoch.«*

*»Das erlaubt der Winkler?«*

*»Ist ihm scheißegal. Der hält sich für unverwundbar. Wenn die Personenschützer weg sind, schlagen wir zu.«*

*»Und seine Familie?«*

*»Niemandem wird etwas passieren. Wir jagen ihnen nur ein bisschen Angst ein. Winkler wird verstehen, dass er mit seiner Familie hier nicht bleiben kann.«*

*»Ein bisschen erschrecken wird aber nicht reichen.«*

*»Nein, wir werden ihm eine Lehre erteilen. Sie sollen von hier verschwinden. Für immer. Heute Nacht schlagen wir zu.«*

*Sie stoßen mit den Bierflaschen an.*

*Einige Stunden später stapfen vier Männer schweigend durch den harten Schnee. Die Nacht ist mondlos, der Himmel bedeckt, kein einziger Stern. Der Wind bläst den Männern scharfe Eiskristalle in die rauen Gesichter. Die Männer sagen nichts, halten sich an den Fichtenzweigen fest, als sie den steilen Hang hinter dem Haus hinunterrutschen. Die Personenschützer sind vor einer Viertelstunde mit dem Geländewagen zum Gasthaus gefahren. Die Spuren des Geländewagens sind noch auf der Lichtung zu sehen.*

*Sie haben eine gute halbe Stunde. Dreißig Minuten sind genug Zeit, um jemandem Angst einzujagen. Die Schneeflocken werden größer, der Wind noch schärfer, man kann kaum mehr die Hand vor Augen sehen.*

*Sie verteilen sich rund ums Haus und schlagen gegen die Fensterläden, einer wirft einen Stein durch das Gitter in das dunkle Küchenfenster, das klirrend zu Bruch geht. Keine Reaktion im Haus. Sie rütteln weiter an den Fensterläden. Plötzlich ein Knall, ein weißer Blitz in der schwarzen Nacht. Damit haben sie nicht gerechnet. Aber sie hätten es eigentlich wissen müssen. Winkler hat ein Jagdgewehr. Und er würde es benutzen. Was nun? Flüchten? Peter denkt nicht daran, er stürzt zur Terrasse, ein Bewegungsmelder schaltet das Flutlicht ein. Weißwirbelnde Nacht und ein furchterregendes Perchtenwesen. Ein zweiter Schuss fällt und die Maske geht zu Boden. Peter auch. Heißes, dunkles Blut auf weißem Schnee. Wind heult ums Haus.*

*»Peter!«, ruft Sepp.*

*»Bleib weg. Der Typ schießt nochmal.«*

*»Was ist da los?«, fragt der Dritte.*

*»Wir müssen Peter helfen.«*

*Mit einem faustgroßen Stein zertrümmern sie den großen Scheinwerfer im Garten und schleichen zu Peter, der zusammengekrümmt im Schnee liegt.*

*»Peter, was ist?«*

*»Bringt das Schwein um!«*

*»Was ist mit dir?«*

*»Bringt das Schwein um!«*

*Jetzt sehen sie einen Lichtschein im Wald.*

*»Das Schwein türmt!«*

*»Du kümmerst dich um Peter«, sagt Sepp seinem Freund, »wir schnappen uns den Winkler. Bring Peter in Sicherheit, bevor die Bullen kommen. Wir treffen uns bei mir.«*

*Die Nacht verschluckt sie.*

*Zwei Stunden später liegt Peter auf der Ofenbank in Sepps Stube.*

*Er ist weggetreten.*

*»Wie geht es Peter?«, fragt Karl.*

*»Halb so schlimm. Nur eine Ladung Schrot. Ich hab ihm Schmerztabletten gegeben. Und bei euch, was ist passiert?*

*»Der Winkler ist tot.«*

*»Was?«*

*»Er ist gestürzt, ein Schuss hat sich gelöst.«*

*»Wie soll das passieren, bei einem Gewehr, bei dem langen Lauf?«*

*»Nein, Karl hat Winkler die Waffe abgenommen. Sie haben gerangelt, Karl ist gestolpert, da hat sich der Schuss gelöst.«*

*»Wirklich?«*

*Karl nickt.*

*»Scheiße. Und er ist tot?«*

*»Ja, die Ladung ging ihm voll ins Gesicht.«*

*»Und die Familie?«*

*»Was soll mit der sein?«*

*»Winklers Frau hat doch bestimmt die Polizei gerufen?«*

*»Vermutlich, ja. Wir sind nicht zum Haus zurück.«*

*»Hat euch wer gesehen?«*

*»Nein, wie denn? Da draußen tobt immer noch Schneesturm.«*

*»Was machen wir jetzt?«*

*»Nichts. Heimgehen. Wo waren wir heute Abend?«*

*»Na hier, bei dir, beim Kartenspielen.«*

Das ist die Szene, die in Sepps Kopf gerade abgelaufen ist wie ein Kinofilm. Große Leinwand, Cinemascope, alles messerscharf bis ins letzte Detail. Obwohl es dreißig Jahre her ist. Er sitzt in einem kahlen Raum und wartet auf seine Vernehmung. Soll er das alles dem Polizisten erzählen, den er beinahe auch noch umgebracht hätte? Was für ein Wahnsinn! Ein weiteres Verbrechen, um die Tat von damals zu verschleiern. Damals war es Totschlag, wenn man ihnen glaubt, ein unglücklicher Unfall. Den sie verschuldet haben, provoziert haben. Diesmal war es ein eiskalter Mordversuch. Er hat das Haus in Brand gesetzt. Mit Karl-Maria darin. Den er kurz zuvor bewusstlos geschlagen hat. Was ist in ihn gefahren? Die Angst, alles zu verlieren, wenn die Wahrheit von damals ans Licht kommt? Deswegen ein Mord? Nein, das ist es nicht wert. Dass Karl-Maria überlebt hat, ist ein Wunder.

Die Tür öffnet sich. Mader und Günther betreten den Vernehmungsraum.

»Und?«, fragt Mader mit krächzender Stimme, »packst du jetzt aus?«

Sepp nickt.

## ABFINDEN

»Totschlag ist das mindestens«, sagt Mader zu Dr. Günther, nachdem der geständige Gastwirt abgeführt wurde.

»Aber was ist mit der Familie?«

»Von der fehlt weiterhin jede Spur.«

»Wahnsinn«, sagt Dr. Günther, »die Suche nach den Tätern konzentrierte sich damals fast ausschließlich auf politische Feinde. Das war noch die Zeit, in der man alles Linke, Alternative verteufelte. Winkler war immer schon scharf gewesen auf den Posten des Innenministers, aber es gab Gründe, dass für ihn bei dem Leitungsposten im Wirtschaftsausschuss Schluss war. Er war schrecklich effektiv, aber unbeliebt. Es gab immer wieder Morddrohungen gegen ihn, aber das traf zu der Zeit auf viele Spitzenpolitiker zu, die Stimmung war sehr aufgeheizt. Deswegen hatte er ja Personenschutz.«

»Der nichts half.«

»Ja, es gibt immer Schwachstellen. Aber dass die Gefahr so nah war, direkt aus dem Ort kam, das hat niemand vermutet.«

»Sind die Täter von damals für das Verschwinden der Familie verantwortlich?«, fragt Mader. Allerdings mehr sich selbst.

»Natürlich. Die Familie ist vor den Angreifern geflohen.«

»Aber wohin? Sind sie in ein Auto gesprungen, durch den Wald gejagt und irgendwo in einen Abgrund gestürzt, in einen Fluss, in ein Moor? Wurde in diese Richtung ermittelt? Wurde so eine Theorie verfolgt?«

»Alles ist abgesucht worden, auch im weiteren Umkreis mit Wärmebildkameras aus der Luft. Aber nichts, keine Spur.«

»Wenn sie weiter weggefahren sind und erst fünfzig Kilometer weiter weg einen Unfall hatten?«, fragt Mader.

»Warum hätten sie so weit fahren sollen?«

»Weil sie verfolgt wurden.«

»Mader, das macht keinen Sinn. Mit welchem Auto denn? Die zwei Autos der Winklers waren beide in der Garage. Und selbst wenn es noch ein Auto gab – irgendwo wären sie aufgefallen. Irgendwer hätte sie gesehen. Spätestens nach ein paar Tagen hätten sie sich gemeldet. Es gibt keine Zeugen, keine Hinweise. Sie waren wie vom Erdboden verschluckt, sie sind es immer noch.«

»Und die Theorie mit dem Bunker?«

»Ist gut. Aber nichts wert ohne Bunker. Wir haben keine Ahnung, wo so ein Bunker sein könnte.«

Mader nickt müde. »Tja, vielleicht müssen wir uns tatsächlich damit abfinden, niemals zu erfahren, was mit der Familie passiert ist.«

## SPUREN

»Du hast es aber wichtig, Dosi«, sagt Hummel, der vom Radfahren noch etwas aus dem Atem ist und seine Jeansjacke über die Stuhllehne seines Bürostuhls hängt.

»Allerdings. Schön, dass ihr beide so spät am Abend noch reingekommen seid. Ich wollte es eigentlich Mader auch noch sagen, aber der hatte gerade mit Günther den Wirt aus Wildflecken in der Mangel.«

»Und, hat er gestanden?«, fragt Hummel.

»Ja, alles.«

»Na, dann bin ich ja gespannt auf das Protokoll.«

»Also, Dosi, was willst du uns erzählen?«, sagt Zankl. »Und bitte mach schnell. Ich hab Kinderdienst heute. Meine Frau ist um neun mit ihren Freundinnen verabredet. Punkt neun.«

»Keine Bange, Zankl, heute passiert hier nichts mehr. Ich wollte es euch aber persönlich sagen. Die KTU hat fremde DNA-Spuren in dem Briefumschlag mit den 550 Euro gefunden.«

»Und du hast schon geklärt, von wem das Geld und die Spuren sind?«, fragt Hummel.

»Nein, aber mal langsam und in der richtigen Reihenfolge: Es gibt noch mehr Umschläge. Der erste Umschlag war ja nicht beschriftet, also dachte ich, dass Gerry ihn ja nicht einfach wegwerfen würde, wenn man ihn noch benutzen kann. Also, nachdem er das Geld rausgenommen hat. Tatsächlich gab es im Haus ein ganzen Schuhkarton mit gebrauchten, aber noch brauchbaren Briefumschlägen, vierzehn Stück hatten dieses Format, also Standardbrief, genau wie der erste mit dem Geld. Und in zwei Umschlägen haben wir dieselben DNA-Spuren gefunden wie im ersten. Nicht seine.«

Zankl kratzt sich am Kopf. »Du glaubst also, dass in den zwei anderen Umschlägen ebenfalls Geld drin war?«

»Ja, klar. Und in den anderen auch.«

»Anonyme Zuwendungen?«

»Wofür?«

»Du glaubst, dass Gerry jemanden erpresst hat?«, fragt jetzt Hummel.

»Ja, das glaube ich. Bernd hat die Analyse der Hautpartikel durch unsere Datenbank gejagt. Und jetzt haltet euch fest: wir haben die DNA in unserer Datenbank.«

Hummel schüttelt verwirrt den Kopf. »Wow! Wir wissen also,

von wem die Spuren sind?«

»Leider nein. Aber es gibt eine Straftat, bei der DNA-Proben gesichert wurden, die sich mit unserer Probe decken. Eine Vergewaltigung vor fünfzehn Jahren. Eine Schülerin vom Franz-Ferdinand-Gymnasium.«

»Jetzt nicht wirklich?«, stöhnt Hummel.

»Doch, eine siebzehnjährige Schülerin. Lisa Rittberger wurde 2005 auf dem Heimweg vom Oktoberfest nach Haidhausen im Krone-Park überfallen. Spät in der Nacht.«

»Tot?«

»Nein. Aber sie konnte keine Aussagen zum Täter machen, weil sie betäubt wurde.«

»Wer geht denn spätnachts noch durch diesen gottverlassenen Park?«, murmelt Hummel.

»Was willst du damit sagen? Dass sie selbst schuld ist?«

»Spinnst du? Aber das ist eine dunkle Ecke. Nicht erst spätnachts. Und es ist auch keine Abkürzung, wenn du nach Haidhausen rüber willst, weder vom Giesinger Berg noch vom Nockherberg. Für den Park musst du extra nochmal einen Umweg machen.«

»Lisa Rittberger wohnte damals an der Hochstraße Ecke Rosenheimer Straße, also kennt sie die Gegend ganz gut. Und man macht nicht immer logische Sachen, wenn man angetrunken ist. Vielleicht wollte sie einfach ein paar Minuten auf einer Parkbank sitzen, sich ausruhen, nachdenken, vielleicht war ihr schlecht. Jedenfalls ist es dort passiert. Spaziergänger haben sie am nächsten Morgen auf einer Parkbank gefunden. Sie dachten zuerst, dass sie nur ihren Rausch ausschläft. War aber nicht so. Der Täter hat sie betäubt und ein Kondom benutzt. Trotzdem konnte man bei ihr fremde Hautschuppen und Stofffasern sicherstellen.«

Hummel schüttelt den Kopf. »Warum weiß ich das nicht? Ich war zu der Zeit doch auch noch auf dem Gymnasium?«

»Warum wohl, Hummel?«, sagt Dosi. »Frauen wollen mit

sowas nicht unbedingt an die Öffentlichkeit gehen.«

Zankl sieht Dosi ernst an. »Gab es einen DNA-Test im Umfeld des Opfers? Bei Klassenkameraden zum Beispiel? Sie war ja bestimmt nicht allein auf dem Oktoberfest.«

»Sie war mit ihren Freundinnen aus der Jazztanzgruppe dort. Sie haben sich in Untergiesing getrennt. Nein, einen DNA-Klassentest gab es nicht. Es gab keine spezifisch verdächtige Gruppe von Mitschülern.«

»Was ist aus der jungen Frau geworden?«

»Ich weiß es nicht, Zankl. Noch nicht. Müssen wir mal schauen.«

»Und alte Wunden aufreißen?«, fragt Hummel.

»Im Zweifelsfall auch das. Für uns ist das ein entscheidender Schritt. Es gibt jetzt eine Verbindung zu einem aktuellen Mordfall, der als Suizid getarnt war. Auch wenn das jetzt natürlich nicht besonders nett für Gerry klingt – es sieht ganz so aus, als wäre er ein Erpresser gewesen. Also kann jemand ein starkes Motiv gehabt haben, ihn umzubringen. Das ist doch schon mal ein wirklicher Fortschritt in unseren Ermittlungen!«

»Dann sind die Immo-Heinis raus?«, stellt Hummel mehr fest, als er fragt.

»Niemand ist raus, Hummel. Aber wir sehen, dass Gerry nicht nur der nette ältere Herr war, der manchmal ein bisschen tief ins Glas geschaut hat, sondern der offenbar mit seinem Wissen über eine Straftat seine Pension aufgebessert hat.«

»Ein Erpresser«, flüstert Hummel.

»Ja, es sieht ganz so aus. Leider.«

Hummel nickt stumm. Er ist enttäuscht. Von Gerry. Aber auch von sich selbst, seiner Menschenkenntnis. Oder von seinem Mangel an Menschenkenntnis. Sollte Gerry tatsächlich einen Vergewaltiger erpresst haben? Wenn ja, wer könnte das sein? Jemand aus dem schulischen Umfeld? Ein Schüler? Aber wie kommt ein Schüler an so viel Geld, um Gerrys Schweigen zu bezahlen? Naja, jetzt wäre der Täter schon lange kein Schüler mehr. Oder geht es um einen Kollegen? Wie oft wurde da bezahlt? Vierzehn Mal? So viele Umschläge hat Dosi erwähnt. Vermutlich öfter, denn der sparsame Gerry hat ein paar Umschlage bestimmt anderweitig zweitverwertet. Wahnsinn! In Hummels Gehirn rauscht es.

»So eine verdammte Scheiße!«, murmelt er.

Dosi sieht ihn aufmunternd an. »Wieso? Vielleicht klären wir auf diese Weise gleich noch einen kalten Fall, diese Vergewaltigungsgeschichte. Cold Cases können wir ja offenbar inzwischen ziemlich gut.«

»Deine Begeisterung möcht ich haben, Dosi.«

»Kopf hoch, Hummel. Wir sind Polizisten. Das ist unser Job.«

»Ja, und den machst du ziemlich gut. Respekt. Sagst du Mader Bescheid wegen der Umschläge?«

»Ich schreib ihm eine Mail.«

»Warum das denn?«, wundert sich Zankl.

»Günther hat gesagt, dass Mader ein paar Tage zu Hause bleiben soll nach seiner James-Bond-Nummer. Das Verhör hat Mader noch geleitet, aber er sah angeblich nicht sehr gut aus, als sie mit dem Verhör fertig waren.«

»Wen wundert's«, meint Hummel.

»Ich schreib ihm 'ne Mail und setz Günther cc.«

## KEINE AHNUNG

*Liebes Tagebuch,*

ich bin so was von enttäuscht. Ich dachte, ich kenn die Menschen ganz gut. Tu ich nicht. Ich hab keine Ahnung, was in ihnen vorgeht. Aber vielleicht sollte ich das auch positiv sehen. Vielleicht trauert man weniger um jemanden, wenn der selbst Dreck am Stecken hat? Quatsch, das hieße ja irgendwie, dass Gerry sein Schicksal verdient hat. Und außerdem ist ein Verdacht nichts wert, bis er bewiesen ist. Solange gilt die Unschuldsvermutung. So sehe ich das. Ach, ich könnte wirklich zum Säufer werden, um meine trüben Gedanken zu ertränken!

## COOLER LADEN

Lisa Rittberger war nicht begeistert, als Dosi sie wegen einem Treffen angerufen hat. Aber sie hat sich darauf eingelassen. Sie wohnt inzwischen in Moosburg, etwa fünfzig Kilometer vor den Toren Münchens. Das Café in der Nähe des Moosburger Bahnhofs als Treffpunkt kommt Dosi entgegen. Denn sie fährt gerne Zug. Einfach ein bisschen aus dem Fenster schauen und die Landschaft an sich vorüberziehen lassen. Sie denkt an die Radltour, die sie letztes Jahr mit Fränki über Freising nach Moosburg gemacht hat. Würde sie den schönen Biergarten mit dem sensationellen Schweinebraten wieder finden? Sicher. So groß ist der Ort ja nicht. Wer weiß, wenn sie nach ihrem Termin noch Zeit hat, könnte sie noch einen Abstecher dorthin machen. Aber wahrscheinlich ist der schon geschlossen, auch wenn gerade goldener Oktober herrscht.

In Freising leert sich der Zug schlagartig. Die kleinen Einfamilienhäuser am Wasser gefallen Dosi. Der damit vermutlich verbundene Lebensstil allerdings nicht zwingend: Kinder, Hund, Katze, Job in München, Pendeln in übervollen Zügen oder auf der verstopften Autobahn und dann am Wochenende am Haus herumwerkeln. Nein, das wäre nicht ihr Ding. Da würde sie eingehen. So stellt sie sich jedenfalls das Leben hier draußen vor – sterbenslangweilig. Aber vielleicht stimmt das ja auch gar nicht, vielleicht sind das nur Vorteile und da leben die superlustigen Alternativ-Freaks und machen andauernd Party und haben eine gute Zeit miteinander. Schnell sind die aufgereihten Häuschen und mustergültig gepflegten Gärtchen verschwunden und Dosi sieht nur noch endlos weite Äcker bis zum Horizont, gelegentlich unterbrochen von Waldstücken und einsamen Gehöften.

›Wenn schon, dann so‹, denkt sie, ›ein Hof, ein paar Tiere und wegen mir auch mal Kinder und ein bisschen Landwirtschaft im Nebenerwerb. Das wäre doch was. Ein anderes Lebensmodell. Dann kann man allerdings nicht bei der Kripo arbeiten. Oder doch?‹ Wer weiß, vielleicht hat sie Mord und Totschlag ja einmal gründlich satt? Und Fränki, was hat der für Pläne – außer sie heiraten? Ja, das ist sein großes Ziel. Allerdings nicht als bürgerliche Sicherheitsmaßnahme, sondern als Ausdruck seiner unendlichen Liebe zu ihr. Ja, manchmal ist ihr das ein bisschen zu viel. Aber nur manchmal. Bedingungsloses Grundvertrauen ist an sich schon eine gute Sache und vermutlich eher die Ausnahme als die Regel. Aber Fränki und ein Bauernhof? Never!

Sie sieht nachdenklich auf den Bahnsteig hinaus, liest Moosburg auf dem blauen Schild – und springt auf, stürzt zur Tür, die gerade wieder zischend zugehen will. Auf dem Bahnsteig muss sie lachen. Mann, fast wäre sie nach Landshut weitergefahren. Oder gleich bis nach Passau. Ja, warum hat sie kein Bayernticket gelöst, um im Anschluss an den Termin ihrer alten Heimat einen Besuch abzustatten? Da war sie ewig nicht mehr. Die Eltern besuchen, in der Gaststätte vom Oberhaus was essen, auf die beleuchtete Stadt runterschauen und im Andorfer Brauereigasthof noch zwei oder drei Weißbier trinken, dann mit dem Taxi heim und ins Bett fallen lassen. Um morgen um zwanzig nach sieben mit dem Zug nach München zurückzufahren. Der perfekte Plan. Ja, vielleicht macht sie das tatsächlich noch.

Das Café Lohmüller ist cool, nicht nur für Moosburg. Außen Oma-Café, innen ein Studentenladen mit zusammengewürfeltem Mobiliar unterschiedlichster Provenienz. Siebziger-Jahre-Loungesessel treffen auf Thonet-Stühle und Wirtshaus-Resopaltische aus den Achtzigern. Dosi entscheidet sich für eine alte Schulbank, als sie sich einen Platz sucht. Die Tischplatte ist mit Schnitzereien und Kulizeichungen und Schülersprüchen verziert: *ANARCHY IN BAVARIA – Fuck School! – Sommer, Sonne, Ibiza – Hurra, hurra, die Schule brennt! – Eminem sucks – Coca-*

*Cola in Angola.*

»Du schaust mir nach am Chai Latte aus?«, sagt das zierliche und vielfach gepiercte Mädchen mit den roten Haaren, dem rotweißen Ringel-T-Shirt und den schwarzen Leggins.

Dosi grinst. »A Weißbier wär mir lieber, aber ich bin ja im Dienst.«

Sofort verfinstert sich die bleiche Miene der jungen Frau.

»Schmarrn. Nur a Witz«, beeilt sich Dosi zu sagen. »Chai Latte is super.«

Als das Mädchen zurück an die Bar geht, fallen Dosi ihre Doc Martens auf. Genau die Stiefel mit der gelben Naht hatte sie früher auch immer an. Ganz wichtig. Hat sie zu allem angehabt. War ein Statement. Vielleicht ist das heute immer noch so? Vermutlich. Sie hat ihre Stiefel getragen, bis sie auseinanderfielen und sich dann genau dieselben wieder gekauft. Irgendwann hatte das dann aufgehört. Wann, warum eigentlich? Vielleicht sollte sie sich mal wieder welche holen. Wäre doch was. Jedenfalls gefällt ihr der Laden hier. Sie hat für das Treffen absichtlich ein paar Minuten später angegeben, weil sie sich noch eingrooven wollte.

Jetzt betreten zwei Schülerinnen das Café. Großes Hallo am Tresen. Ein Mütterchen mit Hut kommt herein und setzt sich gleich am Eingang an einen kleinen Bistrotisch. Ohne dass sie etwas bestellt hätte, stehen kurz darauf ein Cappuccino und ein Hörnchen vor ihr. Ja, das gefällt Dosi. Hier ist Platz für alle. Sogar für die Lady im strengen grauen Bürokostüm, die gerade den Laden betritt und das Publikum scannt.

»Frau Roßmeier?«

»Äh, ja?«

»Rittberger, Lisa.«

»Ach, Frau Rittberger, hallo. Setzen Sie sich doch. Ich bin schon ein paar Minuten da. Ich habe nicht damit gerechnet, dass der Zug pünktlich ist. Das Café hier, also, so eins hätte ich auch gern in München.«

»Ist auch hier eher die Ausnahme.«

Der Crema wird auch Frau Rittberger unaufgefordert gebracht. »Danke, Franka«, sagt sie und sieht Dosi an. »Wie kann ich Ihnen helfen?«

»Wie gesagt, ich bin wegen der Geschichte von damals hier.«

»Das war ein Horrortrip, aber ich hab's überlebt. Warum kommen Sie heute darauf zurück?«

»Wir haben einen aktuellen Fall, in dem die DNA des Täters von damals aufgetaucht ist«, sagt Dosi gerade heraus.

»Eine Vergewaltigung?«, fragt Frau Rittberger irritiert.

»Nein, ich arbeite bei der Mordkommission.«

»Und über Details dürfen Sie nicht sprechen.«

»Nein, zumindest im Moment nicht.«

»Wie kann ich ihnen helfen? Mein Fall ist verjährt.«

»Aber falls wir den Täter in unserem aktuellen Fall finden und überführen, dann muss er ins Gefängnis. Wegen Mord. Und ich bin mir ziemlich sicher, dass es derselbe Mann ist, der Ihnen das damals angetan hat. Diese Täterschaft wird beim Urteil sicher keine mildernden Umstände zulassen. Wenn wir ihn kriegen, wird er für sehr lange Zeit ins Gefängnis gehen. Wie finden Sie den Gedanken?«

»Interessant, erzählen Sie mehr. Was haben mein Fall und Ihr aktueller Fall miteinander zu tun? Was haben Sie überhaupt für einen Fall? Sie müssen keine Namen nennen.«

Dosi nickt. »Bei einem vermeintlichen Selbstmörder haben wir größere Mengen Bargeld sichergestellt und an diesen waren Spuren zu finden, die wir in unserer Datenbank haben. Von der Vergewaltigung damals. Bei der Obduktion des Leichnams zeigte sich zudem, dass gar kein Selbstmord vorlag, sondern dass ein Mord oder zumindest Totschlag verschleiert werden sollte. Wir vermuten, dass das Todesopfer über die Tat von damals Bescheid wusste und den Täter erpresst hat.«

»Und Sie gehen davon aus, dass der Täter in meinen Fall die erpresste Person in Ihrem Fall ist?«

»Ja, der Erpresser gab offenbar keine Ruhe, vielleicht wollte er immer mehr Geld.«

»Interessant, wirklich interessant. Aber wie kann ich Ihnen jetzt helfen?«

»Wenn es für Sie in Ordnung ist, dann erzählen Sie mir nochmal die ganze Geschichte, damit ich mir ein besseres Bild machen kann. Über den Abend, die Nacht, was in der Folgezeit in der Schule passiert ist.«

»Haben Sie denn keine Akten dazu?«

»Doch. Aber ich möchte mir mein eigenes Bild machen.«

## EINSTEIGEN

Als Dosi wieder am Bahnsteig steht und auf den Zug wartet, ist sie immer noch beeindruckt. Was für eine Frau, was für eine Haltung, was für ein Lebensmut! Wie klar und präzise sie von dem schrecklichen Ereignis und der Zeit danach gesprochen hat. Dass sie damals noch das Abitur durchgezogen und sich erst danach in psychologische Betreuung begeben hat. Dass sie anschließend Jura studiert hat und sich heute neben ihrem Beruf als Anwältin politisch für Frauenrechte engagiert. Und zwei Kinder hat und einen Mann, der sein kleines Architekturbüro von zu Hause betreibt und sich um die Kinder kümmert. Lisa Rittberger hat sich nicht aus der Bahn werfen lassen. Dosi hat keine Ahnung, ob sie damals ein Zufallsopfer war, oder ob sich der Täter genau sie ausgesucht hatte und ihr vielleicht von der Festwiese bis nach Hause gefolgt war.

Als es in dem Gespräch um die Schule ging, hat Dosi einmal Hummels Namen und auch den Schimmelpfennigs fallen lassen, einfach, um zu sehen, ob das irgendeine Erinnerung auslöst. Aber da war keine Reaktion. Dass Schimmelpfennig ermordet wurde, hat sie ihr nicht erzählt. Jetzt fragt sie sich, mit wem Gerry in Kontakt war, wen er erpresst haben könnte, nachdem er das Verbrechen mitbekommen oder sich der Täter damals verplappert hatte.

Soll sie mal mit dem Familienanwalt von Gerry sprechen? Mit wem Gerry Kontakt hatte, mit welchen ehemaligen Kollegen? Nein, das sollte Hummel machen. Noch besser, er würde mal an seiner alten Schule die Fühler ausstrecken. Oder steckt er in dem Fall vielleicht zu tief drin, weil er mit Gerry befreundet war? Nein, Hummel ist der richtige dafür. Sie ruft ihn an. Erreicht aber nur seine Mailbox. Anschließend versucht sie mühsam ihre vielen Gedanken zu ordnen. Es gelingt ihr nicht.

Der Zug nach München hat eine Viertelstunde Verspätung. Auf dem rechten Gleis fährt gerade der Regionalexpress nach Passau ein. Dosi überlegt gar nicht, sondern steigt einfach ein und lässt sich auf einen freien Platz fallen.

## DOPPELBOCK

»Hui, Spatzl, wie schaust denn du aus?«, fragt Zankl, als Dosi am nächsten Vormittag kreidebleich und mit Smokey-Eyes im Büro aufläuft.

»Ich sag nur Andorfer Doppelbock. Aber ihr solltet mal die anderen sehen.«

Hummel grinst. »Warst du in deiner Heimat?«

»Spontaner Abstecher. Kurz und intensiv. Gibt's was Neues bei euch?«

»Ich bin mit Andi die ganzen Sozialkontakte von Gerry durchgegangen.«

»Wer ist denn Andi?«, fragt Dosi

»Na, Gerrys Anwalt, Dr. Andreas Meyfarth.«

»Hey Hummel, das nenn ich professionelle Distanz.«

»Ach, wir haben lange geredet. Der hat es auch nicht leicht mit seinem kleinen Anwaltsbüro. Nein, ich hab nicht wirklich was Neues. Andi meint, dass Gerry ein Einzelgänger war. Schon damals im Lehrerkollegium hätte er keine engeren Freunde gehabt.«

»Also hast du nichts rausbekommen?«, fasst Dosi zusammen.

»Nein. Und du?«

Dosi schüttelt den Kopf. »Leider auch nichts. Wobei die Frau eine tolle Persönlichkeit ist. Die hat sich von dem Übergriff nicht unterkriegen lassen und ist heute Juristin. Leider hat sie keinen Hinweis für uns, der uns weiterbringen könnte.«

»So was Blödes«, flucht Zankl, »jetzt haben wir eine heiße Spur, die zwei Verbrechen miteinander verbindet, aber es gelingt uns nicht, Rückschlüsse auf den Täter zu ziehen.«

»Hörst du dich mal bei Gerrys ehemaligen Kollegen um, Hummel?«

»Kann ich machen. Aber viele von damals sind vermutlich nicht mehr an der Schule.«

»Ein paar werden schon noch da sein«, sagt Dosi. »So ewig ist das auch nicht her. Beamte sind ja so bewegungsfreudig wie Zucchini.«

»Das hast du jetzt schön gesagt. Zucchini bewegen sich vielleicht beim Wachsen kaum, aber von Spanien nach Deutschland ist es eine ziemlich lange Reise.«

»Na komm, Hummel, wir machen schon seit vielen Jahren denselben Job. Und wenn du Zucchini aus Spanien kaufst, würde mich das sehr wundern. Als Haidhauser Öko.«

»Ist schon gut, ich werde meiner alten Schule einen Besuch abstatten. Und du erzählst uns jetzt ein bisschen detaillierter, was die Frau gesagt hat, was damals genau passiert ist.«

»Ja, mach ich gerne, wenn mir einer von euch zwei Süßen einen Kaffee holt und der andere die Rollos ein bisschen runtermacht. Sonst platzt mir der Schädel.«

# SCHLÜSSELQUALIFIKATION

›Da schau mal an. Die Müller ist jetzt tatsächlich Direktorin‹, denkt Hummel, als er seiner ehemaligen Mathelehrerin im Direktorat gegenübersitzt. ›Ja, die war damals schon sehr ehrgeizig.‹ Eigentlich hatte er es ja schon auf der Homepage der Schule gelesen, aber er war sich nicht ganz sicher, ob es tatsächlich die Mathe-Schreckschraube ist, die er damals schon genossen hatte. Ein Telefonat hatte Gewissheit gebracht. Jetzt sitzt er ihr live und in Farbe gegenüber. Ihre altmodische Rüschenbluse in Reinweiß wirkt wie aus der Zeit gefallen. So was tragen Damen in einem Mantel- und Degenfilm, denkt er. Im scharfen Kontrast dazu die dicke schwarze Hornbrille. Beängstigend. Mummel schlägt eingeschüchtert die Beine übereinander, während sie ihn über den Rand ihrer Brille fixiert.

»Klaus, schön, dich zu sehen, äh ich meine natürlich: Herr Hummel, schön, Sie zu sehen.«

»Passt schon. Hallo Frau Müller.«

»Dass Sie mit so traurigen Nachrichten kommen… Als Sie angerufen haben, bin ich schon erschrocken.«

»Das gehört leider zu meinem Job.« Hummel ist zu langsam, um das Kaffeehaferl mit dem scharf riechenden Filterkaffee abzulehnen.

»Ja, Herr Hummel. Mal sehen, ob mich meine Erinnerung nicht trügt. Mathe war damals nicht Ihr stärkstes Fach, oder? Aber Sie hatten ein Faible für Musik?«

»Ich mag immer noch Musik.«

»Das ist schön. Klassik?«

»Nein, eher Pop, Rock, Soul.«

»Oh! Schade. Naja, besser als nichts. Aber ich denke, bei der Polizei sind kreative Menschen wie Sie gefragt. Obwohl analytisches Denken sicher auch eine polizeiliche Schlüsselqualifikation ist.«

»Da treffen Sie den Nagel ins Tablett.«

Sie kratzt sich am Kopf. »Äh, haha, ja, gut gesagt.« Sie grinst verlegen. »Also Herr Hummel, ich muss Ihnen was gestehen.«

»Ein Geständnis? Nur zu. Das ist mein täglich Brot.«

Sie strahlt ihn an. »Ich liebe Krimis. Ich lese jeden Abend mindestens noch zwei Stunden im Bett.«

»Und weiter?«

»Nichts weiter. Jeden Abend mindestens zwei Stunden! Ist das nicht eine völlig sinnlose Zeitverschwendung? Aber eine so schöne!«

»Und was sagt Ihr Mann dazu?«

»Ach, Herr Hummel, sowas fragt man eine Dame doch nicht.«

»Entschuldigung.«

»Ich bin nicht verheiratet, selbstredend. Mein Beruf nimmt mich völlig in Anspruch.«

»Mich auch.«

»Sagen Sie, ist die Polizeiarbeit wie in den Krimis?«

»Ja, eigentlich schon, also ungefähr. Bisschen langweiliger vielleicht.«

»Haben Sie schon mal von der Schusswaffe Gebrauch gemacht?«

»Ja, durchaus.«

»Wie aufregend! Möchten Sie darüber sprechen?«

»Nein, nicht wirklich.«

»Schade. Haben Sie Ihre Waffe dabei?«

»Nein, ich bin nicht im Einsatz.«

»Ach, schade. Na gut, dann kommen wir auf Herrn Schimmelpfennig zu sprechen. Was genau ist denn passiert? Wie ist er gestorben?«

»Er hat sich das Leben genommen.«

»Oh Gott. Wann?«

»Vor etwa einer Woche. Ich weiß natürlich nicht, wie eng Sie damals alle miteinander im Kollegium waren, als er noch am Haus war.«

»Hatten Sie selbst Herrn Schimmelpfennig als Lehrer?«

»Leider nein.«

»Warum leider? Wegen Herrn Wallner?«

»Nein, äh, ja. Ich habe Herrn Schimmelpfennig erst kürzlich als Nachbarn in der Kleingartensiedlung in Untergiesing näher kennengelernt.«

»An der Bachleite?«

»Genau. Wir hatten ein paar sehr nette Gespräche und sind darauf gekommen, dass wir an derselben Schule waren. Und plötzlich nimmt er sich das Leben.«

»Und Sie ermitteln jetzt in diesem Fall? Also, es ist ja kein Fall. Sie sagten – Selbstmord?«

»Nein, wir ermitteln nicht. Selbstmord ist nicht unser Aufgabengebiet. Da kennt man den Täter ja bereits. Sozusagen. Es ist eher eine persönliche Geschichte. Wir beide haben auch über die Schule gesprochen, über seine Alkoholprobleme nach dem Tod seiner Frau. Ich war sehr betroffen über seinem plötzlichen Tod und will jetzt sehen, ob er irgendwelche Spuren hinterlassen hat, ob es noch Leute gibt, die sich vielleicht für diese Nachricht interessieren und bei der Bestattung dabei sein wollen. Und ich selbst mache mir natürlich Vorwürfe, weil ich mir denke, ich hätte vielleicht merken müssen, dass er so große Probleme hatte.«

Frau Müller nickt selbstzufrieden. »Ja, Herr Hummel, da sehen Sie es.«

»Was sehe ich?«

»Das ist doch der Leitsatz dieses Gymnasiums: aus jungen Menschen verantwortungsvolle Personen zu machen, die sich für andere einsetzen. Herr Hummel, ich verstehe gut, was Sie meinen. Ich selbst kannte Herrn Schimmelpfennig nur flüchtig, ich war damals ja noch ein ganz junges Küken. Aber Ihr Anliegen ehrt Sie. Sehr schön.«

»Sagen Sie, von damals ist heute sonst keiner mehr im Dienst?«

»Frau Huber gibt immer noch Kunst, heuer ist ihr letztes Jahr,

Frau Felber unterrichtet nach wie vor Englisch. Und Herr Eder ist noch zwei Jahre bei uns als Musiklehrer.«

»Echt, der Eder ist auch noch hier?«

»Ja, der dürfte Sie noch in guter Erinnerung haben wegen der Jazzband. Die ist immer noch eine Herzensangelegenheit für ihn. Spielen Sie denn noch Saxofon?«

»Leider nur noch selten. Sagen Sie, Herr Wallner ist schon pensioniert?«

»Ja, letztes Jahr. Wobei – er trainiert immer noch die Volleyballmannschaften.«

»Volleyball?«

»Ja. Sie waren wahrscheinlich eher Fußballer.«

»Weder noch. Maximal Federball. Sport war nicht so meins.«

»Meins auch nicht. Aber ich dachte, als Polizist muss man topfit sein.«

»Geht so. Unsere Hauptarbeit passiert im Büro, am Rechner. Und da oben.« Er tippt sich an die Stirn.

»Jetzt bin ich aber doch nochmal neugierig. Wie genau ist denn Herr Schimmelpfennig ums Leben gekommen? Dürfen Sie darüber reden?«

»Er hat sich im Dachstuhl seines Hauses erhängt.«

»Oh Gott! Das ist ja schrecklich. Sic transit gloria mundi.«

»Ja, das hat er auch öfters gesagt.«

»So, ich habe jetzt leider gleich noch einen Termin. Tut mir leid, dass ich nicht mehr Zeit für Sie habe, Klaus. – Mordkommission, das ist wirklich interessant!«

»Schön, dass Sie Zeit für mich hatten.«

»Vielen Dank, Klaus, dass Sie persönlich vorbeigekommen sind, um uns über diesen traurigen Vorfall zu informieren.«

»Wenn ich weiß, wann und wo die Bestattung ist, melde ich mich.«

»Das wäre sehr nett. Wenn Sie übrigens Herrn Eder noch besuchen wollen, dann wäre das genau die richtige Zeit. In zwei Minuten ist sein Jazzkurs zu Ende.« Sie deutet auf die große Uhr über ihrer Bürotür. Diese zeigt kurz vor fünfzehn Uhr.

Hummel ist heilfroh, als er unversehrt wieder auf dem Gang draußen steht. ›Boah, die steht echt unter Strom‹, denkt er. ›Und der Kaffee ist Hölle pur.‹

Er steigt das Treppenhaus nach ganz oben und biegt nach links ab zum Musiksaal. Schon auf dem Flur hört er die ziemlich windschiefe Version des Jazzklassikers *All of me*. Schlagzeug, Bass und Saxofon, nein, zwei Saxofone. Obwohl, das eine ist eine Klarinette. Das Stück bricht ab, dann hört er Eders hohe Stimme: »Mit Gefühl müsst ihr das spielen, hört aufeinander, mehr Gefühl, ein bisschen Seele. Also nochmal!«

Das Stück beginnt von vorn. Es klingt keinen Deut besser. Hummel muss grinsen. Es hat sich nichts geändert seit damals. Er hört Eder mit seiner weichen Stimme mitsingen, die Richtung vorgeben. Jetzt klingt es tatsächlich fast schön, findet Hummel. Eder könnte als Nachtclubsänger auftreten. In den Fünfzigern oder Sechzigern allerdings eher. Er selbst hatte zu diesen Jazzstandards immer ein zwiespältiges Verhältnis. Sehr altmodisch, aber auch schön, elegant, unverwüstlich. Selbst ein fauler Musikschüler wie er konnte die tollen Melodien nicht zerstören. Trotzdem hätte er viel lieber Rock gespielt, sich aber nie getraut, das laut zu sagen. Gerade, dass sich Eder mal für ein paar alte Soulsongs begeistern konnte.

Er selbst wollte damals auch mal so was Wuchtiges spielen wie das Saxofonsolo in *Baker Street* von Gerry Rafferty, wo es einem so richtig die Ohren anlegt, in der Turnhalle beim Schulfest. Vor den ganzen Mädels, besonders Uli mit ihren funkelnden blauen Augen und den roten Locken und den vielen Sommersprossen. Boah, was war er in Uli verknallt gewesen. Aber ohne jede Chance. Wobei er das gar nicht wusste, weil er es nicht gewagt hatte, sie anzusprechen. Er war einfach so wahnsinnig schüchtern gewesen, hätte es nie übers Herz gebracht, sich ihr zu offenbaren. ›Crazy, das ist voll die Zeitmaschine hier!‹, denkt er jetzt. ›Will ich das wirklich?‹

Jetzt kommen die Schüler mit ihren Instrumentenkoffern und -taschen aus dem Musiksaal. Hummel nickt ihnen freundlich zu und betritt den Musiksaal. Eder ist nicht zu sehen. Aber Hummel hört ihn zum Klavier singen: »This old heart of mine, you broke a thousand times …"

Hummel strahlt übers ganze Gesicht. »Motown geht immer!«

»Oh, hallo, Klaus! Das ist aber eine Überraschung! Ja, Motown geht immer.«

»Hallo Herr Eder, ich war bei der Chefin und dachte, ich schau mal im Musiksaal vorbei, was hier so los ist.«

»Sind deine Kinder hier auf der Schule?«

»Soweit bin ich noch nicht. Nein, kein Schulthema, eher ein trauriger Anlass.«

»Ist was passiert?«

»Erinnern Sie sich noch an den Schimmelpfennig? Latein.«

»Der Gerry, na klar. Ist ja schon lang nicht mehr auf der Schule.«

»Ich weiß. Der Direx wollte ihn damals loswerden wegen dem Alkohol.«

»Das weißt du?«

»Der Gerry und ich, wir sind, also wir waren Nachbarn in der Kleingartenanlage in Untergiesing, da lernt man sich ganz gut kennen.«

»Verstehe. Wir hatten auch mal einen Schrebergarten in Thalkirchen. Mir wurde das schnell zu viel. Jeder in der Anlage weiß, was du tust, was du nicht tust, was du falsch machst. Nach zwei Jahren war uns das zu viel. Aber um was für einen traurigen Anlass geht es denn? Geht es Gerry nicht gut?«

»Er ist tot.«

»Oh, Gott! Was ist passiert?«

»Offenbar Suizid.«

»Oh je, die Sauferei?«

»Ich weiß es nicht. Wir stochern noch im Nebel.«

»Wir?«

»Ich arbeite bei der Polizei. Kripo.«

»Oh, wirklich?«

»Ja, Mordkommission.«

»Ihr ermittelt bei Selbstmord?«

»Natürlich nicht. Ist eher so eine persönliche Geschichte. Ich frag mich halt, warum man sowas tut. Das mit der Schule damals hat ihn immer noch beschäftigt. Deswegen dachte ich, ich komm mal vorbei und schau, ob noch jemand von damals hier unterrichtet.«

»Wie ist es denn passiert?«

»Er hat sich erhängt. Im Speicher.«

»Das ist ja schrecklich. Und du, warum kommst du an die Schule?«

»Ich wollte es den ehemaligen Kollegen persönlich sagen. Das mit der Schule und seinem unglücklichen Ausscheiden hat Gerry immer noch stark beschäftigt, da dachte ich, ich schau mal vorbei. Vielleicht sehe ich ein paar seiner alten Kollegen und die erzählen mir was über ihn. Für mich ist das Ganze ein Rätsel. Er war erst vor Kurzem noch bei mir zum Grillen.«

»Und was willst du jetzt herausfinden?«

»Naja, mir fällt es schwer zu glauben, dass er das einfach so macht. Selbstmord. Es gab keine Anzeichen, er hatte mit dem Haus und seiner Beamtenpension sein Auskommen, litt keine Not, verdiente sich ein bisschen was dazu mit seinem Trödelhandel. Da zieht man doch nicht einfach den Stecker. Und ich hatte nicht gerade den Eindruck, dass Gerry zu Übersprunghandlungen neigt.«

»Naja, er war ein Trinker, er hat den Tod seiner Frau nicht verkraftet.«

»Hatte er denn Geldprobleme?«

»Das weiß ich nicht. Ich glaube, die Miete für das Haus war sehr günstig.«

»Für München schon, also so generell. Für ihn allerdings nicht mit seiner kleinen Pension.«

»Naja, er war ein Lebenskünstler, er brauchte ja nicht viel.«

»Ja, so hab ich ihn auch in Erinnerung«, pflichtet Hummel ihm bei.

»Man steckt eben nicht drinnen in einem Menschen.«

»So ist es. Als das war's auch schon. Schön, Sie mal wieder getroffen zu haben.«

»Jetzt hör mal mit dem blöden Gesieze auf. Ich bin der Norbert.«

Hummel grinst schüchtern. »Gerne. Klaus.«

»Echt?«

Beide lachen.

Eder steht von seinem Klavierhocker auf. »Also, ich hab jetzt frei. Wie wär's mit einem Kaffee?«

»Nein danke, ich hatte schon das zweifelhafte Vergnügen bei deiner Chefin.«

»Na, wenn du den überlebt hast, dann hast du eine gute Konstitution. Hier ums Eck, im *Café Puck* machen die einen richtig guten Cappuccino. Hast du noch Zeit?«

»Ja, warum nicht. Sag mal, führst du mich vorher noch kurz durchs Haus? Mich interessiert, ob noch alles beim Alten ist.«

»Du wirst dich wundern – vieles ist noch beim Alten. Viel zu vieles. Es fehlt an allen Ecken und Enden.«

Eder zeigt Hummel ein paar Zimmer der Oberstufe, den Physik- und den Chemiesaal, das ehemalige Sprachlabor, das jetzt mit Computern vollgestopft ist, dann die frisch renovierte Turnhalle, die trotzdem riecht wie immer – nach Reinigungsmittel und Schweiß. Dort trainiert gerade eine Mädchenmannschaft Volleyball.

»Ist das der Wallner?«, fragt Hummel und deutet zu dem wettergegerbten Trainer. »Im Ernst? Immer noch?«

»Ja, eigentlich ist der seit letztem Jahr in Pension, aber er kann es nicht lassen. Zum Glück. Bei den jungen Lehrern hat sich leider keiner gefunden, der Volleyball noch zusätzlich übernehmen will. Ist ja nur Wahlfach. Die Damenmannschaft ist übrigens richtig gut, da können sich die Jungs hier ruhig eine Scheibe abschneiden.«

Hummel ertappt sich, wie er auf den muskulösen Po einer Spielerin bei der Ballannahme starrt und sieht sofort indigniert zu Boden.

»Ist was, Klaus?«

»Nein, alles gut. Bisschen schwacher Kreislauf heute. Vielleicht doch der Kaffee deiner Chefin. Jetzt hätte ich wirklich gerne einen guten Cappuccino.«

Sie verlassen das Schulhaus und gehen einmal um den Block bis zu dem kleinen Café auf der Ecke. Das Café ist leer und sie setzen sich draußen an einen der zwei kleinen Bistrotische.

»Lustig, mein Schulweg ging fast hier vorbei«, sinniert Hummel. »Aber das Café ist mir nie aufgefallen. In der Schule war ich seit dem Abitur auch nicht mehr. Bis ich Gerry kennengelernt habe, war das irgendwie wie ausgelöscht.«

»Das ist eigentlich schade. Es gibt einen großen Ehemaligen-Verband.«

»Und was machen die?«

»Die Schule unterstützen.«

»Mit Geld?«

»Ja. Auch. Wichtiger sind aber die Praktikumsbörse und die Beratungsabende für die Berufswahl. Das interessiert die Schüler sehr. Ich glaube, von der Kripo haben wir noch keinen im Verein. Das wär doch was! Hey, Klaus, wirklich!«

Hummel muss grinsen über die Begeisterung seines alten Musiklehrers. »Ich überleg es mir, Norbert.«

»Das wär doch toll. Die Treffen sind einmal im Vierteljahr. Das schafft man zeitlich. Was meinst du?«

»Ja, vielleicht.«

»Wunderbar, das trifft sich hervorragend.«

»Äh?«

»Das nächste Treffen ist heute Abend. Wenn du Lust hast?«

»Äh, das ist mir jetzt ein bisschen zu spontan.«

»Du warst doch früher immer spontan. Ich kann mich noch gut erinnern, dass du es mit dem Üben immer nicht so hattest oder mit den Kadenzen, aber beim Improvisieren warst du nicht schlecht. Ziemlich gut sogar.«

»Danke für die Blumen. Was wird denn da geboten heute Abend?«

»Es gibt einen Vortrag von einem Entwickler bei BMW. Ist doch toll, wenn ein ehemaliger Schüler heute bei der Entwicklung selbstfahrender Autos beteiligt ist.«

»Ich fahr lieber mit dem Radl.«

Eder grinst. »Ha, klar. Es kommt aber auch ein Verleger. Wenn das eher deins ist. Der erzählt ein bisschen was darüber, wie Verlage heute so arbeiten. Du hast doch immer gerne gelesen.«

»Ja, tu ich immer noch.«

»Also, ich mail dir einfach nachher eine Einladung, wenn du mir deine E-Mail Adresse gibst.«

»Mach ich. Dann hab ich auch deine Adresse und kann dir wegen Gerrys Beerdigung Bescheid geben. Also, wenn du da kommen möchtest.«

»Ja, natürlich möchte ich das.«

## HÖLLENORGEL

Hummel hat gezögert, ob er wirklich zu der Veranstaltung seiner alten Schule gehen soll. Wirklich spannend klingt das Programm, das ihm Norbert vorhin gemailt hat, nicht: Begrüßung durch die Direktorin und kurzer Rückblick auf das vergangene Quartal, Rechenschaftsbericht des Alumni-Vereins, Impulsvortrag eines BMWlers und schließlich noch das Jobporträt des Verlegers, der ebenfalls anno domini im FFG die Schulbank gedrückt hat. Dann noch eine Vorführung der Neigungsgruppe Physik – na danke – und zum Abschluss geselliges Beisammensein. Oh Mann, darauf hat Hummel echt keinen Bock. Aber sein

Bauch sagt ihm, dass er hingehen sollte, um mehr über seine, Gerrys und Lisa Rittbergers Schule zu erfahren. Um sich ein bisschen in Schwung zu bringen, glüht er zu Hause mit einer Halben Bier vor.

Um kurz vor sieben macht er sich auf den Weg. Vor dem Haus staut sich der Verkehr. Es riecht scharf nach Abgasen. Für Oktober ist es verdammt warm. Einmal mehr kommt ihm der Zusammenhang zwischen Verkehrskollaps und Klimaveränderung in den Sinn, beziehungsweise geradezu zwingend vor. Das kann doch kein vernünftiger Mensch mehr anzweifeln. Und in jeder Karre sitzt nur eine Person. An diesem beklagenswerten Zustand des Stadtverkehrs ist er als Nicht-Autobesitzer nicht beteiligt. Tun kann er aber auch nix dagegen. Oder doch? Sollte er? Aber politisches Engagement ist nicht das Seine, er ist ja schon hauptberuflich für Recht und Ordnung zuständig. Das reicht ihm als gesellschaftlicher Beitrag. Im Moment zumindest.

Die Veranstaltung findet in der unteren Turnhalle statt. Mit ihrem typischen süßsauren Geruch, der sich auch an diesem Abend trotz ausgiebigem Lüften nicht vertreiben ließ. Vielleicht auch Absicht – eine Duftnote, die jeden Besucher sofort um Jahrzehnte zurückversetzt – in die eigene Schulzeit, mit allem Freud und Leid. Hummel fallen vor allem Peinlichkeiten wie das gegenseitige Züchtigen mit nassen Handtüchern unter der Dusche nach dem Sport ein. Ja, es gibt definitiv Sachen, die er nicht vermisst.

Für die einzelnen Projekte der Schulinitiativen mit den Alumni-Paten sind in der Turnhalle Stellwände mit Schaubildern und Plakaten aufgebaut, bei denen Schülerinnen und Schüler mit ihren Paten aus dem Lehrkörper bereitstehen, um den Gästen detailliert zu erläutern, wie die Produktion kompostierbarer Staubsaugerbeutel abläuft oder mit Solarenergie beheizbare Fahrradsättel und Handgriffe funktionieren. Falls die kalten Winter doch noch kommen sollten. ›Ob der Klimawandel bei diesem Projekt wohl angemessen bedacht wurde?‹, überlegt

Hummel und schlendert an den Ständen vorbei.

»Klaus!«

Er dreht sich um und erblickt Frau Müller.

»Äh, natürlich, Herr Hummel. Die Macht der Gewohnheit.«

Hummel lächelt die Direktorin an. »Sagen Sie ruhig Klaus.«

»Sehr gerne, Klaus. Sie ermitteln hier?«

»Wenn Sie es nicht weitersagen.«

»Und, haben Sie schon eine Spur?«

»Ich glaube ja. Das mit den kompostierbaren Staubsaugerbeuteln hat mich auf eine Idee gebracht.«

»Ja?« Fröhliche Neugier blitzt in ihren Augen auf.

»Kompostierbare Waffen. Nach dem Gebrauch einfach in den Gartenabfall, also wenn man einen Garten hat. Sonst Biotonne. Wissen Sie, wie Eiszapfen, mit denen man jemanden ersticht und dann taut das Ding einfach weg. Keine Waffe, keine Fingerabdrücke, einfach nix. Das perfekte Verbrechen.«

»Ha, Sie machen mir Spaß, Herr Hummel, also Klaus. Das müssen wir noch vertiefen. Laufen Sie mir nicht weg heute Abend! Wir sehen uns später noch auf ein Gläschen!«

Hummel lächelt unverbindlich und hofft inständig, dass das nur eine leere Drohung ist.

Er sucht sich einen freien Stuhl im Saal mit gutem Blick auf das Rednerpult. Erstaunlich viel los. Nur noch wenige Plätze sind frei. Bekannte Gesichter? Ehemalige Mitschüler? Fehlanzeige. Jetzt sieht er Eder. Der ist gerade vertieft ins Gespräch mit einer älteren Dame. Immer höflich, der Eder. Das war schon früher so. Vertrauenslehrer. Wenn man ein Problem hatte, konnte man zum Eder gehen. Jetzt aber nicht mehr Eder, sondern Norbert. Für ihn. Wallner ist auch da. Wettergegerbtes Gesicht, sein durchtrainierter Körper steckt in seinem schimmernden schwarz-goldenen Retrotrainingsanzug. Jaja, *forever young*. Sport und Latein – ungewöhnliche Kombi eigentlich. Oder gerade richtig. *Mens sana in corpore sano*. Sicher glaubt er, dass die Volleyball-Mädels ihn alle vergöttern. Sugardaddy ist grazil wie ein schwarzer Panther. Der geile Bock. ›Naja, ich muss ja gerade reden‹, denkt Hummel jetzt, als ihm einfällt, wie er auf den Frauenhintern beim Volleyball in der Turnhalle gestarrt hat. Peinlich! Geht gar nicht. Ob Lisa Rittberger auch Volleyball gespielt hat, ob sie von Wallner trainiert wurde? Könnte Dosi Frau Rittberger fragen. Er schreibt Dosi schnell eine WhatsApp.

›Warum?‹, kommt es gleich zurück.

›Wenn ja, bei welchem Lehrer?‹, schreibt er. Dosi wird sich ihren Teil schon denken.

Jetzt wird es schlagartig still in der Halle und die Direktorin beginnt mit ihrem Vortrag. Hummel hört ihr nicht zu, denn sein Blick ist an einer rothaarigen Frau hängengeblieben. Ist das etwa Uli? Er hat von schräg hinten einen guten Blick auf sie. Keine zehn Meter Luftlinie. Ja, klar ist sie das! Wow! Sie sieht immer noch toll aus. Die flammenden Haare, die Sommersprossen, die Grübchen. Hummel grinst. Hat sich der Besuch schon gelohnt. Er war sowas von verknallt in Uli gewesen, dass er sich jetzt wundert, wann das eigentlich aufgehört hat. Kann man sowas einfach vergessen? Offenbar. Jetzt, als er Uli dort sitzen sieht, kommt es ihm vor, als hätte er sie gestern zum letzten Mal gesehen. ›Erstaunlich‹, denkt er. ›Da liegt eine Information tief verborgen im Gehirn, komplett abgemeldet, und plötzlich ist sie mit einem Fingerschnippen wieder da. Nein, keine Information, eine Emotion, abgespeichert in all ihrer Komplexität. Ob man sich in jemanden aus der Vergangenheit wieder verlieben kann?‹ Der Gedanke amüsiert Hummel.

Jetzt, als er zu Uli rüberschaut, sieht er ihre Schönheit, aber er spürt nichts. Kein Schauer jagt über seinen Rücken, nichts kratzt im Hals, sein Herz pumpt ganz normal. Nein, da geht nix mehr. Und bestimmt hat sie schon alles arrangiert in ihrem Leben, einen wohlhabenden Mann gefunden, einen Banker oder Rechtsanwalt. Was sie wohl beruflich macht? Vielleicht Lehrerin, wenn sie heute hier ist. Oder ist sie auch auf Einladung eines ehemaligen Lehrers oder einer Lehrerin hier, so wie er? Auf

Mode legt sie offenbar immer noch Wert, soweit er das von hier beurteilen kann. Das gestreifte Kleid könnte *Missoni* sein. Uli hatte damals schon tolle Kleider, nicht der klassische Jeans-und T-Shirt-Look, den so viele trugen, sondern immer etwas Besonderes, nicht zwingend teuer, aber mit Stil. Immer tolle Sachen aus dem Second-Hand-Laden. Hätte modisch eh nicht zu ihm gepasst. Für ihn waren Jeans und T-Shirt mit Chucks oder Docs stets völlig ausreichend. Tja, wenn jeder wäre wie er, wäre das ziemlich langweilig.

Er ist tief in Gedanken versunken und wacht erst durch lauten Applaus auf. Die Reden sind schon vorbei. So schnell? War ja halb so schlimm. Schülerinnen und Schüler schieben nun eine riesige Apparatur mit langen Rohren auf die Bühne, bringen mit einer Sackkarre eine große Gasflasche und einen aufgerollten Schlauch, schließen das Gas mit einem Ventil an das lange Rohr an. Auf einem weiteren Wagen wird eine Stereoanlage mit zwei großen Boxen herangerollt. Ein junger Mann mit wirren kurzen Dreadlocks stellt sich als Physiklehrer vor und freut sich, mit seinen Schülerinnen und Schülern jetzt das Thema Gasdruck und Dichte auf seiner Versuchsanlage zu präsentieren, die er als »Höllenorgel« betitelt.

Jetzt ist Hummel doch neugierig. Der Lehrer bittet seinen Assistenten das Gasventil zu öffnen, damit Gas in die lange Röhre strömen kann. Dann entfernt er die Verschlüsse von der Bohrungen, die in Halbmeterabständen über das Rohr verteilt sind und entzündet mit einem Feuerzeug das dort ausströmende Gas. Blau züngeln kleine Flammen hoch. Der Lehrer präsentiert eine LP von AC/DC und legt sie auf den Teller des Plattenspielers. Stellt die Boxen direkt vor die Rohrenden, die mit dünnen Membranen abgedichtet sind. Eine Schülerin öffnet das Ventil weiter, so dass jetzt die Flammen gelb und dreißig Zentimeter hoch aus den Löchern emporflackern. Hummel merkt, dass es warm wird in der Turnhalle. Die Nadel senkt sich auf die Platte. Die ersten Töne von *Hells Bells* erklingen. Die Flammen zucken im Rhythmus der Musik. Das Gasventil wird jetzt noch weiter geöffnet und die Flammen tanzen bis zu drei Meter nach oben. Das Publikum klatscht begeistert im Rhythmus der Musik. Hummel auch. Geil! Wie Rammstein! So einen Physiklehrer hätte er auch gern gehabt. Er kann sich nicht erinnern, dass sie im Physikunterricht mal mit größeren Flammen als denen aus Bunsenbrennern zum Erhitzen von Wasser zu tun gehabt hätten. Unter dem Programmpunkt *Schall und Gasdruck,* der im Flyer auf seinem Sitz steht, hat er sich eigentlich gar nichts erwartet. Von wegen! Eine Flammenorgel – so was von genial!

Tosender Applaus beendet die Vorstellung. Ja, es hat sich gelohnt herzukommen. Nach dem anderen Grund schaut er gerade. Aber Uli ist nicht mehr auf ihrem Platz. Selber schuld. Verpasst das Beste vom ganzen Abend. Also die Orgel, nicht ihn. Denn ihn hat sie schon damals nicht wirklich wahrgenommen. Das Gefühl hatte er jedenfalls immer.

Die Türen zum Schulhof sind geöffnet und die Leute strömen nach draußen. Hummel ist froh über die Sauerstoffzufuhr. Im Schulhof brennen Fackeln, die alles in flackerndes Licht tauchen. Die Schülerinnen und Schüler verkaufen Getränke und Butterbrezen. Hummel stellt sich in die Schlange und holt sich ein Bier.

»Hey Klaus!«

Hummel zuckt zusammen. Aber das ist nicht die Stimme von Frau Müller! Er dreht sich um. »Oh, hallo, Uli!«

»Was schaust du denn so?«

»Ich? Du, äh, du hast mich gleich erkannt?«

»Ja, wieso denn nicht?«

»Äh, ich …«

»Du mich doch auch.«

»Ja, klar. Natürlich. Du siehst genauso aus wie damals.«

»Ist das ein Kompliment?«

»Ja, klar!«, sagt Hummel.

»Du hast dich auch nicht verändert.«

»Ist das ein Kompliment?«

»Ja, klar.«

»Wie geht's dir, Uli?«

»Danke, gut. Was machst du hier?«

»Ach, ich dachte, ich schau mir das mal an. Eder hat mich eingeladen.«

»Der Eder? Hast du mit dem noch Kontakt?«

»Nein, eigentlich nicht. Ich hab Eder vor ein paar Tagen zufällig auf der Straße getroffen. Ich wohn ganz in der Nähe. Wir sind ins Ratschen gekommen und da hat er mich zu dem Abend eingeladen. Wohnst du auch noch in Haidhausen?«

»Leider nein. Aber meine Eltern leben noch immer hier. Ich wohn jetzt in Thalkirchen.«

»Auch schön. Hauptsache Isarnähe.«

»Ja, das stimmt.«

»Das mit der Orgel eben war sowas von genial.«

»Ja, gell?«

»Da hast du echt was verpasst, Uli.«

»Wie kommst du denn da drauf?«

»Äh, du warst nicht auf deinem Platz.«

»Soso?«

»Äh, also, ich hatte dich gesehen. Ich saß ein paar Reihen hinter dir.«

»Wusste ich es doch. Da war so ein komisches Stechen in meinem Rücken.«

Hummel schluckt.

Sie lacht laut auf. »Hey, nur Spaß, Klaus. Ich hab dich vorher schon mit der Müller gesehen. Das sah ja sehr vertraut aus. Läuft da was zwischen euch?«

»Sie mag meinen Beruf.«

»Was machst du denn?«

»Ich bin Polizist. Bei der Mordkommission.«

»Echt? Geil.«

»Naja. Gibt auch andere tolle Berufe. Lehrer zum Beispiel.

Der Physiktyp war super.«

»Ja, find ich auch.«

»Und sieht noch aus wie ein Student.«

»Täusch dich nicht, der ist älter, als du denkst.« Sie grinst und sieht sich um. Sieht den Physiklehrer in einer Gruppe von Schülern, winkt ihm. Er hat ein Kleinkind auf dem Arm und kommt zu ihnen.

»Rufus, darf ich dir Klaus vorstellen? Wir sind zusammen zur Schule gegangen.«

Hummel gibt ihm die Hand. »Starke Vorstellung eben. So hätte mir Physik damals auch Spaß gemacht. Ganz toll!«

»Danke!«, sagt der Lehrer und grinst.

»Mama, ich will 'ne Limo«, sagt das Kind.

Erstaunt sieht Hummel zu dem Kind, dann zu Uli, dann zu Rufus.

Uli lacht laut auf.

Hummel nickt. »Respekt, die Überraschung ist dir gelungen. Jetzt hatte ich mir schon Hoffnungen gemacht. Du bist auch Lehrerin?«

»Nein, ich arbeite in einem Verlag. Der Typ mit dem Vortrag vorhin, das war mein Chef.«

»Welcher Vortrag?«

Sie lacht wieder schallend.

Hummel ist krebsrot. »Äh, ich hab nicht so genau aufgepasst.«

»Uli, Mathilda muss jetzt langsam nach Hause«, sagt der Physiklehrer.

»Aber erst die Limo!«, fordert Mathilda.

»Na klar, Schatz. Klaus, ich muss los. Du, das war richtig schön, dich mal wiederzusehen.«

Hummel grinst immer noch, als er in der Schlange steht, um sich noch ein Bier zu holen. Interessanter Abend zweifellos.

»Schön, dass du gekommen bist!«, begrüßt ihn Eder, nachdem Hummel sein Bier erstanden hat und sich im Hof umschaut und ihn entdeckt hat. »Hat es dir gefallen?«

»Es war sterbenslangweilig.«

»Oh, das tut mir leid.«

»Unsinn! Die Höllenorgel war der Wahnsinn! Das war richtig cool! Allein die Idee! Und der Typ!«

»Ja, Rufus ist wirklich ein Farbtupfer im Kollegium. Und schon promoviert. Hoffentlich bleibt er der Schule erhalten.«

»Wieso? Hat er nur einen Zeitvertrag?«

»Nein, aber nicht, dass es ihm hier zu langweilig wird und er sich nach was anderem umschaut.«

»Naja, das wird er sich ja vorher überlegt haben, wenn er Lehramt studiert hat.«

»Woher denn! Rufus ist ein Quereinsteiger. Das merkt man doch.«

Hummel lacht. »Allerdings. So, ich mach mich dann mal langsam auf den Heimweg. Ich muss morgen früh raus.«

»Du, wart mal, ich hab dir noch ein paar Sachen zu unserem Verein zusammengestellt.«

»Was für Sachen?«

»Na, Infomaterial und so. Oder ist das jetzt blöd?«

»Nein, ganz und gar nicht.

»Bin gleich wieder da.«

Hummel sieht, wie sein ehemaliger Musiklehrer in der Turnhalle verschwindet. Na gut, dann wird er ein bisschen Infomaterial mitnehmen und es zu Hause vertrauensvoll der Papiertonne übergeben.

Hummel lässt den Blick schweifen und erspäht Wallner in einer Gruppe von Schülerinnen. Das Kichern und Gackern ist deutlich zu vernehmen. Wallner hat eine Bierflasche in der Hand und liefert sich gerade ein Wortgefecht mit einer großen Blonden. ›Der geile Bock!‹, denkt Hummel nun schon zum zweiten Mal an diesem Abend.

»So, da hast du ein paar Unterlagen zu unserer Arbeit«, meldet sich Norbert zurück und reicht Hummel einen Stoffbeutel mit einem großen FFG-Aufdruck. Hummel späht in den Beutel und sieht darin einen Stoß Broschüren und einen Schreibblock samt Kugelschreiber mit FFG-Logo. »Ich schau mir die Sachen gerne an, Norbert.«

»Ja, und wenn du Interesse hast bei uns mitzumachen, gib mir einfach Bescheid. Ein Vortrag von einem Kripobeamten, das wäre doch mal was ganz Besonderes. Und dazu noch Mordkommission!«

»Eure Chefin würde ausflippen.«

»Wieso?«

»Vor Begeisterung. Sie ist ganz fanatisch mit Krimis.«

»Du weißt Sachen, die ich nicht weiß.«

»Ich bin Ermittler.«

»Natürlich. Du, ich muss noch ein paar Hände schütteln.«

»Kein Thema, ich trink mein Bier aus und dann mach ich mich langsam auf den Heimweg.«

Hummel sieht aufs Handy. Eine WhatsApp von Dosi: *Lisa hat Volleyball gespielt bei Wallner.* ›Interessant‹, denkt Hummel. Er sieht zu Wallner. Der unterhält immer noch die Mädels. Mädels stimmt natürlich nicht, es sind junge Frauen. Oder Jugendliche. Gehört sich jedenfalls nicht, so ein Auftreten, so paschamäßig. Findet Hummel zumindest.

Jetzt verlässt Wallner die Gruppe und geht zum Schulhaus. Schwungvoll nimmt er die Treppe zum Hintereingang hoch, stellt seine Bierflasche auf der obersten Stufe ab und verschwindet im Gebäude. Wahrscheinlich aufs Klo. Mit schnellen Schritten überquert Hummel den Hof, steigt die Treppe hoch und tauscht die Bierflaschen aus. Gießt den Rest Bier ins Gebüsch und lässt Wallners Flasche in seinem Stoffbeutel verschwinden.

»Abgang«, sagt er zu sich selbst und verlässt den Schulhof.

## SEHR PEINLICH

*Liebes Tagebuch,*

jetzt weiß ich wirklich, dass ich Beate liebe. Ich bin heute Abend meiner großen Jugendliebe begegnet und da war nichts, rein gar nichts, keine Erregung, also kaum eine. Eher so ein Gefühl, eine Unsicherheit, als ich mich fragte, ob ich mich damals sehr peinlich benommen habe. Bestimmt. Aber so ist das Leben. Sonst war ich ganz cool, obwohl Uli wirklich hinreißend aussah in ihrem tollen Kleid. Die roten Haare, die Sommersprossen – herrlich!

Ich habe vorhin einen alten Jahresbericht rausgekramt und mir das Foto von der Kollegstufe damals angesehen. Wahnsinn, sie hat sich tatsächlich kaum verändert. Ich hab das Bild mit dem Handy abfotografiert und den Ausschnitt mit ihr vergrößert. Bisschen pixelig, aber trotzdem ganz toll. Uli hätte zum Film gehen können. Ach, besser, ich lösch das Bild wieder. Nicht, dass Beate es sieht, wenn ich ihr mal wieder ein paar von meinen Schnappschüssen zeige. Aber den alten Jahresbericht werde ich hüten wie meinen Augapfel!

## KOMMISSAR ZUFALL

Den nächsten Tag verbringt Hummel in nervöser Anspannung.

»Was ist los mit dir?«, fragt Dosi im Büro.

»Nix. Wieso?«

»Du strahlst Stress aus. Da kann man nicht in Ruhe arbeiten.«

»Aha. An was arbeitest du denn gerade?«

»Ich war nochmal in Gerrys Haus.«

»Und mit welchem Resultat?«

»Kein weiteres Geld. Aber ich habe einen Taschenkalender mit ein paar Telefonnummern gefunden.«

»Darf ich den Kalender mal sehen?«

»Ja, klar.« Sie gibt ihm das Büchlein.

Hummel blättert durch das Notizheft. Termine von Trödelmärkten, immer wieder Eurobeträge, alle in unterschiedlicher Höhe. Wahrscheinlich für Trödel und Antiquitäten. Eine ganze Reihe von Telefonnummern.

»Hast du die Telefonnummern schon durchprobiert?«, fragt er Dosi.

»Nein, wann denn?«

»Soll ich das machen?«

»Ja, gerne. Das wäre hilfreich.«

Hummel ist froh, eine Aufgabe zu haben, solange er auf die Ergebnisse aus dem kriminaltechnischen Labor warten muss. Dort war er heute Morgen als erstes, um die DNA-Probe von gestern abzugeben. Klar, es ist nur ein Verdacht, aber sein Bauchgefühl gestern, das Lachen der Mädchen, das faltige Grinsen des alten Gockels in seinem schwarz-goldenen Trainingsanzug.

Er telefoniert die Nummern ab, landet bei ein paar Trödelhändlern. ›Fast schon international‹, denkt Hummel, als er die unterschiedlichen Dialekte hört: Ober- und Niederbayerisch, Fränkisch und auch tiefstes Oberpfälzisch. Er unterrichtet die Leute von Gerrys Tod und stellt kurze Fragen, wann sie ihn das letzte Mal gesehen haben. Alle sind bestürzt, haben aber keine weiterführenden Informationen für ihn.

Hummel staunt – Gerry hatte weit mehr Kontakte, als er angenommen hatte. Schließlich landet er sogar auf Wallners Mailbox und ist froh, dass Wallner nicht selbst drangeht. Im Notizbuch steht nur ›Richard‹ vor der Rufnummer. Hätte er was sagen sollen? Eine Drohung ausstoßen? So von wegen: »Ich weiß, was du getan hast!« Dann wäre es sicher vorbei mit Wallners blödem Grinsen. Nein, Ruhe bewahren! Der Typ ist nicht nervös, der fühlt sich völlig sicher. Das hat er gestern Abend gesehen. Der wird jedenfalls nicht von Selbstzweifeln geplagt. Wie sollte er auch auf die Idee kommen, dass ihm jemand auf der Spur ist bei dieser alten Geschichte, die zudem der Schlüssel sein könnte zum Mord an Gerald Schimmelpfennig. Die DNA wird Wallner überführen. Hoffentlich.

»Gehst du mit in die Kantine?«, fragt Dosi mittags.

»Nein danke, ich mach noch ein paar Anrufe.«

Als Dosi und Zankl weg sind, ruft er im Labor an. »Und, Bernd? Hast du was?«

»Ergebnis ist gerade gekommen.«

»Und?«

»Moment, ich hab den Bericht noch gar nicht gelesen.« Er klickert auf der Tastatur herum. »Ja, Übereinstimmung. Die gleichen DNA-Spuren wie bei den alten Proben von dem Vergewaltigungsfall und an den Briefumschlägen von Dosi. Wahnsinn, wo hast du das her?«

»Kann ich noch nicht sagen. Es gibt keinen Zweifel?«

»Kein Zweifel, also wenn man … Hallo?«

Hummel hat bereits aufgelegt. In seinem Kopf braust es. Er hat den Fall gelöst, die Fälle. Wahnsinn! Eine enorme Wut steigt in ihm hoch. Der blöde Wallner. Trainiert die Mädchen. Die jungen Frauen. Trifft seine Wahl. Lisa Rittberger. Ob es noch mehr Opfer gibt? Die nicht zur Polizei gegangen sind? Wenn Gerry noch mehr über Wallner wusste? Woher kann er überhaupt von Wallners Vergewaltigung gewusst haben? Hat sich Wallner verraten, sich ihm anvertraut? Egal, das werden sie schon aus Wallner herauskriegen, wenn sie ihn in die Mangel nehmen.

Hummel ruft im Sekretariat der Schule an, sagt, dass er gerne mit Wallner sprechen würde, ob er denn in der Schule sei.

»Leider nein«, teilt ihm die Sekretärin mit. »Der Richard ist heute Morgen mit seiner Mannschaft zur Volleyball-Freizeit gefahren.«

»Wohin?«

»Warum fragen Sie das?«

»Ich sagt doch schon, ich bin von der Polizei. Wir brauchen ihn für eine Aussage.«

»Warten Sie, ich verbinde Sie mit Frau Müller.«

Kurz darauf weiß Hummel Bescheid. Auch wenn er sich bei der Direktorin sehr winden musste, warum er ausgerechnet von Wallner eine Information braucht. Schließlich hilft sie ihm aber weiter. Wallner ist in Stegen am Ammersee in einem Jugendgästehaus.

Zankl und Dosi kommen vom Mittagessen. Dosi gibt Hummel eine in Alufolie eingewickelte Leberkässemmel. »Damit du nicht verhungerst.«

»Danke, die nehm ich mit.«

»Wohin?«

Er erzählt ihnen, was er herausgefunden hat.

»Respekt«, sagt Dosi. »Kommissar Zufall.«

»Heyhey!«

»Hummel, das war maximal Bauchgefühl.«

»Ist doch egal. Die Beweise zählen. DNA lügt nicht. Jetzt schnappen wir uns den Kerl!«

»Ich bin dabei«, sagt Zankl.

»Dosi, du bleibst bitte hier und kümmerst dich um den Haftbefehl. Den Bericht hat Bernd im Labor.«

»Okay, ich informier den Staatsanwalt, sobald ich die Analyse habe.«

»Gut. Los, Zankl, nehmen wir den Wichser fest.«

Dosi holt sich einen Kaffee und reibt sich die Stirn. Sollte es wirklich so einfach sein? Zwei Fälle gelöst, während sie in der Mittagspause sind? Ja, manchmal sind die Dinge so einfach. Dosi lässt den halben Kaffeebecher stehen und geht ins kriminaltechnische Labor. Aber Bernd ist nicht da. Die Kollegen wissen nichts von dem Bericht, geben ihr aber Bernds Handynummer.

»Bernd, ich bin's«, meldet sie sich, als er den Anruf annimmt. »Dosi, von der Mordkommission. Wo bist du?«

»Im Kindergarten.«

»Warum?«

»Meinen Sohn abholen.

»Du hast Kinder?«

»Nein.«

»Was jetzt?«

»Nur eins, einen Sohn. Den hol ich immer um zwei ab und bring ihn heim. Anschließend fahr ich zurück ins Labor.«

»Äh, klar, verstehe. Du, ich wollte wegen der Analyse nachfragen, die Hummel in Auftrag gegeben hat. Sind die Proben wirklich identisch mit den DNA-Spuren aus dem alten Vergewaltigungsfall?«

»Ja, hundertpro. Also fast. Wie das immer so ist. Über neunundneunzig Prozent. Ich bring den Bericht nachher vorbei.«

»Das wäre nett. Ich brauch das für den Staatsanwalt. Bis gleich.«

Dosi ist verwundert. Bernd hat einen Sohn. Der junge Hupfer. Hätte sie nicht gedacht. Schön für ihn. Als nächstes informiert sie den Staatsanwalt, der natürlich erst den Laborbefund sehen will. Kein Thema, bringt sie nachher gleich vorbei. Dass Hummel und Zankl bereits auf dem Weg zu Wallner sind, sagt sie ihm lieber nicht.

## TARZAN

In dem Jugendgästehaus herrscht fröhliche Nachmittagsstimmung. Ein paar Mädchen spielen auf dem Beachvolleyballplatz, andere sitzen in Grüppchen auf der Wiese, sonnen sich, scherzen oder wischen über die Displays ihrer Smartphones.

»Entschuldigung, seid ihr vom FFG?«, fragt Hummel eine Gruppe von Schülerinnen.

»Wer will das wissen?«, fragt eins der Mädchen zurück.

Hummel stockt, aber Zankl sagt ganz cool: »BLLV.«

»Was ist das, der Bayerische Geheimdienst?«

»Bayerischer Lehrerinnen- und Lehrerverband. Wir prüfen die Qualitätsstandards der für den Schulsport vorgesehenen Freizeiteinrichtungen. Zu diesem Zweck müssten wir mit Herrn

Wallner sprechen. Wo finden wir ihn?«

»Da, wo's stinkt und kracht.«

»Auf dem Klo?«, fragt Hummel und bekommt breites Gelächter als Antwort

»Nein, vermutlich im Fitnessraum an den Hanteln«, sagt eins der Mädchen.

Aus der zweiten Reihe kommt ein jodelnder Tarzan-Ruf, begleitet von gackerndem Gelächter.

»Wo ist das?«, fragt Hummel.

Das Mädchen deutet zum Hintereingang. »Treppe runter, rechts ganz nach hinten. Immer der Nase nach.«

Wieder lachen alle.

Als Hummel und Zankl im Kellergeschoss sind, verstehen sie, was die Mädchen gemeint haben. Der Schweißgeruch ist penetrant.

Doch der Fitnessraum ist verwaist.

»Hier ist Tarzan schon mal nicht«, stellt Zankl fest.

»Vielleicht auf seinem Zimmer?«

»Wir fragen die Heimleitung.«

In deren Büro treffen sie niemanden an.

»Da hilft nur warten«, meint Zankl.

»Die Geduld hab ich nicht.«

»Hummel, bleib mal cool. Nach Gefahr im Verzug sieht es hier nicht gerade aus.«

»Du wartest hier, ich schau mich noch ein bisschen um.«

»Mach bitte nix Ungesetzliches. Nicht einfach in fremde Zimmer reinspazieren.«

»Ich? Niemals.«

Zankl setzt sich auf eine Bank vors Haus und Hummel macht sich auf den Weg, nimmt Witterung auf. Wo ist er, der Triebtäter? Er steigt in den ersten Stock hoch, spitzt die Ohren. Irgendwelche Geräusche? Nein. Vorsichtig probiert er eine der Zimmertüren. Abgeschlossen. Die nächsten Türen auch.

Wieder runter ins Erdgeschoss. Von draußen hört er das Lachen der Mädchen. Wo ist der Typ? Von wegen »Aufsichtspflicht«! Am Ende des Gangs ist eine Turnhalle. Hier riecht es nicht so sehr nach Schweiß als vielmehr nach jahrzehntelangem Einsatz von Bohnerwachs. Vernebelt einem glatt die Sinne. Hummel fühlt sich ein bisschen high. Das Volleyballnetz ist aufgespannt. Leise quietschen Hummels Turnschuhe auf dem gepflegten Schwingboden. Er hebt einen Volleyball auf und dreht ihn nachdenklich in den Händen, will ihn nach einem der Basketballkörbe werfen, stoppt. Ein Geräusch! Wo kommt das her? Die Halle ist leer, die Fenster sind geschlossen. Von draußen kam das nicht. Jetzt hört er wieder etwas. Ein Knarzen, Quietschen. Als würde jemand versuchen einen schweren Gegenstand über den Boden zu schieben. Ganz hinten ist eine Tür. Wo führt die hin? Zum Geräteraum? Hummel greift unter die Jacke ans Holster. Quatsch! Er schleicht zur Tür. Wieder ein Quietschen. Ein herbes Stöhnen. Ein weiterer Fitnessraum? Stemmt dort Wallner seine Hanteln? Jetzt ein spitzer Schrei, abgedämpft, als würde jemandem der Mund zugehalten. Ein Schmerzensschrei? Hummel reißt seine Waffe aus dem Holster und die Tür auf.

»Keiner bewegt sich!«, schreit er Wallners nackten Hintern an. Hummel sieht vier Beine. Ein angsterfülltes Frauengesicht erscheint hinter Wallners Rücken.

»Ganz ruhig«, sagt Hummel und macht zwei Schritte nach vorne. Ein erschütterndes Bild: Die nackte Frau liegt mit dem Oberkörper auf dem ledernen Springbock und Wallner steckt immer noch in ihr. Wo genau, will Hummel nicht wissen.

»Du Wichser bist festgenommen!«

## PRIVATSACHE

Zankl versucht die aufgelöste Heimleiterin zu trösten. »Das tut uns leid. Mein Kollege hat etwas überreagiert. Er dachte, dass eins der Mädchen … Wie gesagt, entschuldigen Sie. Niemand wird etwas davon erfahren. Das ist Ihre Privatsache.«

»Und was ist mit Ritchie?«

»Den nehmen wir mit.«

»Warum? Wegen …?«

»Nein. Wegen einer anderen Sache. Bitte rufen Sie die Schule an, damit sich jemand um die Schülerinnen kümmert.«

Zankl geht nach draußen und schüttelt den Kopf. »Wahnsinn, was für ein Schwachsinn!«

Hummel steht auf dem Parkplatz und raucht. Wallner sitzt bereits im Fond ihres Wagens.

»Mann, Hummel, du hast sie echt nicht mehr alle«, sagt Zankl.

»Sorry.«

»Was geht uns das Sexleben von anderen Erwachsenen an?«

»Ich dachte …«

»Nein, du denkst nicht. Das ist dein Problem. Alles nur Bauchgefühl. Und du hast ein vorgefertigtes Bild im Kopf, wie die Sache mit Gerry gelaufen ist.«

»So, hab ich das? Was ist mit dem Bericht aus dem Labor?«

»Ja, den Bericht würde ich jetzt gerne mal sehen.«

»Was soll das? Glaubst du, ich schwindle euch an, damit wir uns Wallner schnappen und ihn dann mangels Beweisen wieder gehen lassen müssen? Das macht nicht wirklich Sinn, oder?«

»Nein, das macht keinen Sinn«, muss Zankl zugeben. »Lass uns fahren. Und hoffen, dass Dosi einen Haftbefehl für Wallner hat. Sex in einem Geräteraum ist jedenfalls nicht strafbar.«

»Kommt darauf an, mit wem.«

»Die Heimleiterin ist Mitte dreißig.«

»Sieht noch sehr jung aus. Was will die von dem alten Sack?«

»Das ist doch nun wirklich ihr Bier, Hummel!«

Hummel nickt resigniert.

Sie steigen ein, Zankl startet den Motor.

»Wenn das an der Schule publik wird, mach ich euch fertig«, sagt Wallner von hinten.

»Machen Sie sich keine Sorgen, das interessiert uns nicht. Wir brauchen Sie wegen einer ganz anderen Sache.«

»Was immer das ist, das gibt Ihnen noch lange nicht das Recht, mich wie einen Verbrecher abzuführen.«

»Wir waren sehr diskret«, sagt Zankl. »Den Mädchen wird gesagt, dass Sie wegen einem Notfall zum Arzt mussten.«

»Ich habe meinen Anwalt verständigt.«

»Das ist Ihr gutes Recht«, sagt Zankl und fährt die Autobahnauffahrt hoch.

## KEIN UNTERSCHIED

»Jetzt nageln wir den Typen fest!«, sagt Hummel mit drohendem Unterton im Präsidium.

Zankl legt seine rechte Hand auf Hummels Ellenbogen. »Überlass das bitte mir, du steckst in der Sache emotional zu tief drin.«

»Wegen mir. Aber schon ihn nicht! Ich hab gesehen, was der unter Sex versteht.«

»Hey, Hummel, das geht uns nichts an. Das war einvernehmlich. Und wenn sich die beiden mit Mayo einschmieren und gegenseitig abschlecken, das ist ganz allein deren Sache.«

»Verarschst du mich? Der ist von der ganz harten Sorte. Der hätte doch gleich den Springbock ficken können. Festes altes Leder, der hätte keinen Unterschied bemerkt.«

»Hummel! Aus! Du schaust dir das jedenfalls von außen an.«

Widerwillig gibt Hummel nach und geht nach nebenan. Er sieht durch den halbdurchlässigen Spiegel, wie Wallner hereingeführt wird. Er weigert sich allerdings auch nur ein Wort zu sagen, bevor sein Anwalt da ist.

Als der Anwalt den Raum betritt, plumpst Hummel das Herz in die Hose. ›Verdammte Hacke‹, denkt er, ›muss das ausgerechnet Dr. Meyfarth sein? Nein, das läuft nicht nach Plan.‹

»Und, Hummel, wie schaut's aus?«, fragt Dosi, als sie dazukommt und nach nebenan schaut. »Wie macht sich eure Sportskanone?«

»Könnte nicht schlimmer sein. Das ist Dr. Meyfarth, der auch die Schimmelpfennigs vertritt.« – Dosi lacht auf.

»Das ist nicht lustig!«

»Doch. Und jetzt habe ich eine Frage an dich, eine sehr wichtige Frage.«

»Was denn?«

»Du hast doch die DNA organisiert? Die sich als deckungsgleich mit den DNA-Spuren in der Vergewaltigung von Lisa Rittberger erwiesen hat.«

»Ja?«

»Wo hast du das Material her?«

»Gestern war eine Schulveranstaltung. Da habe ich die Bierflasche organisiert.«

»Und an der Flaschenöffnung befindet sich Speichel von dem Herrn da drinnen?«

»Ja.«

»Dann war er es nicht.«

»Wie? Was meinst du, Dosi?«

»Das ist nicht die DNA, die in der Vergewaltigungssache sichergestellt wurde.«

»Aber du sagtest doch …«

»Ich sagte gar nichts.«

»Na gut, dann die KTU, das Labor, Bernd.«

»Hummel, die DNA an der Flasche hat nichts mit der DNA aus dem Vergewaltigungsfall zu tun.«

»Aber?« Er sieht sie entgeistert an. »Erklär's mir!«

»Bernd hat alles untersucht, was du ihm gegeben hast. Offenbar hast du ihm nicht genau gesagt, was er sich anschauen soll.«

»Ich versteh nicht.«

»Der Stoffbeutel. Am Handgriff und auch drinnen. Ein paar Hautschuppen. Wo hast du den Stoffbeutel her?«

»Scheiße, Scheiße, Scheiße!«, entfährt es Hummel.

»Hummel, von wem hast du den Beutel?«

»Eder.«

»Wer ist das?«

»Der Musiklehrer. Aber das kann nicht sein!«

»Warum?«

»Ein netter Typ. Vertrauenslehrer. Ich hab ihn erst gestern Abend getroffen.«

»Warum?«

»Ich war auf einem Infoabend für ehemalige Schüler des FFG. Er hat mich eingeladen. Ich dachte, ich kann mich da mal umhören.«

»Hummel, du hast mit diesem Eder nicht über den Fall gesprochen?«

»Nicht über die Vergewaltigung.«

»Aber über Gerrys Tod. Mann, Hummel, du machst mich wahnsinnig! Du warst da Schüler, arbeitest jetzt bei der Kripo und kommst ins Schulhaus wegen einem toten Ex-Kollegen. Wenn das deinem Ex-Lehrer mal nicht spanisch vorkommt?«

»Was ist jetzt mit Wallner?«, fragt Hummel leise.

»Den lassen wir gehen.«

»Der wird Stress machen.«

»Ach, da bin ich mir nicht so sicher. Er ist bestimmt froh, wenn wir das mit der Heimleiterin nicht rumposaunen.«

»Meinst du?«

»Und er wird sich sicher in Zukunft genauer überlegen, wie er die nötige Distanz zu seinen Schülerinnen wahrt. Ich kann mir vorstellen, dass das Direktorat alles andere als begeistert wäre, wenn sie wüsste, wie er seine Aufsichtspflicht in den Ruhepausen eines Schullandheimbesuchs wahrnimmt. Lehrer müssen doch Vorbilder sein.«

»Ist schon gut, Dosi, mach dich nur lustig über mich. Sagst du es Zankl, bitte?«

»Mach ich. Und du bleibst bitte im Innendienst, wenn wir uns gleich Eder schnappen!«

»Kriminalpolizei?«, fragt Direktorin Müller verdutzt und steht von ihrem Bürostuhl auf. »Sie arbeiten mit Herrn Hummel zusammen?«

Dosi sieht sie verwundert an. »Hummel?«

»Klaus Hummel?«

»Nein, das muss eine andere Abteilung sein.«

»Aber Sie sagten doch Mordkommission?«

»München ist eine große Stadt. Die Kripo hat zahlreiche Abteilungen.«

»Was wollen Sie denn von Herrn Eder?«

»Nur ein paar Fragen stellen. Sie werden verstehen …«

»Ja, also, er müsste da sein. Im Musiksaal. Fünfter Stock links. Bis siebzehn Uhr gibt er heute Unterricht. Klavier.«

Zankl sieht auf die Uhr. Es ist zehn vor fünf. »Dann gehen wir mal hoch, danke.«

Im fünften Stock setzten sie sich auf die Bank im Gang vor dem Musiksaal. Sie hören perlende Melodieläufe und eine männliche Stimme: »Wunderbar, ganz wunderbar.«

Es folgt ein sehr zartes, meditatives Klavierstück.

»Satie«, sagt Zankl.

»Häh?«, fragt Dosi.

»Eric Satie. Der Komponist.«

»Was du alles weißt, Zankl?«

»Ich hab auch mal Klavier gespielt.«

»Du?«

»Du hast gar keine Vorurteile – oder, Dosi?«

»Nicht die Bohne.«

Von draußen hören sie Kirchenglocken zur vollen Stunde. Jetzt öffnet sich die Tür. Eine großgewachsene sehr attraktive junge Frau in kurzem Rock tritt auf den Gang hinaus.

Dosi und Zankl sehen sich an. Sie warten, bis die Schülerin im Treppenhaus verschwunden ist und betreten den Musiksaal.

»Herr Eder?«, sagt Dosi.

»Ja, bitte?«

»Haben Sie einen Moment? Wir kommen wegen der Klavierstunde unserer Tochter.«

»Wie ist denn der Name?«

»Lisa Rittberger.«

Die Farbe weicht aus Eders Gesicht. Dosi schließt die Tür.

Eine halbe Stunde später haben sie alles, was sie brauchen. Eder hat es sich von der Seele geredet. Die Sache mit seiner Schülerin, die er so sehr begehrt hatte, was er auch einmal im Leichtsinn bei zu viel Alkohol Gerald Schimmelpfennig gestanden hatte. Weshalb Gerry dann später, als die Sache mit Lisa passierte, direkt zu ihm kam und es ihm auf den Kopf zugesagt hatte. Gerry, der ihn viele Jahre lang erpresste und zum Schluss immer unverschämter wurde, bis es zum heftigen Streit in seinem Haus kam und Gerry schwer stürzte. Und er in Panik verfiel und auf die Idee kam einen Selbstmord vorzutäuschen mit einem Kabel, das er sich auf der nahen Baustelle organisierte. Er erzählt ihnen auch, wie er das ganze Haus nach dem letzten Umschlag mit Bargeld abgesucht, ihn aber nicht gefunden hat.

»Dass Klaus Hummel hier aufgetaucht ist, hat Sie nicht nervös gemacht?«, fragt Dosi.

Eder sieht sie traurig an. »Nein, eigentlich nicht. Klaus ist ein netter Typ, ich hatte nicht das Gefühl, dass er ein bestimmtes Ziel mit seinem Besuch verfolgt.«

»Sie duzen sich?«

»Ja, Klaus war ein guter Schüler.«

»Er hat uns nur das Beste von Ihnen erzählt. Eine Fehleinschätzung. Wir müssen Sie jetzt mitnehmen, um Ihre Aussage aufzunehmen. Sie werden einen Anwalt brauchen.«

»Darf ich noch ein kurzes Stück am Klavier spielen. Allein?«

»Wir dürfen Sie nicht allein lassen«, sagt Zankl.

»Dann setzen Sie sich doch.« Er deutet zu den Stühlen.

»Okay, aber nur ein Stück.«

Eder spielt *Yesterday*, das ausgelutschteste, meistgecoverte Stück Popmusik der Welt. Er spielt minimalistisch, hingetupfte Töne, singt mit seidiger Stimme.

›Mehr Drama geht nicht‹, denkt Dosi.

›Warum habe ich mit Klavier eigentlich aufgehört?‹, überlegt Zankl.

Kurz darauf verlassen sie den Musiksaal und treten mit dem traurigen Mann auf den Gang hinaus.

»Das war sehr schön«, sagt Zankl.

»Danke.«

Und ehe sie sich versehen, kippt Eder über die Balustrade im Treppenhaus. Zu schnell, zu plötzlich für Dosi und Zankl. Sie hören den hässlichen Aufprall, bevor sie am Geländer sind. Unten im Erdgeschoss liegt ein verkrümmter Leib, in Zeitlupe breitet sich ein dunkler Spiegel Blut unter ihm aus. Sie stürmen die Treppe runter. Zankl steigt durch das Blut, fühlt den Puls. Tot. Er schüttelt den Kopf. Als er aufsieht, blickt er in viele fragende und geschockte Gesichter.

## ZUFÄLLIG

Immer noch goldener Oktober. München leuchtet. Die Mordrate ist aktuell auf null. ›Das wird sich gegen Weihnachten sicher ändern. Wenn Familienkonflikte aufflammen‹, denkt Hummel, der gerade von Beate heimradelt, nachdem er ihr am Vorabend in der Kneipe ausgeholfen hat. Zu seiner Überraschung trifft er Zankl und seine Tochter zufällig im Englischen Garten, wo sie das Geburtstagsgeschenk von Clarissa fliegen lassen, ihre Drohne.

»Na servus, was macht ihr denn hier?«, fragt Hummel.

»Wonach sieht es denn aus? Picknick?«

»Ja, das Flugtaxi bringt gleich die Leberkässemmeln«, erklärt Clarissa.

»Clarissa, jetzt sei mal nicht frech zu Klaus.«

»Dein Spielzeug oder das von Clarissa?«, fragt Hummel.

»Wer wird hier frech?«, erregt sich die Zehnjährige. »Das ist eine *Ubitex 30*. Mit Spielzeug hat das rein gar nichts zu tun. Das ist eine semiprofessionelle Drohne. Oma und Opa haben die Hälfte dazugezahlt, weil Papa immer so knausrig ist. Er hat gesagt, dass man bei euch so schlecht verdient. Stimmt das?«

Hummel lacht. »Das stimmt definitiv.«

»Jetzt weißt du ja, wie es bei mir läuft, Hummel. Auch ein vermeintlich ruhiger Samstag ist kein Zuckerschlecken.«

Stolz zeigt Clarissa Hummel die Luftaufnahmen vom E-Garten auf ihrem Handy.

»Nächsten Sommer lassen wir die Drohne über dem FKK-Bereich am Eisbach fliegen«, meint Zankl. »Jetzt im Herbst lohnt sich das nicht.«

»Hey, Zankl, hier sind Kinder.«

»Ja, meine.«

»Sowas Ekliges filme ich nicht«, sagt Clarissa bestimmt und lässt die Drohne knapp über ihre Köpfe zischen.

Hummel ist beeindruckt von der Flugvorführung. »Und wir fühlten uns früher schon mit unseren Lenkdrachen wie die Super-Cracks. So, ich muss jetzt weiter. Meine Bude aufräumen. Ich wünsch euch noch einen schönen Nachmittag!«

Hummel steigt aufs Rad und verbringt einen angenehmen Resttag zu Hause. Das mit dem Räumen ist relativ. Er bewegt Bücher- und Plattenstapel von einer Ecke in die andere, wischt bei lauter Musik ein bisschen Staub. Dann setzt er sich in die Küche, öffnet ein Bier und raucht am offenen Fenster. Er macht sich ein paar Notizen für eine Geschichte. Hat er schon lange nicht mehr gemacht. Eine Geschichte mit einem Mädchen, das in ihrem Viertel seine Drohne fliegen lässt und zufällig ein Verbrechen filmt. Sie entdeckt das Verbrechen erst, als sie viel später das Ganze auf ihrem Laptop anschaut und die Szene stark vergrößert. So ein bisschen wie *Blow Up* von Antonioni. Mit Clarissa in der Hauptrolle. Sie erzählt ihrem Papa von ihrer Entdeckung, aber der schenkt ihr keinen Glauben und erkennt auf den Filmaufnahmen nichts Besonderes. Und dabei ist der doch Polizist bei der Mordkommission.

Die Geschichte geht Hummel gut von der Hand. Er macht sich noch ein Bier auf, schaut zum Fenster raus. Inzwischen ist es draußen dunkel. Er schmiert sich ein Butterbrot und widmet sich weiter seiner Geschichte.

Um zwei Uhr nachts ruft er Zankl an. Der ist wenig begeistert, aber auch nicht ganz uninteressiert, als ihm Hummel berichtet, was ihn beschäftigt und einen Vorschlag macht: »Wir lassen die Drohne in Wildflecken über Wald und Wiesen fliegen und schauen, ob der Untergrund irgendwo Auffälligkeiten zeigt.«

»Was meinst du mit Auffälligkeiten?«, fragt Zankl.

»Naja, ich hab mal auf ARTE eine Sendung gesehen, wie Reste alter Burgen oder Befestigungen entdeckt werden. Durch Luftaufnahmen, auf denen man Erhebungen oder Absenkungen im Boden sieht.«

»Und das fällt dir mitten in der Nacht ein?«

»Naja, das war ziemlich eindrucksvoll, was Clarissa mit der Drohne am Himmel veranstaltet hat.«

»Also, ich mach mir da nicht viel Hoffnung«, sagt Zankl skeptisch.

»Flug macht klug. Kannst du auch die Drohne bedienen?«

»Nicht wirklich.«

»Dann muss Clarissa mit.«

»Ich weiß nicht«, sagt Zankl. »Sie ist gerade mal zehn.«

»Wir werden schon keine schlimmen Entdeckungen machen. Sag ihr doch einfach, wir haben da draußen im Wald etwas verloren.«

»Das glaubt sie uns bestimmt! – Aber okay. Ich ruf dich morgen früh an.«

»Äh, muss sie da nicht in die Schule?«

»Morgen ist Sonntag, du Honk.«

»Worum geht es denn eigentlich, Klaus?«, fragt Clarissa, als sie vor dem Bauzaun bei ehemaligen Winkler-Villa stehen. Dahinter ein großes Loch im Erdboden und Schuttberge.

»Naja, wir haben uns gedacht, äh …«

»Sind das polizeiliche Ermittlungen?«

»Äh, wenn du es keinem erzählst.«

»Ich darf also mit euch ermitteln?«

»Gewissermaßen.«

»Geil, sowas von geil«, jubelt Clarissa. »Und was sucht ihr? Verbrecher? Mafia? Tote?«

»Naja, wir brauchen Luftaufnahmen von der Gegend. Wir suchen Hinweise, wo mal ein Gebäude stand.«

»Ein Haus?«, fragt sie enttäuscht.

»Nein, ein Bunker.«

Ihre Augen blitzen auf. Dann fragt sie: »Ist ein Bunker eigentlich ein Gebäude?«

»Gute Frage«, sagt Hummel. »Weiß ich nicht. Eher ein Keller.«

»Den kann man ja nicht sehen.«

»Deswegen brauchen wir ja dich und deine Drohne. Manchmal senkt sich da die Erde ab, wo mal etwas gestanden ist oder gebaut wurde. Oder die Pflanzen wachsen dort anders als normal.«

»Ihr interessiert euch also für so Kriegszeug?«

»Nein, so alt auch nicht. Es werden Leute vermisst, Clarissa«, erklärt Zankl. »Seit vielen Jahren schon. Wir haben den Verdacht, dass sie in einem Bunker sind.«

»Und noch leben?«

»Leider nein. Das ist dreißig Jahre her.«

»Ach, wenn man da unten genug Wasser, Luft und Essen und Comics hat, dann schafft man das vielleicht.«

»Sehr unwahrscheinlich.«

»Dann sind sie also tot.«

Hummel nickt. »Ja, vermutlich.«

»Geil. Also nicht, dass sie tot sind. Sondern dass ich euch helfen darf. Dann machen wir mal ein paar Aufnahmen.«

»Sag mal, die Bilder gehen dann auf dein Handy?«, fragt Hummel. »Bisschen klein, oder?«

»Das ist 4K! Die Videodaten gehen direkt in meinen Laptop. Und dann können wir sie beliebig vergrößern.«

»Auf deinem Laptop?«

»Ja, klar, was denkst du denn? Nur weil ich erst zehn bin, hab ich keine Ahnung von Technik, oder was? Wer fliegt hier die Drohne?«

»Entschuldige.«

»Clarissa, jetzt misch Klaus nicht so auf«, mahnt Zankl, »wenn er dich schon mit uns ermitteln lässt.«

»Ist er der Boss hier?«

»Äh, nein, also doch, also heute schon.«

»Leider können wir uns dann die Bilder erst in München in groß ansehen«, sagt Hummel.

»Mein Laptop ist im Auto«, sagt Clarissa und deutet hinter sich.

»An was du alles denkst«, sagt Hummel und grinst.

Sie lassen die Drohne eine knappe Stunde über dem Waldgebiet rund um die Baugrube fliegen, und schauen sich das Video parallel auf dem Bildschirm des Rechners an. Allerdings können sie nichts Auffälliges erkennen.

Auch Clarissa ist enttäuscht, als sie das vereinbarte Waldstück abgeflogen hat und auf dem Video nichts Besonderes zu entdecken war. Aber ihr Vater meint: »Wir geben das dem Huber von der Kriminaltechnik. Der holt bestimmt mehr raus aus dem Material, als wir auf den ersten Blick sehen.«

»Und ich gebe nachher ein großes Eis aus«, sagt Hummel. »In Murnau gibt's eine Konditorei, die hat super Eis, auch in der kalten Jahreszeit. Wie klingt das?«

»Sieben Kugeln«, sagt Clarissa.

## UMRISSE

Huber findet am Montag tatsächlich einige Stellen, wo sich auf dem Waldboden potenzielle Umrisse ehemaliger Gebäude abzeichnen. Eine illegale Müllkippe, die mit Erde bedeckt wurde, die Fundamente einer längst verfallenen Hütte? Hummel überträgt die Stellen auf ihre Karte vom Landesvermessungsamt und weiht auch Dosi und Mader in ihre Theorie ein.

»Von der Kinderarbeit darf aber keiner was erfahren«, sagt Mader scherzhaft, als er sich den Bericht angehört hat.

»Von dem ganzen Fall nicht«, sagt Zankl, »denn einen offiziellen Auftrag gibt es nicht. Was würde der Steuerzahler sagen, wenn er wüsste, dass wir uns mit so altem Zeug befassen?«

Mader zuckt mit den Achseln. »Mord verjährt nicht.«

»Gehen Sie denn von Mord aus?«, fragt Dosi erstaunt.

»Nein, eher eine Verkettung unglücklicher Umstände im Zusammenhang mit dem Mord an Winkler.«

»Das war Totschlag laut Aussage der Täter«, sagt Zankl.

»Das Resultat ist dasselbe.«

## TOTWALD

Noch am selben Tag machen sich Mader, Dosi, Zankl und Hummel auf den Weg nach Wildflecken. Sie haben Schaufeln und Hacken dabei. Mader ist verblüfft, als sie ankommen. Er denkt zurück an den plötzlichen Wintereinbruch vor ein paar Wochen, als er das letzte Mal hier war, an die schreckliche Nacht im Schneesturm. Heute ist ein schöner Herbsttag, die Vögel pfeifen, Insekten summen, zwischen hohen Gräsern sind feine Spinnweben gespannt. Schnee sieht man nur auf den Bergen am Horizont. Von der Baugrube aus starten sie ihre Erkundung der näheren Umgebung. An dem ersten markierten Ort auf ihrer Karte finden sie das Fundament einer alten Sickergrube. Zumindest dem übelriechenden Humus nach zu schließen. Beim zweiten Mal sind es nur ein paar vermoderte Holzpfosten einer ehemaligen Futterkrippe auf einer Lichtung.

Jetzt haben sie noch einen letzten Versuch. Als Mader die sanft ansteigende Wiese mit den abgestorbenen Bäumen sieht, fällt es ihm wie Schuppen vor den Augen. Er kennt den Ort. Von seinem Bild, das er von Sepp bekommen hat und das er trotz der ganzen Geschichte im Wohnzimmer in Neuperlach aufgehängt hat, weil das Bild so besonders ist. Die Hütte im Schnee, das war hier, das ist hier. Nur dass es die Hütte nicht mehr gibt. Und die Bäume ganz anders aussehen. Kein dichter Baumbestand, sondern ausgeblichene Stämme ohne Rinde, die entweder wie Nadeln in den blassen Himmel stechen oder kreuz und quer auf dem Hang verteilt liegen. Totwald.

Die schwachen rechteckigen Konturen auf den Videoaufnahmen zeigen offenbar den Standort der ehemaligen Waldhütte. Also ebenfalls ein Fehlschlag. Oder? Und warum hinterlässt eine Holzhütte solch nachhaltige Spuren? Macht es Sinn hier zu graben? Sie lassen es auf einen Versuch ankommen. Nach einem knappen Meter durch wurzeldurchzogene Erde stoßen sie auf Beton. Das Fundament der Hütte? Beton? Macht man das? In einem Naturschutzgebiet? Wohl kaum. War die Hütte unterkellert? Ist er das, der Bunker? Sie tragen die Erdschicht ab und legen eine große Betonplatte frei.

»Das könnte der Bunker sein!«, sagt Hummel aufgeregt.

Aber sie finden keinen Eingang. Als sie die Luke endlich ein paar Meter abseits des Grundrisses der ehemaligen Hütte entdecken unter morschen Baumstämmen und einer dicken Schicht aus vermodertem Holz und Laub, bekommen sie diese nicht auf.

»Das ist es, wir haben den Bunker tatsächlich gefunden«, sagt Mader kopfschüttelnd. »Den Rest müssen Profis machen. Die Luke kriegen wir nicht selbst auf. Wir brauchen THW oder Feuerwehr. Und Gesine soll herkommen.«

»Meinen Sie echt?«, fragt Dosi skeptisch.

Mader nickt nachdenklich und ruft Dr. Günther in München an. Der veranlasst alles Nötige. Jetzt heißt es warten. Sie setzen sich auf den Stamm einer entwurzelten Fichte und schweigen sich an. Hummel würde gerne eine rauchen, aber das geht nicht wegen Waldbrandgefahr. Mader denkt über das Wetter nach. Vor ein paar Wochen war hier alles voller Schnee, jetzt ist alles knochentrocken. Die karge Landschaft inmitten der grünen Wälder. Warum ist hier alles abgestorben? Ist das Grundwasser abgesunken? Borkenkäfer? Stürme, Hitze oder einfach der Klimawandel?

Schließlich hören sie den Konvoi der schweren Fahrzeuge, das Knirschen breiter Reifen auf dem Schotter, das Brechen der Äste, die in den Weg hineinragen. Der Zug stoppt und der Zugführer der THW kommt zu ihnen.

Zankl erklärt im Detail, worum es geht und schon beginnt die Arbeit.

Nach einer Stunde ist es soweit. Mit einer Hydraulikpresse gelingt es ihnen, das Schott zu öffnen. Mader steigt als Erster hinab in die dunkle Röhre. Was er im Schein seiner starken Taschenlampe sieht ist schrecklich: mumifizierte Leichen von vier Menschen, die in dem ausgeklügelt belüfteten Bunker offenbar geraume Zeit überlebt hatten. Für genügend Wasser war durch ein Regenreservoir gesorgt, aber die Nahrungsmittel waren irgendwann zur Neige gegangen.

Trotz allen Schreckens staunt Mader über das unterirdische Bauwerk. Er fragt sich: Wie ist das hier entstanden? Heimlich gebaut unter der Hütte? Wohl kaum. Wahrscheinlich hatte schon Messner, der Industrielle und der Vorbesitzer der Villa, den Bunker bauen lassen. Und Winkler hatte Gefallen an dem Geheimversteck, wo er doch ein großer Bunkerfan war. Und offenbar hat er hier seine Familie in die vermeintliche Sicherheit vor den nächtlichen Angreifern gebracht. Aber warum sind sie aus dem Bunker nicht mehr herausgekommen? Warum ist Winkler nicht bei seiner Familie geblieben? Maders Gedanken werden unterbrochen von den Kolleginnen und Kollegen, die ihm nachgefolgt sind.

»Warum sind die da unten?«, fragt Gesine, nachdem sie einen ersten Blick auf die Leichen in den stählernen Stockbetten geworfen hat.

»Weil sie vor den Attentätern geflohen sind?«, meint Dosi achselzuckend.

»Wie furchtbar«, murmelt Gesine. »Die sind da jämmerlich umgekommen, weil sie das Teil nicht mehr aufgekriegt haben. Warum?«

Darauf hat niemand eine plausible Antwort.

Als sie wieder oben sind, fragt Mader den alten Förster, der das THW begleitet hat: »Haben Sie eine Idee, warum niemand die Hütte genauer angesehen hat, die hier mal stand?«

»In der Nacht damals sind viele Bäume unter der Schneelast zusammengebrochen. Dabei wurde die Jagdhütte weitgehend zerstört. Die zerstörte Hütte wurde von der Polizei auch untersucht, also die Trümmer. Die verschwundene Familie war dort nicht. Dass sich unter der Hütte ein Bunker befand, wusste niemand.«

»Und wegen den Bäumen und dem Schutt oben drauf kamen sie vermutlich nicht aus dem Bunker raus. Was für ein Wahnsinn!«, sagt Mader und nickt resigniert. »Und sie konnten sich nicht bemerkbar machen.«

»Dass die Hunde das nicht gerochen haben?«, fragt Hummel.

»Vermutlich schloss das Schott sehr dicht«, murmelt Dosi und schüttelt den Kopf. »Deutsche Qualitätsarbeit. Wer hat das Ding denn nun gebaut?«

Mader zuckt mit den Achseln. »Vermutlich hat der Vorbesitzer der Villa den Bunker in Auftrag gegeben. Aber das ist ja letztlich egal.«

»Dass damals niemand daran gedacht hat? Also, ich meine, nachdem die Familie verschwunden war.«

»Tja, Geheimnisse haben auch Nachteile«, meint Mader.

»Ich fasse es nicht, dass niemand auf die Idee gekommen ist, den Vorbesitzer des Hauses mal zu fragen?«

»Der war zu der Zeit schon schwerkrank, soweit ich weiß, ein Pflegefall.«

»Aber seine Familie?«

»Vielleicht hat die gar nichts gewusst von dem Bunker. Wir werden es nicht mehr erfahren«, sagt Mader und macht sich mit Günther nochmal auf den Weg nach unten, weil der sich das Ganze jetzt auch ansehen will.

Sie inspizieren im Schein von Gesines grellem Strahler die Leichname. Günther ist kreidebleich.

»Das Verschwinden der Familie hätten wir zumindest geklärt«, sagt Mader matt.

»Vielleicht mehr als das«, sagt Günther und deutet auf die Schreibkladde, die auf dem verstaubten Tisch im Bunker liegt. Schnell steckt er sie ein und steigt aus dem Bunker nach oben. Mader folgt ihm. »Das können Sie nicht machen, die Spurensicherung muss das aufnehmen.«

»Hier ist kein Verbrechen passiert, das ist ein tragisches Unglück.«

»Als unmittelbare Folge eines Verbrechens«, sagt Mader ernst.

»Emma und ich waren ein Paar.«

»Wie bitte?«, fragt Mader.

»Ich will ihre letzten Worte zuerst lesen.«

Jetzt versteht Mader, was der eigentliche Grund für Dr. Günthers Interesse an der Wiederaufnahme des Falls war. Er nickt. »Wenn etwas Relevantes zur Tat drinsteht, dann erfahr ich das!«

»Natürlich.«

## SCHLÜSSEL

Günther studiert die Tagebucheinträge von Emma Winkler. Er ist erschüttert. Die Einträge beginnen erst nach ein paar Tagen, als sie schon nicht mehr damit rechnete, gefunden zu werden. Zum Schluss hin werden die Einträge immer reduzierter, klarer, schrecklicher. All die Sorgen der Mutter galten den Kindern. Explizite Aussagen hinsichtlich des Tathergangs und zu den Beteiligten fehlen. Es gibt nur ein paar vage Hinweise, was vorgefallen sein könnte. Männer, die sie nachts bedroht haben, Masken trugen, um das Haus tollten und das Küchenfenster eingeworfen haben.

Soweit deckt sich das mit ihren Erkenntnissen aus den Verhören mit den Männern aus dem Dorf, die Mader im Wald bedroht haben. Hat Winkler seine Familie im Laufe der Auseinandersetzung in seinem Bunker in Sicherheit gebracht, bevor er im Wald selber umkam? Aber warum ist er nochmal zurück zum Haus, wo er doch schon in Sicherheit hätte sein können? Wollte er die Männer stellen? Wäre ihm zuzutrauen. Dabei kam er zu Tode. Und der Wintersturm wütete immer stärker. Bis dann die Bäume auf die Jagdhütte und den Bunker darunter krachten. Winklers Frau und die Kinder saßen in einer tödlichen Falle. Eine Verkettung tragischer Ereignisse.

## MITGENOMMEN

Am nächsten Tag bringt Günther Mader das Tagebuch vorbei.

»Schlimm?«, fragt Mader.

»Ja.«

»Ich schau es mir an.«

»Wir reden später«, sagt Günther und geht.

Mader setzt sich an seinen Schreibtisch und liest.

*Es ist der 4. Tag hier unten im Reich der Dunkelheit. Obwohl es ja gar nicht dunkel ist. Noch haben wir Licht dank der kleinen Öllampen. Oder ist heute der 5. Tag? Oder der 6.? Ich habe keine Ahnung. Doch, ich weiß es. Meine Armbanduhr funktioniert noch. Automa-*

*tik. Solange man das Handgelenk bewegt. Solange … Die Kinder schlafen. Wie tapfer sie sind. Aber ein Abenteuer war es nur in den ersten Stunden. Das ist eine Falle, eine gottverdammte Falle. Ich höre noch Heriberts letzte Worte: »Ihr seid in Sicherheit!« Bevor er die Luke schloss und ich sie von innen verriegelte. Wo ist Heribert hin? Was ist mit ihm? Haben ihn die Männer umgebracht? In Sicherheit? Ja, wir wären sicher gewesen, wenn wir gewusst hätten, wie wir nach einem Tag hier wieder rauskommen. Wir wissen es bis jetzt nicht. Irgendwas liegt auf der Luke. In der Nacht hat es draußen furchtbar gekracht. Der Sturm. Und am nächsten Morgen ging die blöde Luke nicht auf. Und wir hatten und haben keine Möglichkeit, uns bemerkbar zu machen. Wir sitzen fest. Seit Tagen schon. Verrückt, seinen eigenen Bunker zu haben, Lebensmittel und Wasser und Lampenöl zu horten. »Zwei Monate kann man hier problemlos durchhalten«, hat Heribert gesagt, bevor er verschwand. Warum hat er mir nie etwas von diesem Bunker erzählt? Weil er ein paranoider Spinner ist. Wenn uns nicht bald jemand findet, drehe ich durch.*

Mader legt das Heft beiseite, blättert gedankenverloren durch die weiteren Seiten. Keine Panik, kein zunehmender Irrsinn, wie die Autorin prognostiziert hat. Warum startet das Heft erst mit Tag 4? Mader liest die letzten paar Seiten. Ein geradezu faszinierend normaler Tag. Wecken, Frühstück, Brettspiele, Vorlesen. Die letzte Aufzeichnung ist von Tag siebzehn. Und dann? Die Lebensmittel hätten doch für zwei Monate reichen sollen? Gab es nichts mehr zu berichten? Vielleicht gibt man irgendwann das Schreiben auf, wenn man keine Hoffnung mehr hat? Wie lange kann man in so einem Bunker überleben? Was für eine schreckliche Vorstellung.

Die Suche in der näheren Umgebung war nach einem Monat mangels jeglicher Hinweise zum Verbleib der Familie ergebnislos eingestellt worden. Ob Gesine feststellen kann, wie lange die Frau und die Kinder noch gelebt haben? Wollen sie das wirklich wissen? Nein. Wozu?

Günther ist stark angefasst, als Mader mit ihm die abschließenden Ergebnisse durchgeht und ihm das Heft mit den Aufzeichnungen zurückgibt.

»Waren das Ihre Kinder?«, fragt Mader.

»Nein, die waren von Heribert. Aber das war mir egal.«

»Woher kannten Sie Frau Winkler?«

»Ich hatte beim Personenschutz angefangen und war auch einige Zeit bei Winkler eingesetzt. Ich sah alles, was in dieser Familie vor sich ging.«

»Und da haben Sie sich in Frau Winkler verliebt.«

»Nein, wir haben uns nur gut verstanden. Es passierte viel später, als ich sie bei einem Empfang des Innenministers wiedergetroffen habe. Sie freute sich so, mich zu sehen. Wir verabredeten uns und da passierte es. Es war voller Schwierigkeiten. Die geheimen Treffen. Sie war die Frau eines hochrangigen Politikers, dessen Leben von Personenschützern bewacht wurde. Und zugleich war es so aufregend. Ein ehemaliger Kollege vom Personenschutz war eingeweiht und half uns.«

»Weber?«

»Woher wissen Sie das?«

»Meine Leute.«

»Respekt.«

»Warum half er Ihnen?«

»Weil er sah, was für ein Arschloch Heribert war, wie er seine Familie behandelte. Die Familie war seine bürgerliche Fassade, mehr nicht. Er hatte Geliebte, ging zu Prostituierten, das komplette Programm. Die Kinder bedeuteten ihm vielleicht noch etwas, seine Frau nicht.«

»Wussten Sie, dass Winkler ein Prepper war?«

»Nein. Was ist das für eine Frage? Dann hätten wir damals viel konkreter suchen können, dann hätten wir nicht dreißig Jahre warten müssen, bis wir sie finden. Wir hätten jeden Stein umgedreht. Wir hätten sie da lebend rausgeholt. Was ich mich frage: Wie sind Sie darauf gekommen, dass Winkler einen Bunker haben könnte?«

»Meine Leute. haben sich schlau gemacht.«

»Gute Arbeit. Nach dreißig Jahren. Langsam machen Sie mir Angst.«

»Eine Frage hätte ich noch.«

»Ja, bitte?«

»Waren Sie damals schon verheiratet?«

Günther nickt. »Sie haben ein Gespür für wunde Punkte.«

»Sind Sie denn glücklich verheiratet?«

»Was wird das, ein Verhör?«

»Jetzt sagen Sie schon.«

»Ja, und das war ich damals auch. Ich weiß auch nicht, wie das passieren konnte, aber sowas passiert.«

Mader nickt nachdenklich.

## SUSPICIOUS MINDS

Hummel steht etwas abseits der kleinen Gruppe von Trauergästen vor der Aussegnungshalle des Ostfriedhofs. Er nickt Dr. Meyfarth zu. Der ist mit Gerrys Mutter gekommen, die im Rollstuhl vor ihm sitzt. Mit ihren vierundneunzig Jahren. Was würde sie denken, wenn sie wüsste, dass ihr Sohn ein Erpresser war? Aber sie befindet sich ja bereits seit Jahren in einem Paralleluniversum. Vielleicht denkt sie gerade wieder, dass sie auf Elvis' Bestattung ist. Dass nach dem großen Trauerzug durch die Häuserschluchten von Memphis nun im engen Familienkreis die Beisetzung des Kings in Graceland stattfindet. Ihr Gesicht ist unergründlich. Hummels Verhältnis zu Dr. Meyfarth, wie er jetzt wieder für ihn heißt, ist stark abgekühlt. Die Nummer mit seinem Mandanten Wallner fand er nicht in Ordnung. Wo er ja durchaus Recht hat.

Hummel ist klar, warum ihm diese Fehlleistung passiert ist.

Er hatte mal wieder keine Geduld gehabt, hatte sich nicht erst in Ruhe den Laborbericht angesehen, sondern war gleich losgeprescht. So richtig leid tut es ihm aber nicht. Wallner war schon immer ein Arschloch und ist es heute noch. Hummel kann nicht verstehen, wie man so einem Typen die Verantwortung für eine Frauenvolleyballmannschaft geben kann.

Dosi hat ihm erzählt, dass Lisa Rittberger erstaunt und geschockt war, dass ihr netter Musiklehrer der Täter war. Seinen Selbstmord hat sie mit den Worten quittiert: »Dann gibt es wenigstens keinen Prozess. Für mich ist die Sache damit abgeschlossen.«

Unter den Trauergästen auf dem Ostfriedhof ist kein ehemaliger Lehrer. Der schreckliche Tod des Musiklehrers hat in den letzten Tagen alles überschattet. Zu dessen Beerdigung wird Hummel dann nicht gehen. Er fühlt sich von ihm verraten. Trotzdem sind ein paar Leute zu Gerrys Beerdigung gekommen, einige verwegen aussehende, reifere Herren, offenbar Freunde aus dem Antiquitätenhandel. Jetzt entdeckt er unter den Trauergästen Frau Wittkopf. Gut, dass sie keine Details über die ganze Sache weiß, das würde ihren Glauben in die gute Natur des Menschen doch nachhaltig erschüttern.

Jetzt öffnet ein Friedhofsbediensteter die Tür zur Aussegnungshalle. Der Zug setzt sich in Bewegung. Drinnen staunt Hummel. Wow, ein prächtiger weißer Sarg, geschmückt mit riesigen weißen Lilien, die ein herbes Aroma versprühen. Vor dem Sarg steht in großes Schwarzweißbild von Gerry aus jungen Jahren mit einer Haartolle wie Elvis persönlich. Hummel blickt zu den beiden Herren vom Bestattungsdienst. Strenge Mienen und messerscharf geschnittene anthrazitfarbene Anzüge. Sehr seriös. Nicht ganz, wie Hummel jetzt bemerkt. Beide tragen Cowboystiefel in Kroko und Schlange. Aber passt gut zum Sound von Elvis' *Suspicious Minds,* das jetzt aus den Boxen rollt. Hummel läuft ein wohliger Schauer über den Rücken. Ja, wenn es bei ihm mal soweit ist, dann lässt er sich vielleicht auch von diesen Jungs unter die Erde bringen. Er hat draußen ihren mattschwarzen Mercedes Kombi stehen sehen. Mit dem großen goldenen Schriftzug in den geeisten Seitenscheiben: *Trauerhilfe Miller – wo Abschied lebt*. Spitzenspruch! Hummel kennt den Laden vom Sehen. Die *Trauerhilfe* ist gleich an der Kreuzung Nockherberg und Tegernseer Landstraße. Er könnte dort ja mal bei Gelegenheit vorbeischauen, probeliegen und sich beraten lassen. Macht ja Sinn, wenn man einen gefährlichen Beruf ausübt. Und Hummel ist bei Handel und Dienstleistungen ganz Lokalpatriot.

Optisch und akustisch findet er das hier jedenfalls erste Sahne. Was man von den inhaltsleeren Floskeln des Priesters allerdings nicht sagen kann. ›Die wohlfeil-hohlen Worte passen gar nicht zu Gerry, auch nicht zu seiner Erpressertätigkeit‹, denkt Hummel. ›Aber wer weiß das schon außer mir. Über Tote sagt man nichts Schlechtes.‹

Hummel schaut ins Gesicht von Gerrys Mutter. Eine wilde furchige Landschaft mit einem zarten Lächeln. Von Trauer keine Spur. Das ist zumindest das Gute an Demenz, dass man auch Schreckliches nicht in seinem Wesen akzeptieren muss.

Als Elvis zum Schluss noch *Can't Help Falling in Love* singt, steigen Hummel die Tränen in die Augen. ›Unpassender Song eigentlich‹, findet er im ersten Moment. ›Und auch nicht. Nein, perfekt – der weltumarmende Gestus. Pure Emotion. Wen das nicht erweicht, der hat kein Herz!‹

Vor der Aussegnungshalle wendet sich Hummel zum Gehen. Mit den Flohmarkttypen will er besser nicht auf ein Gerry-Gedächtnisbier gehen. Das würde böse enden. Vielleicht ein kleiner Spaziergang noch. Es ist ein strahlender Herbsttag, die Luft ist frisch und klar.

Das hochfrequente »Herr Hummel!« lässt ihn zusammenzucken. Er dreht sich zu seiner Kleingartennachbarin um. »Frau Wittkopf, Sie auch hier?«

»Natürlich. Das war sehr ergreifend.«

»Ja, das war es. Darf ich Sie noch zu einer Käsesahne einladen?«

»Machen Sie sich nur lustig.«

»Nein, im Ernst. Nicht weit von hier ist ein nettes kleines Café. Im *Café Puck* gibt es Toto.«

»Toto? Was ist das?«

»Tolle Torten.«

»Oh, Sie sind mir ein Spaßvogel.«

»Ich würde mich freuen.«

»Wirklich?«

»Aber natürlich. Kommen Sie.« Fast reicht er ihr den Arm zum Unterhaken.

»Ja, das war sehr feierlich«, sagt sie, »so ein schöner Sarg. Und die wunderbare Musik!«

»Mögen Sie Elvis?«, fragt er.

»Ja, durchaus. Aber eigentlich mag ich vor allem Soulmusik.«

»Im Ernst?«

»Ja, speziell die Sachen vom Stax-Label, die späten Sechziger, Eddie Floyd, William Bell. Und Sie, was mögen Sie für Musik?«

»Stax, ja, auch. Und Motown natürlich.«

»Oh ja, Motown!«

»Motown geht nicht kaputt.«

»Sie sagen es!«

ENDE

## Bereits erschienen

Harry Kämmerer

# ISARTOD

Es könnte so schön sein. Die ersten Biergärten geöffnet, der Föhn lässt die Berge leuchten. Frühlingsstimmung. Auch in der Mordkommission 1. Nur die Frauenleiche in der Isar gefällt Chefermittler Mader nicht. Kann man denn nicht mal mehr gefahrlos die schönen Isarauen genießen? Der Fall ist komplex. Gut, dass die Münchner Unterstützung aus Niederbayern bekommen: die rustikale, rothaarige Doris »Dosi« Roßmeier aus Passau. Sie sorgt definitiv für frischen Wind bei den Münchner Ermittlern.

**»Isartod sollte Pflichtlektüre sein – nicht nur für Münchner. Fünf Sterne!«**

*Münchner Merkur*

erschienen im September 2021
als überarbeitete Neuausgabe

ISBN 978-3-312-01240-4

NAGEL & KIMCHE

Vorankündigung

Harry Kämmerer

# TOD IM SPIEL

Ausgerechnet vor dem entscheidenden Torschuss stirbt der Stürmer eines Viertligisten im DFB-Pokalspiel vor ausverkauftem Haus. Ein aufstrebender Fußballstar touchiert die Betonplatten unter dem Olympiaturm nach einem Besuch im Drehrestaurant in luftiger Höhe. In beiden Fällen gibt es erhebliche Zweifel hinsichtlich einer natürlichen Todesursache. Zwei dubiose Bestatter kommen auf ganz neue Ideen, als sie mit diesen Fällen betraut werden. Viel zu tun für Maders Team!

erscheint am 25. Juli 2022
als überarbeitete Neuausgabe

ISBN 978-3-7556-0020-6

NAGEL & KIMCHE